WALTER BURK

Whiskytrek

WALTER BURK

Whiskytrek

Krimis aus dem Alpstein

GMEINER SPANNUNG

Bisherige Veröffentlichungen im Gmeiner-Verlag:
Doppelgott (2016), Doppelrolle (2015), Doppelbindung (2014)

Personen und Handlung sind frei erfunden.
Ähnlichkeiten mit lebenden oder toten Personen
sind rein zufällig und nicht beabsichtigt.

Besuchen Sie uns im Internet:
www.gmeiner-verlag.de

Im Ehnried 5, 88605 Meßkirch
Telefon 07575/2095-0
info@gmeiner-verlag.de

1. Auflage 2017

Lektorat: Claudia Senghaas, Kirchardt
Herstellung: Mirjam Hecht
Umschlaggestaltung: U.O.R.G. Lutz Eberle, Stuttgart
unter Verwendung eines Fotos von: © Brauerei Locher AG
Druck: CPI books GmbH, Leck
Printed in Germany
ISBN 978-3-8392-2026-9

INHALT

WASSER DES LEBENS
(PROLOG)

Dingwall, Schottland, im Herbst 1435

Der Nebel hängt tief über den schottischen Highlands.

Hier, im Nordwesten des Landes, gehört dieser im Herbst ebenso zum gewohnten Bild wie regelmässiger Regen. Doch in Dingwall bleibt die Luft auch ohne Regen immer feucht, saugt sich selbst während der raren trockenen Sonnenstunden mit dem Wasser des Cromarty Firth, dem Meeresarm der Nordsee, voll.

Im gut 20 Kilometer nordwestlich von Inverness gelegenen Dorf – dort, wo sich der River Peffery mit dem Schwemmland des River Conon vereinigt – steht die von König Alexander II. im Jahre 1226 erbaute königliche Burg. Die Festung, die während der schottischen Unabhängigkeitskriege durch König Edward I. von England besetzt worden war, jedoch später wieder durch schottische Kräfte für König Robert I. von Schottland, besser bekannt als »Robert the Bruce«, zurückerobert wurde. Und auch der Earl of Ross, der Anführer des Clan Ross, führte von hier aus seine Männer 1314 gegen die Engländer in die Schlacht von Bannockburn.

Diese Geschichten kennt Aodh McBarrel, dessen kleiner Hof in unmittelbarer Nähe der Burg liegt, nur aus den Erzählungen, die ihm sein Vater erzählt und ihm auf diesem Weg auch den Stolz seines Clans weitergegeben hat. Denn die McBarrels hatten schon immer an der Seite befreundeter Clans für die Freiheit und Unabhängigkeit der Highlands und gegen verfeindete Familiengemeinschaften gekämpft. Was sein Vater mit seinem Leben bezahlte hatte, als er 1411 in der Schlacht von Harlaw die Ansprüche der Lords of the Isles gegen den Duke of Albany unterstützte.

Aodh war damals erst 16 Jahre alt und musste damit bereits früh die Verantwortung für den Hof übernehmen – nur eine kurze Zeit zusammen mit seiner Mutter, die wenige Jahre später ebenfalls verstarb.

Seit der Krönung James I. im Jahre 1424 hat sich die Situation in den Highlands beruhigt. Als Verfechter eines starken Königtums war es ihm gelungen, die rivalisierenden Hochlandclans und die einflussreichen Lords of the Isles in Schach zu halten. Und vor sieben Jahren konnte er die »Auld Alliance«, das Bündnis mit Frankreich, erneuern, obwohl die Schotten 1424 in der Schlacht von Verneuil an der Seite der Franzosen von den Engländern besiegt worden waren und 4.000 Mann verloren hatten.

Dass James I. dies geschafft hat, ist für Aodh McBarrel eine Überraschung. Denn als Prinz wurde der erst 13-jährige James 1406 gefangen genommen und so in einem englischen Gefängnis zum König der Schotten. Erst 18 Jahre später konnte er nach Edinburgh zurückkehren – mit einer englischen Braut – und wurde endlich offiziell gekrönt.

Doch Schottland war bitterarm und die Schatzkammer leer – darüber täuschten auch James' Versuche, das

Land zu einen, um den Schotten Voraussetzungen für ein Mindestmaß an Autonomie zu schaffen, nicht hinweg.

Doch Aodh McBarrel ist stolz, Schotte zu sein. Und als Bauer zu arbeiten.

Die Gerste, die im Sommer als Grundnahrungsmittel und Viehfutter angebaut wird, ist längst geerntet und eingefahren. In den letzten Jahren waren die Ernten ausreichend, sodass Aodh nicht den ganzen Ertrag brauchte, um über den Winter zu kommen. Deshalb hatte er, wie viele andere Bauern, begonnen, aus den überschüssigen Vorräten einen Wärme spendenden Schnaps zu brennen. Was ursprünglich nur als Medizin gedacht war, entwickelte sich bald zu einem beliebten Getränk in den Clans, dem »aqua vitae«, dem »Wasser des Lebens« oder »uisge beatha«, wie es Aodh im Gälischen nennt.

Dafür muss er aber zuerst die Gerste mälzen. Nach der Reinigung des Getreides wird es in Wasser eingelegt, damit es zu keimen beginnt. Auf dem flachen Tennenboden ausgebreitet, werden im wieder zum Leben erweckten Korn Enzyme gebildet, welche die im Korn enthaltene Stärke zu Malzzucker umwandeln. Während dieses Prozesses des Ankeimens wird das sogenannte »Grünmalz« immer wieder gewendet und kommt nach einigen Tagen in einen mit Torf beheizten Raum, in dem der Keimprozess gestoppt und das Malz getrocknet wird.

Über die gemahlene Gerste gießt Aodh McBarrel dann heißes Wasser und gibt Hefe dazu, damit in dieser zuckerreichen Flüssigkeit, der Maische, über die Vergärung Alkohol entstehen kann. Anschließend wird sie in einer Brennblase erhitzt, in welcher die Flüssigkeit am Deckel kondensiert und in einer Rille aufgefangen wird.

Mit dieser einfachen, aber aufwendigen Methode brennt Aodh jeden Herbst ein Fass seines »Wassers des Lebens«, welches er dann aus einem Quaich, der flachen hölzernen Trinkschale mit zwei Griffen, genießt.

Trotz der momentan guten Lebenssituation mit Ernteüberfluss und den damit verbundenen Annehmlichkeiten ist für Aodh McBarrel klar, dass er früher oder später Schottland verlassen und sein Glück auf dem europäischen Festland suchen muss. Einerseits, weil er bei einer schlechten Ernte wie viele seiner Landsleute schnell wieder arm sein würde. Andererseits aber auch, weil die Pest, der »Schwarze Tod«, welche Mitte des 14. Jahrhunderts rund einen Drittel der schottischen Bevölkerung hingerafft hatte, in regelmäßigen Abständen immer wieder auftaucht.

So verlässt er im darauffolgenden Sommer seinen Hof und schifft sich nach Irland ein. Von dort soll seine Reise weiter gehen nach Frankreich und dann Richtung Süden. Doch weiter als Dublin schaffen es er und sein Fass mit Lebenswasser, welches er mitnimmt, nicht. Dort lernt er eine Frau kennen, die er ehelicht und mit der er drei Kinder – zwei Söhne und eine Tochter – zeugt. Und die ihn dazu bringt, in Irland zu bleiben.

Seine Erfahrung in der Herstellung von »uisge beatha« hilft Aodh McBarrel, seine Existenz und die seiner Familie zu sichern – bald wird sein gebranntes Wasser so beliebt, dass er von dessen Verkauf leben kann.

Doch Aodh erlebt nicht mehr, dass »aqua vitae« im Jahre 1494 erstmalig in schottischen Steuerunterlagen, den »Exchequer Rolls«, urkundlich erwähnt wird. Und erst Generationen später werden auch seine Nachkommen nicht mehr von »uisge beatha« sprechen, sondern von »Whisky«, nachdem dieser Begriff 1736 zum ersten Mal in Dokumenten auftaucht.

Als zwischen 1845 und 1852 eine neuartige Kartoffelfäule das Hauptnahrungsmittel der Bevölkerung Irlands vernichtete, starben in der »Grossen Hungersnot« eine Million Menschen; zwei Millionen Iren gelang die Auswanderung.

Und zu diesen Auswanderern gehörten auch die Nachkommen von Aodh McBarrel.

Über Umwege und nach mehreren Zwischenhalten landeten sie schließlich in der Nähe der Region, in welcher bereits der irische Wandermönch Gallus im 6. Jahrhundert seine Bleibe gefunden und das Kloster St. Gallen gegründet hatte.

Und mit den McBarrels kamen nicht nur die ersten Schotten, sondern auch der Whisky nach Appenzell und in den Alpstein.

ANGELS' SHARE

Brauquöll Appenzell, im Spätsommer 2015

Patrik Böttcher klopft das Fass erneut ab.

Der Hall verrät ihm den Hohlraum, der über die jahrelange Lagerung entstanden ist, obwohl das Fass einst bis zum Rand gefüllt worden war.

»Angels' Share«, lacht sein Mitarbeiter Klaus, der eben den Lagerraum betreten und Patrik beobachtet hat.

»Du hast gut lachen«, wendet sich Patrik diesem zu, »aber hör mal genau hin, da stimmt doch etwas nicht.«

Er klopft das Fass noch einmal ab, wechselt dann zu dem danebenliegenden, wiederholt das Prozedere. »Hörst du den Unterschied?«

»Der Klang ist bei diesem Fass heller«, antwortet Klaus emotionslos.

»Das heißt, dass …«, fordert ihn Patrik heraus.

»Der Hohlraum kleiner ist?«

»Richtig, Klaus«, bestätigt der Braumeister und klopft weitere Fässer ab. »Hörst du, dumpf, dumpf, dumpf, alle haben in etwa den selben Klang, den gleich großen Hohlraum. Aber Achtung, hör gut hin!« Er steuert zielstrebig auf ein weiteres der 27 Whiskyfässer, welches etwas weiter hinten im Raum gelagert wird, zu und klopft auch dieses ab.

»Heller Klang«, ruft Klaus erstaunt aus, »wieder ein

Fass mit größerem Hohlraum. Liegt das am verwendeten Holz?«

»Nein, so große Unterschiede können durch die unterschiedlichen Holzarten nicht entstehen. Der Whiskyanteil, der verdunstet, hängt wohl ein wenig von der Art und dem Alter des verwendeten Fasses ab, vor allem aber von der Umgebungstemperatur und der Luftfeuchtigkeit. Und diese beiden Faktoren werden ja hier in unserem Lagerraum konstant gehalten, damit der Angels' Share nicht mehr als zweieinhalb Prozent pro Jahr beträgt.«

»Und damit eher mehr Wasser als Alkohol verdunstet, wird die Luftfeuchtigkeit hoch gehalten«, fügt Klaus an, stolz darüber, dass er seinem Chef sein Fachwissen beweisen kann.

»Das heißt, dass aus einzelnen Fässern Whisky auf eine unnatürliche Weise verschwindet«, bringt nun Patrik das auf den Punkt, was er bereits bei der Prüfung des ersten Fasses vermutet hat.

»Diebstahl?« Klaus schaut seinen Chef fragend an.

»Diebstahl, ja Diebstahl, anders kann ich mir das nicht erklären«, bestätigt ihn dieser.

»Doch wer …?«

»Bevor wir uns damit befassen, sollten wir nochmals gemeinsam prüfen, welche Fässer davon betroffen sind«, unterbricht ihn Patrik.

In der Grösse unterscheiden sich die 27 verschiedenen Fässer nicht, nur in der Art und der Farbe des Holzes. Und der einheitliche, kreisförmige Beschlag auf der Frontseite mit dem Bären aus dem Logo des Appenzeller Biers, eingerahmt von Edelweiß, und dem Schriftzug

»Säntis Malt – Appenzeller Whiskytrek – Swiss Alpine Whisky« lässt alle Fässer gleich aussehen.

»Betroffen sind die Fässer vom ›Aescher‹, von der ›Alpenrose‹, vom ›Hohen Kasten‹, der ›Krone Brülisau‹, dem ›Lehmen‹, dem ›Mesmer‹, dem ›Rotsteinpass‹, dem ›Säntisgipfel‹, der ›Tierwis‹ und von unserem ›Brauquöll‹«, kommt Klaus zum Schluss, nachdem die beiden alle Fässer noch einmal überprüft haben.

»Zehn der 27 Berggasthäuser des Whiskytreks«, sinniert Patrik, »doch was verbindet diese miteinander, was haben sie gemeinsam? Oder anders gefragt: warum diese zehn und nicht die anderen 17?«

»Doch ein Angels' Share, einfach ein außergewöhnlich großer«, spekuliert Klaus.

»Über den Destillerien und ihren Lagerhäusern liegt ein spezieller Dunst, verursacht von der teilweisen Verdunstung der hochprozentigen Destillate durch das Holz hindurch. Das ist unbestritten. Doch dass dadurch viele Engel von solchen Orten angezogen werden und sich ihren Engelsteil, eben diesen ›Angels' Share‹ holen, gehört definitiv ins Reich der Mythen«, reagiert Patrik genervt.

»Vielleicht wollte jemand unserem Geheimnis auf die Spur kommen? So wie viele Menschen gerne wüssten, welches Geheimnis hinter dem Appenzeller Käse steckt …«

»Wir haben kein Geheimnis«, interveniert Patrik. »Es ist doch bekannt, dass wir auf solides Handwerk setzen, das Quellwasser aus dem Alpstein und Braugerste aus Berggebieten verwenden, wo sie später reift und dadurch besonders kräftig ist.«

»Was sollen wir jetzt machen?« Klaus wirkt hilf- und ideenlos.

»Wir müssen unbedingt die Polizei einschalten, wir können nicht einfach so tun, als sei nichts geschehen. Spätestens bei der Auslieferung an die betroffenen Berggasthäuser wird klar werden, dass mit ihren Fässern etwas nicht stimmt«, wendet Patrik ein.

Während Klaus sich aufmacht, um aus dem Büro der Brauerei die Polizei aufzubieten, bleibt Patrik im Lagerraum, lässt sich noch einmal durch den Kopf gehen, was passiert ist und welche Auswirkungen dieser Vorfall haben könnte.

Der vermeintliche Diebstahl würde das ganze Konzept des Whiskytreks in Gefahr bringen. Denn alle Berggasthäuser sollten die gleiche Menge Whisky erhalten, welcher sich durch den Ausbau in unterschiedlichen Fässern in individuellen Editionen entfaltet. Aber so schnell lässt sich der verschwundene Inhalt, der über Jahre gereift ist, nicht wieder ersetzen.

Patrik sieht sein Lebenswerk gefährdet, aber auch seine Stellung in der Appenzeller Gemeinschaft, die er sich erarbeitet hat.

Eigentlich weiß niemand so recht, wie und wann seine Familie mit Namen Böttcher nach Appenzell Innerrhoden gekommen ist. Aber es interessiert auch kaum jemanden. Der Name klingt einfach deutsch – sehr deutsch – und damit ist allen klar, dass sie Fremde, »frönte Fötzel«, wie es die Appenzeller ausdrücken, sein müssen.

Aber der Vorname Patrik ist dort geläufig. Deshalb war Patrik Böttcher auch selbst lange nicht daran interessiert, mehr über seine Herkunft herauszufinden. Doch als seine Arbeitgeberin, die Brauerei Locher in Appenzell, sich erstmals mit dem Brennen von Whisky befasste, tauchte Patrik in die schottische Geschichte ein und stieß dabei auf Familiennamen, die in ihrer Bedeutung dem seinen sehr nahe kamen.

Bereits der erste Single Malt Whisky seiner Brauerei, der »Säntis Malt«, wurde traditionsgemäß in Holzfässern ausgebaut – Fässer, welche früher schon Fassbinder, Büttner, Küfer oder eben Böttcher hergestellt hatten. Schnell war Patrik klar, dass sein Familienname von dieser Berufsbezeichnung stammt.

Es war denn für ihn auch keine große Überraschung, in schottischen Geschichtsbüchern und Archiven auf Namen zu stoßen, deren Wurzeln sich auf den gleichen Ursprung zurückführen ließen: Cooper, Hooper – oder auch McBarrel.

Als er dann seine eigene Familiengeschichte ins Visier nahm, führte ihn seine Spurensuche nach Norddeutschland, wo seine Herkunft ihren Ursprung in einer Namensänderung fand. Ende des letzten Jahrhunderts hatte dort die schottischstämmige Familie McBarrel eine Änderung ihres Familiennamens auf Böttcher beantragt. Was auch, da die Familie schon über Generationen in Deutschland ansäßig war, bewilligt wurde.

Patrik forschte weiter, wollte wissen, wo seine Wurzeln waren. Und stieß dabei auch auf eine Verbindung zu seinem neuen Berufsfeld, das Braumeisteramt der Whiskyherstellung. Ein Aodh McBarrel hatte bereits in der ersten Hälfte des 15. Jahrhunderts Whisky gebrannt, in Dingwall, nordwestlich von Inverness.

Dass der Vorname seines letzten nachweisbaren Vorfahren, Aodh, die gleiche Bedeutung hat wie der seine, war für Patrik dann nur noch eine kleine zusätzliche Überraschung: Aodh stammt von »aed«, was »Feuer« bedeutet, ab; Patrik steht im Altirischen für »brennendes Feuer«.

Patrik wird von der eintreffenden Polizei aus seinen Gedanken geholt. Vorerst ist es nur eine Zweierpatrouille, die im Lagerraum auftaucht und genau wissen will, was geschehen ist.

»Wann haben Sie die Fässer das letzte Mal kontrolliert«, fragt der Beamte Patrik.

»Ich kontrolliere die Fässer ja nicht jeden Tag«, erklärt dieser, »denn der Whisky braucht vor allem Ruhe, um sich entwickeln zu können. Ende des letzten Monats, das heißt vor rund vier Wochen, war aber alles noch in Ordnung. Das weiß ich mit Sicherheit, weil ich von allen Fässern Proben genommen habe, um den aktuellen Stand der Reifung zu prüfen.«

»27 Proben an einem Tag – na dann Prost«, lacht der Beamte, »Sie haben ja einen schönen Beruf.«

»Den habe ich wirklich«, bestätigt Patrik, »auch wenn ich die 27 Proben natürlich nicht trinke. Ich mache nur ein ›Nosing‹, das heißt ich errieche den Whisky und versuche, seine Geschmäcker zu bestimmen. Dann beurteile ich seine Wirkung im Mund, auf der Zunge und im Abgang, bevor ich die Probe wieder ausspucke.«

»Nun, dann muss sich in den letzten vier Wochen jemand an den zehn Fässern bedient haben«, folgert der Beamte. »Haben Sie schon einen Zusammenhang zwischen den zehn betroffenen Fässern herausgefunden? Dürfte ja wohl kaum Zufall sein, welche vom vermeintlichen Dieb ausgewählt wurden.«

»Darauf sind Klaus und ich auch gekommen«, bestätigt Patrik etwas genervt, »doch haben wir noch keinen logischen Zusammenhang entdeckt. Klaus hat sich mit dieser Frage beschäftigt, jedoch in so kurzer Zeit nicht die Spur einer Verbindung gefunden. Das wäre ja dann auch Ihre Aufgabe, beziehungsweise die Ihrer Kollegen.«

Der Beamte versteht sofort, bricht die Befragung ab und bietet seine Kollegen der Kriminalpolizei auf.

Als Kriminalpolizist Max Dörig mit seinem Assistenten Emil Dobler in der Brauerei auftaucht, hat der Beamte bereits alle Mitarbeitenden zusammengetrommelt, deren Personalien aufgenommen und sie darüber informiert, dass sie sich für eine kurze Befragung zur Verfügung halten sollen.

Nachdem Max vom Beamten über die bisherigen Erkenntnisse ins Bild gesetzt worden ist, wendet er sich dem Braumeister zu: »Herr Böttcher, bevor wir die Fässer auf Spuren untersuchen, müssen Sie uns erklären, wie Sie Whisky zur Probe entnehmen. Wir müssen ja wissen, wo wir was suchen müssen.«

»Nun, das ist ganz einfach, Herr Dörig, Zapfen raus, das machen wir mit einem speziellen Instrument, einer Art Zapfenzieher ohne Schraubgewinde, damit der Zapfen nicht verletzt wird. Dann Ansaugeinrichtung rein, Whisky ansaugen und ins Glas ablassen.«

»Und wo finden wir diese Ansaugeinrichtung und den Zapfenzieher? An diesen sind ja am ehesten Spuren, Fingerabdrücke, zu finden. Auf dem Korken wird dies etwas schwieriger, wenn nicht gar unmöglich.«

»Hier«, zeigt Patrik an die Wand hinter den Fässern, wo die beiden Geräte stehen. Neben dem bläulich schimmernden Zapfenzieher steht das meterlange Ansaugrohr, welches ins Fass gesteckt wird, damit der Whisky darin hochsteigt. Durch ein einfaches Abklemmen der Luftzufuhr bleibt die Flüssigkeit im Rohr und kann so ins Glas abgelassen werden, wobei dieses normalerweise zuerst außen und innen mit dem Whisky ausgespült wird, um fremde Gerüche zu eliminieren.

Die Forensiker machen sich an die Arbeit, um die auf beiden Geräten vorhandenen Fingerabdrücke zu sichern und mit denen der Mitarbeiter der Brauerei zu vergleichen, um die Unschuldsvermutung zu bestätigen. Klar bestimmen können sie jedoch nur die von Patrik – weitere zufällige oder auch absichtliche Zugriffe auf die beiden Geräte können wegen der mehrfachen Überlagerungen nicht extrahiert werden.

»Herr Böttcher, haben Sie schon daran gedacht, dass die Fässer nicht von einer außenstehenden Person, sondern von jemandem aus ihrem Unternehmen angezapft wurden?«

»Einer von uns, ein Brauereimitarbeiter?«, fragt Patrik ungläubig. »Ich kann mir nicht vorstellen, dass jemand aus unserer Belegschaft zu einer solchen Tat fähig wäre. Alle stehen hinter dem Produkt des Whiskytreks, sind stolz darauf, daran beteiligt zu sein! Wir kommen ja alle – zumindest die in der Produktion Beschäftigten – aus der Bierbrauerei, haben uns jedoch gerne auf die Innovation der Whiskyproduktion eingelassen und uns darauf spezialisiert. In unterschiedlichen Ausprägungen natürlich, den Anforderungen und Fähigkeiten entsprechend.«

»Könnte es sein, dass sich jemand zu wenig wahrgenommen und berücksichtigt fühlt, glaubt, mehr beitragen zu können, als von ihm oder ihr verlangt wird?«, fragt der Ermittler nach.

»Das ist natürlich immer möglich, mir jedoch bisher nicht aufgefallen«, stimmt Patrik zu.

Max Dörig geht einen Schritt auf Patrik zu, so dass er neben ihn zu stehen kommt und ihm zuflüstern kann: »Dann schlage ich vor, dass wir für alle hier die Ermittlungen offiziell und ohne Erfolgsmeldung abschließen, aber den Lagerraum über die kommenden Nächte überwachen. Vielleicht geht uns ja der Täter doch noch in die Falle.«

Patrik nickt und informiert alle Mitarbeitenden über den Abschluss der Ermittlungen: »Schreiben wir diese Verluste ab und gehen wir wieder zur Tagesordnung über! Lasst uns vorwärts schauen und weiter an einem erfolgreichen Whiskytrek arbeiten!«

Es vergehen drei Nächte, während denen die Beamten, welche – ohne dass dies außer Patrik und seinem Chef weitere Mitarbeitende wissen – im Lagerraum auf der Lauer liegen, am Morgen nichts rapportieren können. Dann, in der vierten Nacht, rührt sich etwas.

Wie der Schatten, der plötzlich über den Fässern erkennbar ist, in den Lagerraum gekommen ist, können die Beamten ihrem Chef im Nachhinein nicht erklären. Doch das, was sie ihm übereinstimmend wiedergeben, ist, was sie gehört haben.

Dieses tiefe Einatmen, begleitet von einem Gemurmel, aus welchem immer wieder das Wort »Karamell« herauszuhören ist. Dann dieses schlürfende Geräusch, mit welchem der Unbekannte den Whisky einsaugt und das begleitende Selbstgespräch, aus dem wiederum das gleiche Wort zu erkennen ist. Jedoch dieses Mal in einer eher fragenden Stimmlage.

»Karamell?«

»Zugriff«, flüstert der eine Beamte seinem Kollegen zu, bevor sie auf den Schatten zustürmen. Der Eindringling versucht nicht sich zu wehren, blickt die beiden Beamten ungläubig an, hebt das Glas, in welches er Whisky aus einem der Fässer gefüllt hat, und streckt dieses den beiden hin: »Kein Karamellgeschmack im Gaumen, nur in der Nase.«

Die beiden Beamten schauen sich fragend an.

Doch noch bevor sie reagieren können, beginnt Klaus zu erklären: »Zehn unserer Whiskys haben einen Karamellgeruch, der über die Nase klar erkennbar ist. Oh, wie ich diesen Geruch liebe! Aber nicht bei allen dieser zehn Ausprägungen ist das Karamellige auch im Gaumen erkennbar. Ich kann mir bis heute nicht erklären warum …«

»Und das wolltest du herausfinden, du wolltest Antworten auf deine Fragen«, folgert Patrik im Verhör, das am folgenden Tag auf dem Kommandoposten im unteren Ziel stattfindet.

»Es tut mir leid, Patrik«, antwortet Klaus kleinlaut, »es hat mir keine Ruhe gelassen. Ich weiß schon viel über Whisky – wenn auch nicht so viel wie du – und will besser werden, vielleicht auch einmal Braumeister werden wir du.«

»Aber warum hast du dich selber bedient, statt mich zu fragen?« Patrik verwirft die Hände.

»Kennst du denn die Antwort?«, fragt Klaus erstaunt.

Patrik schweigt, schweigt sehr lange.

»Gewisse Geheimnisse sollen im Mythos Whisky bleiben, müssen – oder dürfen – nicht aufgelöst werden.«

DAS ERSTE FASS

Berggasthaus Meglisalp, im Frühling 2012

Johan und Emil sind hinten, Johan auf der Bergseite. Es ist eine sehr schmale Stelle, Johan muss sich gegen den Berg drücken, damit Emil noch genug Platz auf dem Weg hat.

Doch dann rutscht dieser plötzlich mit dem rechten Fuß weg.

Johan versucht noch, wieder Tritt zu fassen, drückt dabei das Fass gegen den Berg. Dadurch rutscht es von seiner Schulter und kippt talwärts. Er und die beiden anderen Träger vor ihm haben keine Chance, das Fass zu halten. Die beiden vorne schaffen es noch, von der Tragevorrichtung wegzukommen, doch das Fass reißt Emil mit in die Tiefe.

Alles geht sehr schnell.

Mit gesenkten Köpfen betreten die drei Männer wenig später die Terrasse des Berggasthauses »Meglisalp«. Johan steuert direkt auf seine Schwägerin zu, nimmt sie wortlos in die Arme und drückt sie an seine Brust. »Es tut mir leid …, so leid …«, stammelt er, »Emil ist … wir hatten keine Chance … konnten nichts machen …«

Rita stößt Johan mit einem lauten Aufschrei von sich weg: »Was hast du getan?«

Johan steht mit gesenktem Kopf vor seiner Schwägerin, bringt zuerst kein Wort über die Lippen. Erst nach einer längeren Pause stammelt er: »Es ging … es ging alles so schnell.«

»Nein«, schreit Rita laut heraus, »nein, nein, warum, warum nur?« Sie wirft sich Johan an den Hals, sucht Halt und Trost bei ihrem Schwager. Dieser jedoch scheint unfähig, Rita zu helfen, steht mit herunterhängenden Armen wie eine Salzsäule auf der Terrasse.

Rita löst sich langsam von Johan und schleicht mit hängendem Kopf ins Berggasthaus, lässt die drei Träger und die sichtlich betroffenen Gäste zurück.

Unter diesen beginnen schon bald Diskussionen über den tragischen Unfall und auch darüber, wie es wohl mit dem Berggasthaus weitergehen werde.

Und ohne es wirklich auszusprechen, werden auch gegen Johan Verdachtsmomente geäußert wie: »Jetzt kommt er doch noch zu seinem Berggasthaus.«

Denn es ist ein offenes Geheimnis, dass auch Johan damals gerne das Berggasthaus von seinen Eltern übernommen hätte. Doch weil die beiden Brüder so unterschiedlich waren, führte dies zu einer klaren Entscheidung der Eltern zugunsten von Emil und gegen Johan.

Johan, der Ältere, ist introvertiert, verschlossen, unfreundlich, mürrisch, ein Einzelgänger, oft ohne ersichtlichen Grund schlecht gelaunt, und verbreitet dadurch in seinem Umfeld immer wieder eine Atmosphäre der Freudlosigkeit und Unlust.

Emil hingegen war lebensfroh, gutmütig, fröhlich und bei allen Menschen beliebt. Und diese Beliebtheit führte auch dazu, dass er zum Präsidenten der Flurgenossenschaft der neuen Transportseilbahn Seealp-Meglisalp, welche die alte und erste aus dem Jahre 1952 abgelöst hatte, gewählt wurde. Die Bahn, welche die Alpgenossenschaft 1999 erstellt hatte und die den Transport von Waren auf die Meglisalp und ins gleichnamige Berggasthaus wesentlich vereinfachte. Im 19. Jahrhundert wurden Waren noch von Trägern ab Wasserauen über den Schrennenweg transportiert. So wurde auch das ganze Material für den Bau des Berggasthauses in den Jahren 1897/1898 auf die Meglisalp getragen. Die schwerste Last oder »Strussbodi«, wie diese genannt wurde, welche ein Mann alleine tragen konnte, betrug damals beachtliche 128 Kilogramm.

Emil war froh, dass er sich für die Zufuhr von Waren für sein Berggasthaus nun auf die Transportbahn verlassen konnte. Das Berggasthaus hatte er 1989 von seinen Eltern übernommen und ihnen dieses auch abgekauft. Er – und auch seine Eltern – wussten, dass dies auch Johans Wunsch gewesen wäre. Doch konnte er sie überzeugen, dass es für den Betrieb des Gasthauses nicht von Vorteil wäre, es ihm zu übergeben. Denn welcher Gast will schon bei einem Wirt, der Freudlosigkeit und Unlust ausstrahlt, einkehren!

So bleibt Johan nur die Bewirtschaftung der Alp, die er gerne übernommen hatte, wie er immer wieder betonte. Doch niemand weiß, was die Entscheidung seiner Eltern wirklich für ihn bedeutet hatte und wie er damit umgehen kann. Denn griesgrämig war er schon vor dieser Aufteilung gewesen.

Es erweckte aber schon den Anschein einer Trotzreaktion, als Johan seinem Bruder und seinen Eltern eröffnete, dass er die Alp nicht von unten her, sondern von der 100 Meter höher gelegenen Alp Meglisalp-Oberchellen oder Alp Sitzig Stein aus bewirtschaften wolle. Und wohnen werde er im Haus, in welchem gemäß der Sage der Senn Josua von einem großen Stein begraben wurde, welcher ein unheimlicher Fremder auf ihn rollen ließ.

Der Legende nach war Josua mit diesem Fremden ein Versprechen eingegangen, dass er ihm seine Alp überlassen würde, wenn er es schaffen sollte, seinen allseits beliebten und erfolgreichen Bruder Meggelin von der unteren fruchtbareren Alp zu vertreiben. Doch dieser blieb hartnäckig, obwohl ein Fluch des Fremden den Wasserzufluss zu seiner Alp versiegen ließ. Trotz der Hilfe der Zwerge blieb der See verschwunden, und das Quellwasser von der oberen Alp versickerte nach wie vor, ohne eine Spur zu hinterlassen. Dennoch wurden die Brunnen wie aus einer unsichtbaren Quelle jeden Morgen wieder aufgefüllt, sodass die Alp genug Wasser für Meggelin und sein Vieh erhielt.

Aus Sicht von Josua war damit der Versuch gescheitert, Meggelin zu vertreiben, und er sah keinen Anlass dazu, seine Alp dem Fremden zu übergeben. Doch diese Entscheidung bezahlte er mit seinem Leben.

Johan war sich sehr wohl der Symbolik seiner Entscheidung bewusst und genoss – ohne es nach außen zu zeigen – die Verunsicherung, welche er in seiner Familie auslöste. Dies war für ihn wie eine kleine Rache dafür, nicht für das Berggasthaus berücksichtigt worden zu sein. Obwohl er sich auch der Anerkennung seiner Arbeit als Alpsenn durchaus bewusst ist. Denn die Alpwirtschaft hat im Kanton Appenzell Innerrhoden einen großen Stellenwert – über 45 Quadratkilometer im Kanton und damit mehr als ein Viertel der Kantonsfläche sind Alpen.

Doch Johan war und blieb seinem Bruder immer behilflich, wenn dieser seine Unterstützung brauchte. Sei es bei der Instandhaltung der Wanderwege, für die er als Berggastwirt verantwortlich war, oder für kleinere Reparaturarbeiten, bei welchen er jeweils sein größeres handwerkliches Geschick ausspielen konnte.

Oder wie jetzt, wenn es darum ging, das erste Fass mit dem eigenen Single Malt Whisky auf die Meglisalp zu bringen. Denn Emil war der Erste der Bergwirte im Alpstein, der die Idee hatte, in seinem Gasthaus seinen Haus-Whisky aus dem eigenen Fass anzubieten.

In der Brauerei Locher in Appenzell hatte er schnell einen Partner gefunden, der für dieses Experiment bereit war. So reifte über die letzten Jahre in einem Bier- und später in einem Portweinfass dieser Whisky heran, der nun darauf wartete, auf die Meglisalp gebracht zu werden.

Doch Emil wollte dieses Fass nicht einfach mit dem Helikopter einfliegen oder mit der Transportbahn hinaufbringen lassen. Er wollte die Tradition der »Säntisträger« noch einmal aufleben lassen, welche früher das Material aus dem Tal auf den Gipfel des Säntis getragen hatten – oft auch von Wasserauen auf dem Schrennenweg auf die Meglisalp und weiter über den Rotsteinpass auf den Gipfel.

Im Jahre 1846 wurde auf dem Säntis die erste Unterkunft gebaut, für die vermehrt Lebensmittel und Getränke gebraucht wurden, um die Wünsche der Gäste befriedigen zu können. Zuerst besorgte der Wirt diese Arbeit selber und musste bis nach Wasserauen, um die angelieferte Ware zu holen, während sich seine Frau der Bewirtung der Gäste widmete. Milch, Käse und Butter wurden während der Alpzeit auch von den Sennen in der Meglisalp hinaufgebracht, das wusste Emil noch aus den Erzählungen seines Großvaters.

Mit dem Ausbau der Wanderwege wuchs auch der Bergtourismus und verunmöglichte dem Säntiswirt, all seine Waren selber zu holen. So zog er auch familienfremde Helfer hinzu – eben diese Träger, die mit der Zeit den Namen »Säntisträger« erhielten und diese Arbeit zu ihrem Beruf machten. Und nicht wenige dieser Träger fanden bei ihrer Berufsausübung den Tod.

Der Transport des Whiskyfasses sollte zelebriert werden – Emil versprach sich davon eine gute Medienpräsenz. So beauftragte er seinen Bruder Johan, eine entsprechende Tragevorrichtung zu bauen, mit welcher das über 200 Kilogramm schwere Fass den Berg hinauf getragen werden konnte.

Auf zwei mit mehreren Stricken verbundenen Baumstämmen von guten 15 Zentimetern Durchmesser sollte das Fass zu liegen kommen. Hinten und vorne wurden die Stämme mit Tüchern umwickelt, damit der Druck auf die Schultern der Träger auszuhalten war. Damit das Fass in den steilen Passagen nicht rutschen konnte, wurde es vorne und hinten durch einen Querbalken gesichert und zusätzlich mit weiteren Seilen an dieser Konstruktion festgebunden.

Zwei starke Männer waren schnell gefunden, die bereit waren, Johan und Emil bei diesem spektakulären Transport zu unterstützen. Vom Gasthaus »Alpenrose« in Wasserauen, wo die Vier das Fass mit einem lauten »Ho Hopp« auf die Schultern hievten, galt es, zuerst den steilen Weg durch das Hüttentobel hinauf in die über 300 Meter höher gelegene Klein- und Großhütten zu bewältigen. Von dort führt der teilweise exponierte Schrennenweg hoch über dem Seealpsee, vorbei an der Schirmhütte, hinauf über die Stockegg zum Chrüzböhl und auf die Meglisalp.

Doch dort sollten das Fass und auch Emil nie ankommen.

Emils Leiche wird noch am gleichen Tag weit unterhalb des Schrennenwegs von der Rettungskolonne geborgen, er musste sofort tot gewesen sein. Das Whiskyfass zersplitterte durch die harten Aufschläge, und auch von dem Tragegerüst wurden nur noch einzelne Stücke gefunden. Damit konnte in den polizeilichen Ermittlungen auch nicht mehr rekonstruiert werden, ob eventuell ein Fehler in der Konstruktion den Absturz begünstigt hatte.

So bleibt der Polizei nichts anderes übrig, als den Unfallhergang genau zu rekonstruieren, die Sichtweise der Beteiligten zusammenzutragen, Übereinstimmungen festzuhalten und allfällige Widersprüche zu klären.

Bruno Fässler, seines Zeichens Chef der Appenzell Innerrhoder Kriminalpolizei, und sein engster Mitarbeiter, Max Dörig, versuchen, Johan aus der Reserve zu locken, denn auch ihnen ist das gespannte Verhältnis zwischen den beiden Brüdern bekannt.

Für die beiden Ermittler wäre ein denkbares Motiv für eine mögliche Tat, dass Johan ebenfalls das Berggasthaus hatte übernehmen wollen, was ihm aber von seinen Eltern verwehrt wurde. Aus Erfahrung wissen sie, dass Neid, das Gefühl, das besitzen zu wollen, was andere haben, ein klassisches Mordmotiv ist. Ein Motiv, das bereits im Alten Testament beschrieben wird: der Brudermord von Kain, dem ältesten Sohn von Adam und Eva, an Abel, weil er neidisch ist auf die Zuneigung Gottes zu seinem Bruder.

Doch etwas aus Johan herauszulocken, ist kein einfaches Unterfangen bei diesem verschlossenen und schweigsamen Menschen.

Immer und immer wieder fordern sie ihn auf: »Erzähl uns nochmals genau, was passiert ist.«

Und Johan beschreibt den Unfallhergang jedes Mal fast wortwörtlich gleich, in kurzen und abgehackten Sätzen.

»Seine Erklärungen scheinen mir plausibel«, muss Max anerkennen, »dass er durch Emils Versuch, das Fass hochzustemmen, gegen den Berg gedrückt wurde und ihm der Stamm von der Schulter rutschte.«

»Eine Absicht in seiner Handlung zu erkennen und nachzuweisen, ist ein Ding der Unmöglichkeit«, muss auch Bruno eingestehen, »umso mehr, als die beiden anderen Träger nicht beurteilen können, was hinter ihrem Rücken abgelaufen ist.

Nach den Einvernahmen nimmt Rita ihren Schwager energisch beim Arm und zieht ihn wortlos in die Wirtswohnung des Berggasthauses hinein. »Was hast du ihnen gesagt«, zischt sie ihn an, »ich hoffe, du bist bei deiner Version geblieben, die du vor den Gästen auch mir erzählt hast!«

»Nur keine Angst, Rita, natürlich habe ich nur das wiederholt, was auch alle bei unserer Ankunft Anwesenden gehört haben! Weder die Polizei noch sonst wer wird jemals herausfinden, was wirklich geschehen ist.«

»Und vor allem: warum es geschehen ist«, atmet Rita hörbar auf.

»Was aber bedingt, dass wir unsere Rollen noch eine Weile weiterspielen«, fügt Johan an. »Du die der trauernden Witwe und ich die des Bruders, der die ›Meglisalp‹ nun übernehmen *muss.*«

»Und ich beschränke mich darauf, dir unter die Arme zu greifen, damit das, was Emil bisher aufgebaut hat, weitergeführt werden kann. Was sonst zwischen uns läuft, darf niemand erfahren!«

Denn das konnten Rita und Johan bisher als Geheimnis bewahren.

Es ist nun bereits über ein Jahr her, seit sie sich zum ersten Mal näher gekommen sind. Oder besser: als Rita sich an ihren Schwager heranmachte.

Schon immer war er ihr, trotz seines verschlossenen und mürrischen Verhaltens, sympathisch gewesen. »Mit Emil wird es mir oft zu viel«, hatte sie Johan eingestanden, »er will immer und überall im Mittelpunkt stehen, zieht die ganze Aufmerksamkeit und alle Sympathien auf sich.«

»Und du wirst damit in seinem Schatten nicht wahrgenommen«, vergewisserte sich Johan, ob er mit seiner Vermutung richtig liege. »Da hast du es neben mir einfacher, ich suche die Aufmerksamkeit anderer nicht.«

»Neben dir könnte ich die Rolle der Gastgeberin besser übernehmen – die Rolle, die ich so gerne ausübe«, bestätigte Rita.

Es war einfach, ihr Verhältnis geheim zu halten, Emil war zu stark mit sich, seinen Aufgaben und seinen Gästen beschäftigt. »Ich bin froh, dass du dich um meinen Bruder kümmerst«, hatte er ihr einmal gesagt, »und ihn ab und zu auf seiner Alp aufsuchst.« Einen Verdacht hegte er nicht, was dort wirklich ablief. Dafür war sein Selbstbewusstsein zu stark, als dass er sich dies hätte vorstellen können.

Johan genoss die Zuneigung seiner Schwägerin, war froh, dass sich eine Frau für ihn interessierte. Nie hätte er von sich aus die Initiative ergreifen können, auf das andere Geschlecht zuzugehen. Dafür war er zu scheu, zu unsicher.

Und je mehr er genoss, von Rita begehrt zu werden, umso weniger merkte er, dass dies mit einer klaren Zielsetzung geschah und er immer stärker in ein Abhängigkeitsverhältnis zu ihr rutschte.

Als dann der Transport des Whiskyfasses aktuell wurde, zeigte Rita erstmals ihr wahres Gesicht: »Das ist unsere Chance!«

»Was meinst du mit Chance«, fragte Johan irritiert zurück.

»Die Chance, ein neues und unser eigenes Leben aufzubauen.«

Und nach einer kurzen Pause fügte sie an: »Ohne Emil.«

»Du willst ihn … Er soll …?« Johan konnte nicht glauben, was er aus Ritas Antwort herauszuhören scheint.

Rita erklärte ihm ihren Plan und drängte ihn dazu, diesen umzusetzen. Denn sie war sich ihrer Macht über Johan bewusst, wusste, dass er nicht mehr von ihr lassen konnte und damit auch bereit war, das Leben seines ihm schon längst entfremdeten Bruders zu opfern.

Und so kam es, dass nicht nur das erste Whiskyfass erst im zweiten Anlauf auf der Meglisalp ankam, sondern das gleichnamige Berggasthaus auch einen neuen Besitzer und eine neue Gastgeberin erhielt.

DAS BEWEISSTÜCK

Berggasthaus Bollenwees, im Sommer 2016

Und nun noch das: Gestern lagen die Schweine, denen er am Abend Schotte, die gelblich-grüne Flüssigkeit, die aus der Käseproduktion übrig bleibt, verfüttert hatte, Stunden später apathisch am Boden. Einige von ihnen schienen Atemnot zu haben, andere hatten Anfälle, die sie in einen regungslosen Zustand brachten, als würden sie jeden Moment sterben.

Meinrad vermutete aufgrund der Symptome eine Salzvergiftung, konnte sich aber nicht erklären, woher das Salz hätte stammen können. Was er aber wusste, war, wie er die Tiere behandeln konnte: Dank regelmässiger Wasserzufuhr und Nahrungsentzug gelang es ihm, alle Tiere zu retten.

Trotz aller Hektik während dieser Rettungsaktion blieb jedoch Meinrad nicht verborgen, dass hier jemand seine Finger im Spiel gehabt haben musste. Neben dem Trog, in welchem er die Schotte verfüttert hatte, lag ein kleines Fläschchen. Und Meinrad wusste sofort, woher dieses stammt: Das eingravierte Logo mit dem Bären des Appenzeller Biers, eingerahmt von Edelweiß, ermöglichte ihm eine erste Zuordnung, die Gravur darunter – »Bollenwees« – die zweite und genaue.

Das Fläschchen war eines aus der Whiskytrek-Serie, abgefüllt im Berggasthaus »Bollenwees«, voll und verschlossen – der Besitzer oder die Besitzerin musste dieses erst kürzlich in der »Bolle« erwandert haben.

Was war hier geschehen? Meinrad war zutiefst verunsichert. Umso mehr, als dies bereits der dritte Vorfall innert kürzester Zeit war.

Doch auch das, was geschehen ist, kann nichts daran ändern, dass Meinrad es liebt, Senn zu sein.

Vor allem hier, am Ufer des Fälensees auf der Fälenalp. Dass ab und zu der See über seine Ufer tritt und die Alp und seine Hütten überschwemmt, gehört für Meinrad zum natürlichen Jahreszyklus.

Die größten Schneemengen werden hier Ende April oder Anfang Mai gemessen, dann, wenn allmählich die Schneeschmelze einsetzt. Verursacht dann noch feuchtwarme Luft schwere Regenfälle, kann es gefährlich werden. Wie 1999, als die fast hochsommerlichen Temperaturen im Mai zusammen mit den Regenmassen zu Hochwasserständen im Sämtiser-, Seealp- und auch Fälensee führten. Die Situation am Fälensee war prekär – mit einem Wasserspiegel vier Meter über Normalstand überschwemmte der See alle Alphütten und Ställe der Fälenalp bis zum First.

Doch mit Hilfe des Innerrhoder Zivilschutzdienstes, der Zelte für Menschen und Tiere aufstellte, konnte auch diese Herausforderung gemeistert werden. Und umso mehr genoss Meinrad die Nachbarschaft zum Berggasthaus »Bollenwees«, wo er nach Rückgang des Hochwassers wieder regelmäßig einkehrte.

Mit dem Hochwasser wurde Meinrad aber auch wieder an die Sage erinnert, die über die Fälenalp erzählt wird – die Alp, die früher Glücksalp hieß.

Vor langer Zeit zog ein Senn auf die Glücksalp und weidete während eines sonnenreichen Sommers seine Herde. An einem Freitag im Nachsommer – das meiste Gras war von seinen Tieren bereits gefressen – zog ein schweres Gewitter auf. Blitze zuckten aus dem Himmel, und der Donner rollte dumpf an den Gebirgszügen entlang, nachdem er sich an den Felswänden gebrochen hatte. Die Herde stand, vor Schrecken gebannt, regungslos in der Nähe des Sees, als plötzlich vom Roslen ein Bergsturz losbrach. Gewaltige Felsenmassen ließen die Erde erbeben und rollten in den See und über die Alp. Mit dem Felsniedergang war nicht nur der schönste Teil der Alp mit Schutt bedeckt, sondern auch die Herde bis auf zwei Kühe und den Stier verschwunden.

Das war zu viel für den Senn, der nicht länger auf der Glücksalp verweilen wollte. Er hängte seinen drei übrig gebliebenen Tieren Glocken um und zog den See entlang in Richtung Tal. Traurig und wütend mit seinem Schicksal hadernd ließ er seinem Unmut freien Lauf und redete vor sich hin: »Ich wollte nur, der Donner schlüge auch diese drei hinunter in die Tiefe! Es ist doch besser nichts, als solch ein elender Rest!«

Kaum hatte er diese Worte ausgesprochen, löste sich hoch oben ein weiteres Felsstück, zermalmte die drei Tiere und stürzte sie hinunter in den See. Der Senn fühlte sich wie vom Blitz getroffen und musste wie gelähmt zuschauen, was seinem Vieh widerfuhr. Als er sich einigermaßen gefangen hatte, rief er laut: »Do hett's mer gfählt ond öbel gfählt!« (»Das Glück hat mich verlassen!«).

Seither heiße, so die Sage, die Alp nicht mehr Glücksalp, sondern Fälenalp, der See wird Fälensee genannt. Und obwohl Meinrad weiß, dass der Flurname auf die Geländeabhänge zurückgeführt wird und die Alp bei den steilen Hängen bezeichnet, ist er überzeugt, dass etwas Mystisches auf dieser Alp vorgefallen sein muss.

Es muss Ende Juni gewesen sein, als er das erste Mal bemerkte, dass etwas mit einer Kuh nicht stimmte. Ihr Euter war entzündet, ihre Zitze verletzt. Meinrad vermutete sofort, dass die Keime, die zur Entzündung geführt hatten, durch diese Verletzung ins Euter eingedrungen waren. Doch was ihn irritierte, war, dass die Verletzung ein feiner gerader Schnitt war – wie von einem sehr scharfen Messer oder einer Rasierklinge.

Dann eine Woche später musste er noch spätabends seine Ziegen knapp unterhalb der Häderen zusammentreiben. Noch nie waren sie so weit hinaufgestiegen – als hätte sie jemand dorthin getrieben oder so erschreckt, dass sie das Weite suchten.

Und nun noch das mit den Schweinen gestern. Das konnte nicht mit rechten Dingen zugehen!

Meinrad erzählt von diesen Vorkommnissen Urban und Anita Streule, dem Wirtsehepaar des Berggasthauses Bollenwees. Zu ihnen als seinen Nachbarn hat er Vertrauen, weiß, dass sie ihm zuhören werden.

»Glaubst du, dass diese drei Vorfälle keine Zufälle sind«, fragt Urban, »oder vermutest du gar, dass dir jemand Böses will?«

»Es *kann* kein Zufall sind«, erwidert Meinrad selbstsicher. »Wäre die Euterentzündung auf mangelnde Hygiene zurückzuführen, hätte es mehrere Kühe treffen müssen, das mit den Geißen ist ebenfalls ungewöhnlich, und wie Salz in die Schotte gelangen kann, ist mir unerklärlich – der Käsebruch war in Ordnung!«

»Doch wer soll dir Schlechtes wünschen?«, fragt Anita nach, »hast du Feinde oder vermutest du ein Motiv, das jemanden dazu bewegen könnte, sich gegen dich zu wenden?«

»Wenn ich mit meinen Vermutungen richtig liege und wirklich jemand diese Vorfälle initiiert hat, muss es ein Spinner gewesen sein. So wie bei euch vor zwei Jahren, als ein religiöser Spruch an die Wand geschmiert und Feuer gelegt wurde. Das waren doch auch Spinner!«

»Aber damals war – oder besser wurde – das Motiv klar«, wirft Urban ein, »doch was könnte es bei dir sein?«

»Nun …«, zögert Meinrad, »ich hätte da schon eine Idee, wenn auch eine sehr spezielle, die ich auch nicht jeder und jedem erzählen würde …«

»Schieß los«, muntert ihn Anita auf.

So beginnt Meinrad die Sage von der Glücksalp zu erzählen. »Falls die Sage doch etwas Wahres an sich hat, ist vielleicht mit dem Senn und dem ursprünglichen Namen auch das Glück von der Alp weggezogen«, wagt er eine Vermutung.

Und noch bevor Anita und Urban, die sich ungläubig anschauen, reagieren können, fährt er in seinen Ausführungen fort. Und führt eine zweite Sage ins Feld, die vom Oberrieter Gemeindeammann Hannes erzählt, der sich seinen Reichtum und Alprechte von Sterbenden erschwindelt hatte. Als man ihm auf die Schliche kam, stürzte sich einer der Angehörigen auf ihn und schlug ihm mit dem Holzbeil den Kopf ab. Doch Hannes klemmte seinen Kopf unter den Arm, verließ das Haus und trieb fortan sein Unwesen, indem er Vieh von der Kette löste, den Schweinen das Futter aus dem Trog verschwinden ließ oder Kühe mit kranken Eutern plagte. Erst einem Kapuzinerpater, der zu Hilfe gerufen wurde, gelang es, Hannes in den Stiefelwald unterhalb der Bollenwees zu verbannen. Wenn ein Senn den Jodel des »Stiefelhannes«, wie er jetzt genannt wurde, erwiderte, verlor er die Macht über sein Vieh an diesen. Erst als der Benefizpater des Kapuzinerklosters den Sennen ein langes Gebet aufschrieb, welches sie jeden Abend über die Alpweiden rufen mussten, verschwand »Stiefelhannes«.

Obwohl das Wirtspaar die Sage, welche die Umgebung der Bollenwees umrankte, kannte, ließen sie Meinrad ausreden. Zu sehr schien er in seinen Gedanken gefangen, als dass sie ihn hätten unterbrechen können. »Doch was hat *diese* Sage denn mit dir zu tun?«, hakt Urban ungläubig nach.

»Du weißt, dass ich im letzten Jahr mit dem allabendlichen Ave-Ruf aufgehört habe«, erklärt Meinrad, »vielleicht will mich jemand dafür strafen.«

Und nochmals schauen Anita und Urban sich und Meinrad ungläubig an. Doch dieser lässt sich von seinem Erklärungsversuch nicht abbringen. »Da ich während der Zeit, als die Vorfälle geschahen, nur Gruppen mit Kindern in meinem Massenlager hatte, ist die Wahrscheinlichkeit groß, dass der Verursacher Gast in eurem Haus war. Es war ja immer gegen Abend, als etwas passierte – und damit auch wahrscheinlich, dass dieser Irre noch bei euch eingekehrt ist oder gar übernachtet hat.«

Noch hält Meinrad seinen letzten Trumpf zurück.

»Da kommen Dutzende von Leuten infrage«, seufzt Urban, »bei der Frequenz, die wir jetzt haben, ist es beinahe unmöglich zu eruieren, wer zum Zeitpunkt der Vorfälle hier war.«

»Infrage kommen aus meiner Sicht nur die Whiskytrekker, die Leute, die bei dir in letzter Zeit ihr Fläschchen Whisky abgeholt haben«, doppelt Meinrad trocken nach.

»Wie kommst du darauf?«, fragt Anita staunend.

Meinrad zieht das Fläschchen, das er beim Schweinetrog gefunden hat, aus seiner Jackentasche. »Das hier lag neben dem Trog, aus dem die Schweine gefressen haben.«

»Ich hoffe nur, dass das eine mit dem anderen nichts zu tun hat«, seufzt Urban, »es wäre zu schade, wenn der Whiskytrek Anlass zu einer solchen Aktion geben würde.« Denn Urban ist sich sehr wohl bewusst, dass diese Initiative der Brauerei Locher eine weitere bedeutende und ertragbringende Initialzündung für den Wandertourismus im Alpstein ist.

»Sollen wir die Polizei einschalten?«, fragt Meinrad.

Urban und Anita zögern, blicken sich kurz in die Augen, bevor Anita Stellung nimmt: »Nach dem, was wir erlebt haben, fehlt mir der Glaube daran, dass dies dein Problem lösen kann. Bei uns war es ja auch nicht die Polizei, die wirklich zur Klärung beitrug.«

»Das nehmen wir besser selber in die Hand«, bestätigt Urban die Aussage seiner Frau.

Zusammen gehen sie das Buch durch, in welchem die Ausgabe der Whiskyfläschchen festgehalten wird. Und stoßen schnell auf die Namen der Whiskyfans, welche gestern hier ihren Bon eingelöst haben, aber auch schon früher des Öfteren in der »Bolle« waren.

»Gestern haben sieben Gäste Fläschchen bei uns abgeholt, die meisten waren jedoch die letzten Wochen nicht hier. Aber einer, der gestern seine Flasche abgeholt hat und der auch zuvor schon öfters hier war, meist mit seinen Freunden, Pascal und Sebastian, ist Toni, der Journalist. Was die beiden anderen arbeiten, weiß ich nicht – aber sie haben beide ebenfalls den Whiskytrek-Pass gekauft und ihre Bons schon vor längerer Zeit eingelöst.«

»Das scheint eindeutig zu sein, auf diese drei müssen wir uns konzentrieren«, schlägt Meinrad vor.

»Doch wie sollen wir das anstellen?«, fragt Anita etwas hilflos nach.

»Lass uns ihnen eine Falle stellen«, schlägt Meinrad vor.

Nach längerer Diskussion beschließen sie, dass, wenn die Verdächtigen das nächste Mal hier auftauchen, Meinrad ebenfalls ins Berggasthaus kommen soll. Er wird es sich dann gemütlich machen und so tun, als würde er längere Zeit in der Gaststube bleiben. Und davon erzählen, wie gut es ihm auf seiner Alp gehe – sodass es auch die anderen Gäste hören können. Falls die drei Meinrad wirklich Böses wollen, würden sie diese Gelegenheit sicher für einen weiteren Abstecher in die Fälenalp nutzen. Meinrad und Urban würden ihnen dann folgen und sie gegebenenfalls stellen.

Es dauert denn auch wirklich nicht lange, bis Toni mit seinen Freunden am Abend im Berggasthaus »Bollenwees« auftaucht und sich mit diesen in eine feuchtfröhliche Runde stürzt, in welcher auch der »Bolle«-Whisky nicht fehlen darf. Wenige Minuten später taucht auch Meinrad in der Gaststube auf und setzt sich wie rein zufällig an den Nebentisch.

»Hey, Urban«, ruft er dem Wirt, der hinter der Theke steht, zu, »das wird einer der besten Sommer werden, den wir hier ja hatten. So eine hohe Käsequalität und -menge hatte ich noch nie, seit ich die Fälenalp übernommen habe. Und mit den Übernachtungen wird's auch immer mehr – darauf müssen wir anstoßen! Bring doch zwei deiner Whiskys.«

Urban setzt sich zu Meinrad und lässt diesen weiter lautstark über seine Erfolge berichten. Dabei beobachtet er unauffällig den Nebentisch. Nach rund einer halben Stunde stehen Toni und seine Freunde auf und verlassen mit einem deutlich hörbaren »Rauchpause« in Richtung Urban den Gastraum.

Meinrad und Urban folgen ihnen durch den Ausgang im Untergeschoss, schleichen sich zur Terrasse und sehen, dass die drei wirklich in Richtung Seeweg hasten. Mit einigem Abstand und in der Sicherheit der Dunkelheit folgen sie dem Trio, das nun Richtung Fälenalp stürmt. Doch statt wie diese dort direkt die Stalltür anzusteuern, wählen sie den Weg auf der Hinterseite um den Stall herum. So sind Toni und seine Freunde bereits im Stall, als sie die Tür erreichen.

Mit nun eingeschalteten Stirnlampen und einem lauten »Was soll das?« stürmen sie in den Stall. Toni, Pascal und Sebastian erstarren vor Schreck.

»Wir wollten doch nur …« versucht Toni das Wort zu ergreifen.

»… nur nochmals Meinrads Tieren etwas antun, meinst du«, klemmt ihm Urban das Wort ab. »Das nächste Mal musst du besser auf dein Whiskyfläschchen aufpassen und es nicht am Tatort zurücklassen. Was habt ihr euch eigentlich dabei gedacht – falls man das von euch überhaupt erwarten darf?«

»Wir wollten … wir wollten dir doch nur etwas Gutes tun«, erklärt Toni, »und die alten Sagen um die Fälenalp und den Stiefelwald wieder aufleben lassen. Würde doch gut zur mystischen Welt des Whiskys, den du jetzt ausschenkst, passen. Und sicher noch mehr Leute in die ›Bolle‹ locken …«

»Und du hättest dir gleich noch deine Story für die Sauregurkenzeit geschaffen. Dafür nehmt ihr den Tod von Tieren und Schaden für Meinrad in Kauf«, erzürnt sich Urban, »da habt ihr etwas Wichtiges noch nicht begriffen. Wir hier im Alpstein halten zusammen, leben in Koexistenz, nicht in Konkurrenz, und gönnen uns gegenseitig Glück und Erfolg! Wenn wir profitieren, dann gemeinsam, und nicht auf Kosten anderer.«

Es ist Urban, der das Schweigen seiner Gegenüber erneut bricht: »Ich will euch bei mir nicht mehr sehen! Ob Meinrad Strafanzeige erhebt, bleibt ihm überlassen.«

Urban klopft Meinrad auf die Schulter, wendet sich ab und verlässt mit einem »Sagen sollen Sagen bleiben« den Stall in Richtung »Bollenwees«.

DER BRIEFKASTEN

Berggasthaus Staubern, April 2015

Es dämmert schon, als Hugo den Aufstieg vom Berggasthaus »Staubern« zur Staubernkanzel in Angriff nimmt. Über den stahlseilgesicherten Westanstieg führt ihn sein Weg zuerst zum »Wändchen«. Von dort geht es über gute Tritte und dank eingeschlagener Eisenstifte locker hinauf zum 1.860 Meter hohen Gipfel mit Kreuz und Gipfelbuch.

Doch der höchste Punkt ist nicht Hugos Ziel, ihn zieht es wieder hinunter. Jedoch nicht auf der West-, sondern auf der Ostseite. Dorthin, wo der legendäre gelbe Briefkasten in luftiger Höhe hängt.

Und diesen – aus Sicht von Hugo – »Schandfleck« will er nun, geschützt durch die einbrechende Dunkelheit, endgültig entfernen.

Es ist nicht die optische Erscheinung, die ihn stört, sondern vielmehr die Geschichte hinter diesem Briefkasten, in die er 2009 selbst involviert war. Und in der er und sein Arbeitgeber so bloßgestellt wurden, dass er dies bis heute noch nicht verdaut und fast täglich damit zu kämpfen hat.

Schon im Aufstieg merkt Hugo, dass er für sein Vorhaben wohl nicht den besten Tag gewählt hat. Kopfschmerzen, ein Schwächegefühl und Übelkeit machen ihm immer mehr zu schaffen. Erst seit er das Berggasthaus nach kurzer Rast verlassen hat, tauchen diese Beschwerden auf. Der eine Whisky, den ich getrunken habe, kann es nicht sein, ist sich Hugo sicher, aber vielleicht habe ich ja schon vorher etwas Schlechtes erwischt.

Auf dem Gipfel angekommen, verstärken sich die Symptome, Hugo muss erbrechen, ihm wird schwindlig, sein Atem ist beschleunigt. Trotzdem will er sein Vorhaben durchziehen, sucht die Stelle, wo er absteigen, beziehungsweise sich abseilen kann.

Als er sich gegen die Felskante bewegt, verschwimmt plötzlich alles vor seinen Augen, erneut tritt Schwindel auf, Hugo torkelt, rutscht auf der Kante aus – und fällt.

Erst am anderen Morgen findet ein Wanderer am Fuß der Westwand Hugos Leiche. Bruno Fässler, Chef der für diesen Fundort zuständigen Appenzell Innerrhoder Kriminalpolizei, steht vor dem schwarzen Plastiksack, von dem nur der oberste Teil geöffnet ist und das Gesicht des Toten freigibt.

»Wer ist es?«, fragt er seinen Mitarbeiter Max Dörig, der sich über die Leiche gebeugt hat.

»Hugo Schreiber«, Max blickt zu seinem Chef hoch, »Techniker bei der Post, *der* Techniker …«

»*Welcher* Techniker?

Max zeigt die Wand der Staubernkanzel hoch und kann sich trotz der tragischen Situation ein Schmunzeln nicht verkneifen: »Der Techniker, der damals vor sechs Jahren den Briefkasten von den Staubern holen wollte und diesen in der Wand wiederfand.«

»Ich erinnere mich. Schon wieder ein Toter, innerhalb von zwei Wochen zwei Tote auf den Staubern.« Bruno Fässler ist sichtlich genervt.

Vor zwei Wochen war eine Berggängerin beim Abstieg von den Staubern tödlich verunglückt. Bruno erinnerte sich, dass ihm Martin Dietsche, der Wirt des Berggasthauses, erzählt hatte, dass die Frau bei ihnen eingekehrt war und ihm vom Vorhaben erzählt hatte, über die Alp Rainhütte abzusteigen. Martin hatte sie noch vor den Gefahren, welche die Nordhänge zu dieser Jahreszeit in sich bergen, gewarnt und ihr erklärt, dass ein Abstieg auf dieser Route höchstens mit Steigeisen zu bewerkstelligen sei.

Die Frau hatte ihm versichert, dass sie solche in ihrem Rucksack mitführe – was sich im Nachhinein aber als unwahr herausstellte. Erst am anderen Morgen wurde die Frau oberhalb der Alp Rainhütte in steilem Gelände entdeckt. Aufgrund der Spuren musste vermutet werden, dass sie beim Überqueren eines steilen Schneefeldes ausgerutscht und einige 100 Meter abgestürzt war.

»Er war sicher auch bei Martin«, unterbricht Bruno seine eigenen Gedankengänge. »Lass uns zu ihm gehen, hier können wir eh nichts mehr machen. Oder gibt es noch etwas, was ich wissen müsste?«

»Außergewöhnlich ist nur, dass oben auf der Kanzel frisch Erbrochenes gefunden wurde. Wir müssen aber in der Rechtsmedizin in St. Gallen bestimmen lassen, ob dieses vom Toten stammt.«

Wenig später sitzen sie mit Martin zusammen an einem Tisch in der Gaststube.

»Hugo Schreiber«, fragt Martin nach, »ja klar kenn ich ihn. Er war auch regelmäßig Gast bei uns, letztmals gestern am späteren Nachmittag. Er wird – natürlich nicht nur von mir – vor allem mit der Briefkastengeschichte in Verbindung gebracht.«

40 Jahre hatte der Briefkasten am Berggasthaus »Staubern« gehangen – als Dienstleistung für die Wanderer, welche ihre Postkarten direkt nach ihrer Einkehr bei Janine und Martin Dietsche einwerfen konnten. Und Martin brachte dann jeweils die Karten zu Tal, nahm der Post die Arbeit ab, den Briefkasten zu leeren.

Und dann kam im August 2009 dieser Anruf aus Bern, aus der Hauptverwaltung der Schweizerischen Post, die von sich behauptet »nach klaren Grundsätzen zu handeln und ihre soziale und ökologische Verantwortung wahrzunehmen, hochstehende, marktfähige und innovative Dienstleistungen zu erbringen und alles daran zu setzen, die hohen Erwartungen ihrer Kunden zu erfüllen.« »Doch wo bleibt die soziale Verantwortung, wie sollen die Kundenerwartungen erfüllt werden, wenn der Briefkasten entfernt werden soll«, fragte sich Martin?

Den brauche es nicht mehr, hatte ihm der Beamte erklärt. Martin war wohl bewusst, dass nur noch wenige Postkarten im gelben Kasten landeten – und trotzdem wollte er diese Dienstleistung aufrechterhalten. »Der kommt weg, da können Sie machen, was Sie wollen«, brach der Anrufer die Konversation ab.

So machte sich Martin daran, der Aufforderung Folge zu leisten, demontierte den Briefkasten und brachte ihn an einem anderen Ort an. Als tags darauf ein Techniker der Post – Hugo Schreiber – den Kasten holen wollte, fand er ihn trotz der Hinweise des Wirtes, dass er an der Wand hänge, nicht. Erst auf mehrmaliges Nachfragen, an welcher Wand er denn meine, wies Martin Dietsche in die Höhe, hinauf zur Staubernkanzel. Dort oben, 80 Meter über dem Berggasthaus, leuchtete ein gelber Punkt – der

Briefkasten, den er eigenhändig in luftiger Höhe montiert hatte.

Längst hat sich die Post mit der neuen Situation abgefunden, lässt Martin gewähren, nachdem er wie vereinbart den Kasten übermalt und das Postsignet entfernt hat. Und die Gäste können auch weiterhin ihre Postkarten am Buffet des Berggasthauses abgeben, wenn sie lieber einen analogen als einen digitalen Gruss zu Tal schicken wollen.

»Ist dir etwas Besonderes aufgefallen, als er gestern hier war?«, versucht Bruno, seine Ermittlungen weiterzuführen.

»Für mich nichts Spezielles«, antwortet ihm der Bergwirt nach kurzem Überlegen. »Er ist eingekehrt, hat einen alkoholfreien Saft getrunken und einen Nussgipfel gegessen.«

»Sonst nichts?«, fragt Max ungläubig nach.

»Doch, warte«, hakt Martin nochmals ein, »er wollte noch mein Whiskyfass anschauen. Also bin ich mit ihm rüber in den Schopf.«

Martins Edition ist eine Rarität, da Lärchenholz nur noch selten für den Fassbau und noch seltener für den Ausbau von Whisky verwendet wird. Nach drei Jahren im Bierfass wurde seine Edition in einem ehemaligen Weinfass der Hofkellerei des Fürstentums Liechtenstein ausgebaut, welches dem Whisky dank harziger Aromen eine würzige Note verleiht.

Für das Fass hatte Martin Dietsche den alten Schopf ausgebaut, dieses in der Mitte des Raumes platziert und links und rechts eine Stehbar eingebaut. Dank einer Bio-Heizung kann der Schopf nun als Gesellschaftsraum für Gruppen- und Firmenanlässe, inklusive Whiskyverkostung, genutzt werden. Ökologisch sinnvoll – das ist Martin wichtig – wie die solarbetriebene Bahn oder die Warmwasseraufbereitung im Berggasthaus.

»Und was habt ihr dort gemacht?«, fragt Bruno nach.

»Ich hab ihm den Raum gezeigt, musste jedoch nochmals kurz zurück in die Küche, um mit meinem Mitarbeiter etwas zu klären. Dann hab ich ihn wieder im Schopf getroffen und noch etwas mit ihm über meinen Whisky und den ganzen Trek geredet, bevor wir hierher zurückgekehrt sind.«

»Und hat er dir erzählt, dass er noch auf die Kanzel hinauf will?«, will Bruno wissen.

»Nein, hat er nicht. Er hat noch einen Whisky getrunken, daran erinnere ich mich noch genau. Denn ich musste nochmals in den Schopf, um die Flasche für den Offenausschank nachzufüllen. Ich war der Meinung, dass er, als er bereits bei Einbruch der Dämmerung losmarschierte, wieder Richtung Frümsen absteigen wollte.«

»Was wollte er um diese späte Zeit noch auf der Staubernkanzel?« Max schaut seinen Chef und Martin fragend an.

»Vielleicht war der Briefkasten sein Ziel«, stellt Martin in den Raum.

»Wie kommst du darauf«, will Bruno wissen.

»Nun, ich weiß aus Gesprächen mit Kollegen von Hugo, dass ihm damals die Geschichte mit dem Briefkasten echt zu schaffen gemacht hat. Er fühlte sich scheinbar durch meine Aktion – obwohl sie ja nicht gegen seine Person gerichtet war – bloßgestellt und als sehr loyaler Arbeitnehmer der Post auch in seinem Berufsstolz verletzt.«

»Und wollte deshalb den Briefkasten verschwinden lassen«, spekuliert Max.

»Ich wusste, dass ihm dieses Symbol meiner – na sagen wir mal Aufmüpfigkeit gegen die Obrigkeit und gegen bürokratische Entscheide wie diesen … Dass ihm das nicht gepasst hat und er sich auch Jahre danach noch immer daran gestört hat. Aber gesagt hat er mir das nie, und ich habe dieses Thema ebenfalls nie angesprochen.«

»Das könnte der Grund gewesen sein. Aber warum ist er abgestürzt? So wie du, Martin, erzählt hast, war er ein sehr versierter Berggänger.«

»Vielleicht hilft uns die Rechtsmedizin weiter«, wirft Max ein und deutet mit seiner Hand die er von seinem Mund in großem Bogen nach vorne führt, an, was er meint.

»Das Erbrochene auf der Kanzel«, folgert Bruno, »ja, Max, ruf in der Rechtsmedizin an, ob sie schon etwas rausgefunden haben.«

Es dauert eine Viertelstunde, bis Max wieder in die Gaststube zu Bruno und Martin zurückkehrt. Sein leicht gegen die Seite geneigter Kopf und ein lautes Pfeifen verraten den beiden Wartenden bereits, dass es Neuigkeiten geben muss.

»Schieß los, Max, was gibt's?«

»Hugo Schreiber war schon vor seinem Todessturz so gut wie tot«, spannt Max die beiden auf die Folter.

»Was willst du damit sagen? War er krank?«, fragt Bruno genervt nach.

»Er wurde vergiftet und wäre mit größter Wahrscheinlichkeit auch ohne Absturz daran gestorben.«

»Vergiftet? Womit?«

Max blickt Martin eindringlich an: »Mit deinem Whisky, Martin, mit deiner ›Edition Staubern‹!«

»Mit meinem Whisky, mit meiner ›Edition Staubern‹?«, wiederholt Martin ungläubig.

»Ja, Martin, vergiftet mit Methanol. Vergiftet mit dem Alkohol, der für Treibstoffe oder Frostschutzmittel verwendet wird, der sich aber kaum von Ethanol, dem genießbaren Alkohol unterscheidet. Du erinnerst dich ja sicher noch an die Methanolvergiftung von deutschen Jugendlichen in der Türkei vor einigen Jahren, welche tödlich endete.«

»Wie Heinz Brunner, der Leiter der Rechtsmedizin in St. Gallen, mir erklärt hat, wird Methanol im menschlichen Körper dann zur tödlichen Gefahr, wenn die Leber mit dem Abbau von Alkohol beginnt. Während dieses Abbaus werden auch hochgiftige Säuren im Körper produziert, worauf der Körper mit Bauchkrämpfen und Kopfschmerzen reagiert. Häufig kann es auch zu Blindheit, Nierenversagen und Gehirnschäden kommen.«

»Doch wie konnte Methanol in meinen Whisky kommen?«

»Methanol kann entstehen, wenn bei der Herstellung von Trinkalkohol die Destillation nicht richtig abläuft. Methanol kommt daher oft in selbst gebrannten alkoholischen Getränken vor. Doch da du bisher keine Probleme hattest, müssen wir davon ausgehen, dass deinem Whisky Methanol nachträglich zugeführt wurde«, führt Max aus.

»Aber das hätte ich doch merken müssen«, verwirft Martin verzweifelt die Arme.

»Kannst du nicht«, berichtigt Max, »für Laien ist kein

Unterschied festzustellen, auch wenn beide Alkohole sich im Geschmack geringfügig unterscheiden.«

Bruno, der sich bisher aus der Diskussion herausgehalten hat, schaltet sich wieder ein: »Bisher keine Probleme mit dem Whisky, dann plötzlich die Vergiftung von Hugo Schreiber … Lasst uns einmal überlegen, was dazwischen geschah.«

Zusammen rekonstruieren sie nochmals den Nachmittag des Vortages. »Martin, wäre es möglich, dass das Opfer selbst deinem Whisky Methanol beigemischt hat? Ein Motiv hätte er ja gehabt.«

»Wie gesagt, Bruno, musste ich vom Schopf nochmals kurz zurück in die Küche. Das hätte gereicht, um das Fass zu öffnen und den Whisky zu vergiften.«

»Doch warum hätte dann Hugo Schreiber noch einen Whisky bei dir trinken sollen. Als Alibi? Wohl kaum bei dem Risiko, das ihm ja bewusst war«, zweifelt Max.

»Nun, Max, du erinnerst dich sicher an Martins Bemerkung, dass er seine Flasche für den Offenausschank kurzfristig nachfüllen musste! Darin liegt eventuell die Erklärung«, gibt Bruno einen Hinweis.

»Hugo bestellte in der Gewissheit, dass der Whisky in der Flasche noch aus der Zeit *vor* der Verunreinigung stammt«, folgert Martin.

»Richtig, Martin! Hugo wurde so Opfer seiner eigenen Tat.«

»Wobei wir dies nie mit absoluter Sicherheit werden beweisen können«, fügt Max an.

WHISKY & FOOD

Drehrestaurant Hoher Kasten, Sommer 2018

Rasant geht es zu Tal.

Die 1964 eröffnete Luftseilbahn Brülisau – Hoher Kasten, die seither mehrfach erneuert und 2010 mit neuen Kabinen ausgestattet wurde, kann bis zu 50 Passagiere mit einer Maximalgeschwindigkeit von sieben Metern pro Sekunde befördern – doch dieses Mal scheint es Werner Neff schneller talwärts zu gehen.

Die Kabine ist gut gefüllt, Werner steht wie immer am talseitigen Fenster, um die wunderbare Aussicht hinunter nach Brülisau und bis weit über das Appenzellerland und den Bodensee zu genießen. Im Moment wird der Genuss durch dieses ungute Gefühl, zu schnell unterwegs zu sein, getrübt.

Die vielen Passagiere erlauben ihm nicht, einen Blick auf den Kabinenbegleiter oder dessen Anzeigen zu werfen, doch er ist sich sicher, dass sein Gefühl ihn nicht trügt. Denn mindestens zwei bis drei Mal pro Woche fährt er als Gast mit der Bahn zu Tal, spart sich nach seinen langen Wanderungen im Alpstein den steilen Abstieg über den Ruhesitz oder den langen über den Kamor. Er genießt es immer wieder, hier unterwegs zu sein, die verschiedenen Berggasthäuser zu besuchen, die einheimische, traditionelle Küche zu genießen.

Bei Verdoppelung der üblichen Geschwindigkeit würde beim Aufprall die vierfache Energie erzeugt, schießt es Werner durch den Kopf – das ist ihm noch aus dem Physikunterricht geblieben – was einem freien Fall aus zehn Metern Höhe entsprechen würde.

Doch nun scheint auch der Kabinenbegleiter bemerkt zu haben, dass etwas nicht stimmt.

»Ich bitte Sie, sich auf den Boden zu setzen oder zumindest niederzukauern, sodass Sie sich gegenseitig zu einem Block ineinander verkeilen«, weist er die Passagiere mit ruhiger Stimme an. »Wir haben ein kleines technisches Problem, die Ankunft könnte etwas ruppiger werden als sonst.«

»Kleines … etwas …«, murmelt Werner vor sich hin und staunt, wie ruhig und ohne Murren die anderen Fahrgäste den Anweisungen des Begleiters folgen.

Werner hält es nicht mehr aus. »Wir sind zu schnell, so mach doch endlich etwas«, schreit er den Kabinenbegleiter an.

Es vergehen einige Sekunden, während denen keine Reaktion auf diese Aufforderung kommt.

»Kabine 1 an Talstation, kommen«, hört er dann aber plötzlich den Begleiter funken.

»Endlich«, seufzt Werner.

»Hier Talstation, kommen«, krächzt es aus dem Lautsprecher.

»Hier Kabine 1, Geschwindigkeit zu hoch, automatische Steuerung außer Betrieb, manuelle Steuerung auf Talstation geschaltet, Geschwindigkeit sofort drosseln, kommen.«

Es bleibt eine kurze Zeit ruhig – Sekunden, die Werner wie eine Ewigkeit vorkommen.

»Keine Ahnung«, schreit jemand am anderen Ende in die Leitung, kümmert sich nicht mehr um Funksprache und -disziplin, »ich versuche zu drosseln!«

Wiederum vergehen als Minuten gefühlte Sekunden, während denen die Kabine ihre Geschwindigkeit behält.

Dann endlich ist eine Bremsung spürbar, was zu einer starken Schaukelbewegung der Kabine führt, dann wieder eine kurze Beschleunigung und erneut eine leichte, aber gleichmäßige Verlangsamung.

Die Kabine wird weiter langsamer, ist aber noch immer schnell unterwegs. Mit einem Rumpeln überquert die Kabine die erste von zwei Stützen, einzelne Gäste schreien kurz auf.

Noch rund 800 Meter bis zur Talstation, rechnet Werner, das könnte knapp werden.

Schnell nähert sich die zweite Stütze.

»Sofort Notmaßnahmen einleiten«, tönt es hektisch aus dem Funk, »könnte nicht ganz reichen.«

»Schon längst eingeleitet«, antwortet der Kabinenbegleiter ruhig und leise. Und fügt, an seine Passagiere gerichtet, an: »Achtung, es wird einen etwas kräftigen Stoß geben, spannen Sie Ihre Muskulatur, stemmen Sie sich gegenseitig ab.«

In dem Moment kracht es, Metall trifft auf Metall, die Kabine schlingert, die Scheiben splittern, ohne dass jedoch das Sicherheitsglas auseinanderbricht, durch das Gehäuse geht ein Geräusch, das sich wie ein lautes Stöhnen anhört. Nach einigen weiteren leichten Stößen vorne und auf beiden Seiten hängt die Kabine wieder ruhig in den Seilen, steht still in der Talstation.

»Jemand verletzt?«, kümmert sich der Begleiter sofort wieder um seine Passagiere. Die Rückmeldungen zeigen ihm schnell, dass es außer zu Prellungen und Kratzern zu keinen grösseren Verletzungen gekommen ist.

Mit Hilfe des Personals der Talstation, das unterdessen zur Kabine geeilt ist, gelingt es ihm, die Tür einen Spaltweit aufzuschieben, sodass die Gäste die Kabine verlassen können. Erst ein Blick von außen auf die zerbeulte und zerkratzte Kabine zeigt diesen, wie viel Glück sie gehabt haben, wohl nur dank des besonnenen Verhaltens ihres Kabinenbegleiters.

Wenig später sitzen Vertreter der Luftseilbahn, der Geschäftsleiter, der Technische Leiter sowie die beiden Verantwortlichen für Technik und Unterhalt, zusammen mit der Kriminalpolizei Appenzell Innerrhoden und dem Staatsanwalt im Besprechungsraum der Talstation in Brülisau.

»Wie konnte es dazu kommen, dass die automatische Steuerung ausgeschaltet und auf die manuelle der Talstation umgelegt wurde?«, will Kripochef Daniel Mazenauer wissen.

»Wir können es uns nicht erklären«, muss der Technische Leiter, Pius Fuchs, eingestehen, »normalerweise geschieht dies nur im Unterhaltsbetrieb und mit leeren Kabinen. Niemand von uns hat diese Umschaltung vorgenommen, das habe ich bereits geklärt.«

»Sabotage?«, fragt Geschäftsführer Markus Koller nach.

Pius Fuchs zuckt wortlos mit den Schultern.

»Es ist Ihnen klar, meine Herren, dass wir bei diesem Verdacht von Amtes wegen eine Anzeige gegen Unbekannt erheben müssen«, ermahnt Staatsanwalt Lukas Hörler die Anwesenden. »Schließen Sie also zuerst alle anderen Möglichkeiten aus, bevor Sie einen solchen Verdacht äußern – umso mehr, als eine solche Hypothese dem Ansehen Ihres Unternehmens in der Öffentlichkeit mehr zusetzen könnte, als wenn intern eine Fehler passiert ist. Zum Glück ist ja alles noch glimpflich und ohne Personenschaden abgelaufen.«

»Wir sind uns sicher, dass es kein interner Fehler war«, übernimmt Pius Fuchs mit Nachdruck wieder das Wort. »Nach dem Unfall von 2010, als die Kabinen ungebremst gegen die Berg- wie auch die Talstation fuhren, haben wir ja schnell ermittelt, dass ein Fehlverhalten eines mit der Bedienung der Luftseilbahn beauftragten Mitarbeiters dazu führte, dass die Geschwindigkeit der Bahn nicht korrekt kontrolliert und gesteuert wurde. Damit bliebe nur noch ein technischer Defekt oder eben …«

»Ein Defekt kann auch ausgeschlossen werden«, hakt einer der Unterhaltsverantwortlichen nach, »das haben wir im Steuerungsprotokoll überprüft.«

»Also doch Sabotage«, folgert der Staatsanwalt.

»Uns wurden bereits 2009 die Konzession sowie die Betriebsbewilligung für die Bahn durch das Bundesamt für Verkehr bis zum 31. Dezember 2035 verlängert. Ich hoffe, dass der endgültige Bericht der ›Unfalluntersuchungsstelle Bahnen und Schiffe‹ in einigen Wochen vorliegt und uns bestätigt, dass wir – so beunruhigend auch *diese* Variante ist – mit unserem Verdacht richtig liegen. Und damit unsere Konzession nicht infrage gestellt wird«, fasst Geschäftsführer Markus Koller zusammen.

Werner Neff erfährt aus der Zeitung, zu welchen Erkenntnissen die Ermittlungen zum Seilbahnunfall, in den er auch involviert war, geführt haben. »Sabotage …

ja, warum nicht«, folgert er für sich. Denn es wäre ja nicht das erste Mal, dass der Hohe Kasten für Opposition in der Region sorgt – oder besser: das Drehrestaurant »Hoher Kasten«.

Wie damals, 2011, als die Kampagne »Wir haben eins auf dem Kasten« nicht nur Freunde und Anhänger generierte. Zusammen mit einem »Best of Swiss Gastro« prämierten Betreiber von Hähnchen-Grillfahrzeugen hatte das mit dem gleichen Label ausgezeichnete Drehrestaurant ein Grillfahrzeug auf dem Berg platziert.

Das Fahrzeug fuhr bis zum Kamor unterhalb des Hohen Kastens, und wurde die letzten Höhenmeter bis zum Drehrestaurant geflogen – ein Medien- und Zuschauerspektakel. Doch nicht alle hatten Freude an dieser Aktion, empfanden den Grillwagen auf dem Hohen Kasten als unpassend, als ökologischen Unsinn oder einfach als störend. Wie der Verein, welcher den Alpengarten auf dem Gipfel unterhält.

Begleitet wurde die Aktion, welche es einen Monat lang ermöglichte, das – so die Werbung – »beste Schweizer Grill-Poulet direkt vom Grill, kombiniert mit verschiedensten Köstlichkeiten aus der Drehrestaurant-Küche« zu genießen, von einem attraktiven Rahmenprogramm mit regionalen Bands und einem Kinderprogramm.

Und auch die neue Aktion, so weiß Werner, ist nicht unumstritten und ruft Neider auf den Plan.

Auch das Drehrestaurant hatte sich, wie alle Bergwirte, am Projekt Whiskytrek, welches auf drei Jahre – bis 2017 – begrenzt war, beteiligt. Der Erfolg war so groß, dass sich alle Beteiligten auf eine Verlängerung um eine weitere Periode einigten. Natürlich auch Fritz Rütsche, Pächter und innovativer Koch des Drehrestaurants, der schon während der ersten Phase neue Speisen um den Whisky kreiert hatte. Wie zum Beispiel ein traditionelles Kalbsgeschnetzeltes mit Butternudeln an Rahmsoße und frischem Saisongemüse, welches er mit seiner Edition »Hoher Kasten« flambierte. Und so dem Essen das fruchtige Aroma mit zarten Rauchnoten seines in einem Sherryfass ausgebauten Whiskys verlieh.

Doch in der zweiten Phase will er nochmals einen Schritt weiter gehen. Ein eigentliches »Whisky & Food«-Angebot soll zusätzliche Impulse geben, neue Gäste oder bisherige wieder vermehrt auf den Hohen Kasten locken. Dabei soll es nicht bei der eigenen Edition bleiben, mit der Fritz die neu geschaffene Speisekarte anreichern will, auch die anderen Editionen des Bergwirtevereins sowie weitere schottische Single Malts sollen das Angebot bereichern.

Fritz Rütsche hat begonnen, verschiedene Whiskys zu verkosten. Mit dem Nosing, dem Prüfen des Geschmacks über die Nase, und bei einigen mit einem Tasting, der Bestimmung der Wirkung des Whiskys im Gaumen, hält er fest, was ihm in die Nase und in den Sinn kommt.

Daraus wird klar, welcher Whisky alleine, welcher als Aperitif oder Digestif stehen sollte, welcher sich für Suppen oder Salate eignet, welcher mit viel Substanz für die Hauptspeisen und Fleisch oder welcher mit seinen süßlichen Düften nach reifen Früchten, Schokolade oder Vanille sich für Desserts eignet. Dann ergänzt er seine Notizen und setzt seine Erkenntnisse in Beilagen, Gewürze und Kräuter um.

So entstehen Gerichte wie Räucherlachs mit Apfelsauerrahm, angereichert mit einem ausdrucksstark fruchtigen Whisky mit einem Hauch von Äpfeln, Wild mit Polenta an einer Soße mit einem 16-jährigen Malt, eine Käsevariation mit frischem Ziegenkäse, Gruyère und Elsässer Münsterkäse zu einem leichten, geschmeidigen Whisky oder Schokoladenkuchen mit einem feinen Kaffeegeschmack, mit Baumnüssen und einer frischen Karamellglace als Begleitung, zu einem 50-jährigen Single Malt.

Doch nicht alle seiner Berufskollegen waren von dieser Idee begeistert, sahen – trotz der grundsätzlich von allen befürworteten Zusammenarbeit – ihr Alleinstellungsmerkmal gefährdet, wollten nicht auf ihre traditionellen Gerichte wie die Röstivariationen, den Wurst-Käsesalat, Geschnetzeltes oder Appenzeller Siedwürste verzichten.

Und auch viele seiner Wanderkolleginnen und -kollegen stehen nicht hinter dieser Initiative, sehen in ihr eine Entfremdung des Alpsteins, fürchten einen Verlust des traditionellen und beständigen Images der Region.

Werner Neff entschließt sich, in die Offensive zu gehen. Bereits am nächsten Tag besucht er Daniel Mazenauer, den Chef der Innerrhoder Kriminalpolizei. Mit Hinweis auf die in der Pressemitteilung formulierte Aufforderung, dass »sachdienliche Hinweise an die Kriminalpolizei AI zu richten sind«, eröffnet er das Gespräch: »Herr Mazenauer, ich bin oft im Alpstein unterwegs und höre so das eine oder andere. Auch bei meinen regelmäßigen Besuchen in den Berggasthäusern.«

»Haben Sie einen Hinweis auf einen Sabotageakt an der Luftseilbahn?«, unterbricht ihn der Kripochef genervt.

»Nicht direkt«, weicht Werner aus, »aber Vermutungen.«

»Vermutungen, nichts mehr als Vermutungen! Dann schießen Sie mal los.«

Und Werner erzählt von der Opposition, welche unter den Bergwirten, aber auch in seinem Freundeskreis gegen die Pläne des Kastenwirts aufkommt. Und stellt die Hypothese in den Raum, dass einer der Mitbewerber oder Kritiker für die Sabotage verantwortlich sein könnte.

Daniel Mazenauer hört aufmerksam zu, stellt ihm zur Konkretisierung einige Gegenfragen, lockt aus ihm auch seine persönliche Meinung zu den Plänen des Drehrestaurants heraus, beobachtet sein Gegenüber genau. Und auf einmal weiß er dank seiner Berufserfahrung, wo und bei wem er weiter ermitteln muss.

Werner ist mit dem Gespräch zufrieden und kehrt beruhigt nach Hause zurück. Meinen Teil zu dieser Sache habe ich geleistet, ich darf stolz auf mich sein, redet er sich selbst ein.

Umso überraschter ist er, als am nächsten Tag Daniel Mazenauer mit einer Patrouille vor seiner Wohnungstür auftaucht: »Werner Neff, ich verhafte Sie wegen Sabotage an der Luftseilbahn Brülisau – Hoher Kasten und der Gefährdung von Menschenleben.«

»Was soll das?«, wehrt sich Werner gegen die Anschuldigungen. »Ich wäre ja beinahe selbst Opfer dieser Sabotage geworden!«.

»Ihre Aussage, Herr Neff, bei mir im Büro war zu offensichtlich ein Versuch, von Ihrer eigenen Tat abzulenken und die Schuld auf jemand anderen abzuwälzen.

Und dass Sie die Talfahrt wählten, von der Sie wussten, dass es zu einem Zwischenfall kommen würde, war kein Zufall – aber für Sie auch keine große Gefahr. Denn Sie hatten immer die Möglichkeit zu intervenieren, wussten, dass dann innert kürzester Zeit die Kabine so stark abgebremst werden kann, dass mit größter Wahrscheinlichkeit nichts passieren wird.«

»Und trotzdem wäre es beinahe ins Auge gegangen«, resigniert Werner, »ich konnte ja nicht wissen, wie lahmarschig dieser Kabinenbegleiter reagiert! Doch ich wollte nur das Beste für unsere Gastronomie und unsere Tradition hier.«

»Und hätten dafür Menschenleben in Kauf genommen!«

»Vor allem auch meines«, korrigiert Werner den Kripochef.

FLÜSSIGES GOLD

Bergrestaurant Plattenbödeli, August 2016

Es ist einer dieser typischen Sonntagmorgen. Ein Sonntagmorgen nach einem belebten und arbeitsreichen Samstag mit vielen Gästen – wie so oft während der sich zu Ende neigenden Sommerferienzeit.

Fränzi, wie die Chefin von den Gästen und ihren Mitarbeitern gerufen wird, beginnt, das Frühstücksbuffet einzurichten. Noch ist sie alleine in der Gaststube, ab sechs Uhr hält sie nichts mehr im Bett. Die beiden Mädchen, wie sie ihre Servicemitarbeiterinnen mütterlich nennt, hat sie auf halb sieben Uhr aufgeboten, das reicht.

Doch im Gegensatz zu früher unterstützt sie jetzt in der Küche regelmäßig und bereits um diese Tageszeit ihr neuer Partner Robert, mit dem sie seit Ende des letzten Jahres zusammen ist. Sie haben sich über den Whiskytrek kennengelernt, denn Robert fand nicht nur schnell Gefallen an der komplexen und kraftvollen »Edition Plattenbödeli«, sondern auch an der sympathischen und liebenswerten Gastgeberin.

Doch heute hat sie ihn noch nicht gesehen. Weder in der Wohnung, in der sie getrennte Zimmer haben, noch in der Küche. Doch Fränzi lässt sich deswegen nicht beunruhigen, weiß sie doch, dass es auch immer andere Dinge im Haus zu erledigen gibt. Robert ist sicher irgendwo unterwegs, überlegt sie sich.

Erst als Thushari, die singhalesische Küchenhilfskraft, nach einer knappen Stunde nachfragt, wo denn Robert bleibe, wird Fränzi unruhig. Sie schaut im Keller nach, geht hinüber in den Seminarraum, sucht alle Zimmeretagen ab und wirft zum Schluss noch einen Blick in Roberts Zimmer. Die Bettdecke ist zurückgeschlagen, das Bett schon längst ausgekühlt – er muss sein Zimmer schon vor einiger Zeit verlassen haben. Über sein Mobiltelefon ist er auch nicht zu erreichen, was jedoch bei dem schlechten Empfang auf dem Plattenbödeli keine Überraschung ist.

Robert ist nirgends zu finden.

Erst als sich der Ansturm auf das Frühstücksbuffet langsam gelegt hat und die meisten Gäste das Haus verlassen haben, findet Fränzi Zeit, sich mit Roberts Verschwinden zu befassen. Und was könnte näher liegen, als mit ihrem Bruder und Leiter der Innerrhoder Kriminalpolizei, Bruno Fässler, Kontakt aufzunehmen?

Bruno Fässler hasst es, wenn das Telefon läutet – vor allem an einem Sonntagvormittag, an einem seiner freien Tage. Da tauchen zu viele alte und schlechte Erinnerungen auf.

»Warum ruft mich wohl Fränzi erneut an einem Sonntagmorgen an?«, murmelt Bruno.

»Bruno, guten Morgen, Fränzi! Alles klar bei dir und Robert? Oder *mit* euch?«

»Morgen Bruno, ja, alles okay mit uns … Das heißt… nein, eben nicht … Robert ist verschwunden!«

»Na, lang hat er es aber bei dir nicht ausgehalten«, scherzt Bruno. Und kann ein Lachen nicht unterdrücken.

»Lass das, Bruno, es ist mir wirklich ernst! Robert ist verschwunden! Ich habe alles abgesucht, er ist nirgends zu finden. Telefonisch kann ich ihn auch nicht erreichen. Und das Auto steht am gewohnten Ort.«

»Ruhig, Fränzi, was ist los? Hattet ihr Streit, war irgendwas zwischen euch? Oder hatte Robert Probleme mit irgendwelchen Leuten?«

Da Fränzi keine Antworten auf seine Fragen hat, die ihm weiterhelfen würden, beschließt Bruno, seine Schwester vor Ort zu besuchen, um Ansatzpunkte für eine Ermittlung zu finden.

Nachdem er in Brülisau bei seinem Mitarbeiter Max Dörig den Schlüssel für die Schranke beim Pfannenstiel geholt hat, nimmt er den steilen Anstieg das Brüeltobel hinauf mit seinem Allradfahrzeug in Angriff. Obwohl er konzentriert links und rechts nach ungewohnten Veränderungen Ausschau hält, kann er nichts entdecken – keine Spur, die auf den Verbleib von Robert hinweisen könnte.

»Fränzi, hast du bei Robert in letzter Zeit eine Veränderung bemerkt, hat er sich anders verhalten als sonst?«, fragt Bruno seine Schwester, die vor dem Berggasthaus auf ihn gewartet hat.

»Nichts, was sein Verschwinden erklären könnte«, antwortet diese spontan.

»Was waren so eure Themen, die euch gemeinsam oder auch vor allem Robert beschäftigt haben?«, hakt Bruno nach.

Fränzi überlegt eine Weile. »Nun, das übliche … Geld, fehlendes Geld, wie wir unser Angebot ausbauen, wie wir unseren Whisky besser an den Gast bringen könnten.

Ja, und in diesem Zusammenhang habe ich auch angesprochen, dass Robert einer der besten Whiskygäste ist … Und dass die Buchhaltung der Whiskyherausgabe nicht stimmt – gemäß meiner Rechnung fehlen rund ein Dutzend Fläschchen beziehungsweise wurde deren Herausgabe nicht verbucht. Natürlich kam auch unsere Beziehung und wie es weiter gehen könnte, immer wieder zur Sprache – aber auch in diesen Diskussionen kamen wir irgendwann wieder auf das Geld zu sprechen. Wobei dies in erster Linie Roberts Thema ist. Mir reicht das, was ich verdiene und habe, ich lebe gut und gerne hier, brauche nicht mehr.«

»Aber er will mehr«, folgert Bruno.

»Ja, er träumt davon, richtig reich zu werden mit dem Berggasthaus, will, dass wir uns unten in Brülisau ein neues Haus bauen. Aber ich brauche das nicht.«

»Hattet ihr deswegen Streit?«

»Nein, keinen wirklichen Streit. Als er merkte, dass ich nicht seiner Meinung bin, hat er die Diskussion mit einem ›Okay‹ abgebrochen und das Thema nicht mehr aufgegriffen.«

»Was aber nicht heißt, dass es damit für ihn erledigt ist. War er in letzter Zeit öfters mit den gleichen Leuten zusammen?«, will Bruno von seiner Schwester wissen.

»Ja, mit diesem Albert, dem das ›Rompeli‹ gehört, sie haben sich auch oft dort unten getroffen. Dass ich nicht vorher drauf gekommen bin«, seufzt Fränzi erleichtert, »sicher ist er wieder dort.«

»Und lässt dich ohne Nachricht einfach alleine hier?«, zweifelt Bruno. »Nicht, dass ich dir die Hoffnung nehmen will, Fränzi, aber da stimmt etwas nicht.«

So entschließen sich die beiden, hinunterzufahren in den Hexenwald, dorthin, wo etwa auf halber Höhe zwischen Pfannenstiel und Plattenbödeli auf der linken Seite ein kleines Häuschen, das »Rompeli«, steht. Zu dem Ort, der bereits 1706 vom Kapuzinerpater Clemens Geiger beschrieben und dessen Text 1716 vom Naturforscher Johann Jakob Scheuchzer in einer »Natur-Historie des Schweizerlandes« herausgegeben wurde.

Über das »Rompeli« steht darin geschrieben, dass es dort Luftlöcher gebe, aus welchen man das gute oder böse Wetter ableiten könne. Von Zeit zu Zeit lasse sich aber auch ein Gespenst hören, welches »über die Massen lieb, artlich, lustig und curieus« auf einer Geige zu allen möglichen Tänzen aufspiele, jedoch nie ein Stück zu Ende spiele, sondern immer wieder ein neues beginne. Und es habe mit seinem Spiel auch schon vorwitzige Zuhörer in Lebensgefahr gebracht.

Doch auch der Hexenwald, in welchem das »Rompeli« steht, hat es in sich – nicht nur in Bezug auf seine Sagen, sondern auch auf das Biotop. Denn dass dort Zwergbäumchen stehen, kommt davon, dass nachts die Hexen aus den Bergtälern kamen und die Bäumchen tanzend und kreischend wieder in den Boden hinein stampften, wenn sie zu groß wurden. Vielmehr ist der Boden, in den die Zwergbäumchen ihre Wurzeln schlagen, schon in geringer Tiefe sehr kalt, und der Untergrund bleibt oft über das ganze Jahr gefroren.

Wissenschaftler machen dafür ein Windröhrensystem verantwortlich, in welchem im Sommer oben am Hang Luft in große Löcher zwischen Gesteinsblöcken gelangt und sich am Gestein, welches durch Hohlräume gegen

Wärme isoliert ist, abkühlt. Bereits früher wurden diese Windlöcher deshalb während der heißen Jahreszeit zur Kühlung von Milch, Käse und Bier genutzt. Auch im Hexenwald im Brüeltobel lassen sich Felsspalten finden, aus denen mitten im Hochsommer eiskalte Luft strömt.

Fränzi und Bruno streichen um das scheinbar verlassene Häuschen herum, versuchen, durch das Fenster im Innern etwas zu erkennen. Doch die Dunkelheit in den Räumen und die Spiegelung einzelner Sonnenstrahlen in den Fenstern verhindern Einblick.

»Es ist nicht abgeschlossen«, ruft plötzlich Fränzi, welche vor der nun halb offenen Eingangstür steht.

Bruno schiebt seine Schwester zur Seite, betritt den Raum. Mit dem Display seines Mobiltelefons versucht er, auch den hinteren Teil des Raumes etwas auszuleuchten.

Und was er dort erkennt, lässt ihn erschaudern. Zwei leblose Körper liegen vor einem Tisch am Boden, große dunkle Flecken neben ihren Köpfen lassen das Schlimmste erahnen.

Schnell kehrt er sich um und drückt Fränzi, die ihm gefolgt ist, wieder nach draußen.

»Wir müssen … Fränzi, wir müssen meine Kollegen kommen lassen. Da ist etwas Schreckliches geschehen!«

»Robert?« Fränzi ahnt, was ihr Bruder ihr mitteilen will. »Ist Robert etwas zugestoßen? Ist er …?«

Bruno schließt seine Schwester wortlos in die Arme, drückt sie fest an sich. »Ich konnte es nicht genau erkennen, aber … Ja, vermutlich Robert und Albert, tot … beide tot … eine Gewalttat, ein Verbrechen«, stammelt er.

»Robert ermordet?«, würgt Fränzi heraus, »er hat doch niemandem etwas getan.«

Für die Rechtsmediziner aus St. Gallen, die wie die Experten des Forensisch-Naturwissenschaftlichen Dienstes über das »Kompetenzzentrum Kriminaltechnik Ostpol.ch« aufgeboten werden, ist es ein Leichtes, die Todesursache zu bestimmen. Beide Männer wurden erschlagen, mit einem Stein aus der unmittelbaren Umgebung des Hexenwaldes.

»Von hinten kaltblütig erschlagen, als sie am Tisch saßen«, konkretisiert Heinz Brunner, Leiter der Rechtsmedizin. »Aufgrund der Lage der beiden Körper können wir darauf schließen, dass sie gleichzeitig erschlagen wurden.«

»Keine Hinweise auf eine mögliche Täterschaft?«, will Bruno Fässler wissen.

»Nein, keine Spuren, auch keine verwischten«, antwortet Christoph Schmid, Leiter des Forensisch-Naturwissenschaftlichen Dienstes. »Aber was uns eventuell weiterbringen könnte, ist eine beinahe leere große Whiskyflasche und ein rundes Dutzend voller Whiskyfläschchen auf dem Tisch sowie ein kleines Büchlein, sieht aus wie ein Tagebuch.«

Bruno schaut sich die Whiskyfläschchen selbst an und erkennt an der Gravur sofort, dass sie vom Berggasthaus »Plattenbödeli« stammen und dementsprechend auch die gleichnamige Edition enthalten müssen.

»Was sollen diese Flaschen hier unten? Und warum sind sie noch alle voll und ungeöffnet«, denkt er halblaut vor sich hin.

Dann zieht er Gummihandschuhe über, nimmt das Büchlein und öffnet es.

Bruno stößt schon auf der ersten Seite auf handschriftliche und datierte Einträge – zusammenhängende Texte aus kurzen Sätzen, aber auch Textbruchstücke und einzelne Wörter, die oft keinen klaren Zusammenhang ergeben.

»Ist das die Handschrift von Robert?«, will er von seiner Schwester wissen.

Als diese seine Frage bejaht, liest er ihr eine erste Stelle vor:

25. Juli 2016

Heute haben wir sie getroffen, unsere Freunde. Spezieller Moment. Mussten lange warten.

Sie kommen nur, wenn wir warten. Nicht offensiv werden.

Zwerge sind spezielle Wesen.

Die Sage lebt.

»Kannst du dir darauf einen Reim machen?«, fragt Bruno etwas hilflos.

»Wirres Zeug, gibt für mich keinen Zusammenhang. Wer sind diese Freunde, was haben Zwerge damit zu tun? Und die Sage … welche Sage?« Auch Fränzi ist ratlos.

30. Juli 2016

Die Zwerge sind uns gut gesinnt. Sie reden mit uns.

Flüssiges Gold.

Wir wollen festes. Gold, Gold, Gold!

»Gold, flüssiges Gold, festes. Was soll denn das bedeuten? Die beiden haben wohl zu viel von ihrem Whisky getrunken!«

»Aus der großen Flasche«, stimmt Bruno zu, »doch wozu haben sie noch die kleinen mit runtergenommen? Als Geschenke? Geschenke für wen?«

»Für die Zwerge«, tönt eine Stimme aus dem Hintergrund. Max Dörig, Brunos rechte Hand, der bisher für die Tatortsicherung zuständig war, hat die Unterhaltung zwischen den beiden Geschwistern mitverfolgt.

»Für die Zwerge?«, fragt Bruno ungläubig nach, »jetzt spinnst du auch noch!«

»Nur so kann ich mir diese Notizen erklären«, beginnt Max seine Ausführungen. »Der Sage nach hauste hier im Hexenwald in einer Höhle ein Zwergenvolk. Die Zwerge waren fleißige Leute, die den Bauern beistanden, wenn diese in Not waren, und ihren Zwergenkönig darin unterstützten, einen Schatz aus Silber, Gold und Edelsteinen zu bewachen.

Als die Frau des Königs ein Kind erwartete, forderte sie die Hilfe einer Hebamme aus dem Tal an. Diese brachte das kleine Geschöpf zur Welt und wurde zum Dank vom König reich belohnt. Der nahm ihre Schürze, ging in seine Schatzkammer und brachte diese voll und zu einem Bündel geschnürt, zurück. Doch wies er die Hebamme an, diese erst zu öffnen, wenn sie zu Hause sei.

Doch die Frau konnte nicht warten und schaute bereits im Abstieg in die Schürze – und fand nichts als dürres Laub! Wütend erzählte sie daheim ihrem Mann davon und zeigte ihm die Schürze, aus der nun ein Goldstück kollerte, welches sich scheinbar im Stoff verfangen hatte. Da erst erkannte sie, dass sie sich mit ihrem eigenen Verhalten um ihren Lohn gebracht hatte.«

»Was hat das mit dem zu tun, was hier passiert ist?«, unterbricht Bruno ungeduldig.

»Warte Bruno, es geht noch weiter. Die Frau stieg mit ihrem Mann nochmals das Brüeltobel hoch, fand aber keine weiteren Goldstücke mehr. Und auch die Zwerge blieben verborgen. Da stifteten sie ihre Nachbarn an, mit ihnen zusammen den Schatz zu holen, die Schatzkammer des Zwergenkönigs zu plündern.

Der Zwergenkönig versuchte, die aufgestachelten und bewaffneten Männer noch zu beruhigen und warnte sie vor einer Strafe, die sie bitter treffen würde. Als einige der Männer dennoch in die Höhle eindringen wollten, zerbarst das Felsentor und erschlug die Männer.

Und der König verfluchte den Wald, der bisher den Menschen das Holz gegen die Kälte des Winters gegeben hatte – der Wald verschwand im Boden, nur noch winzige Gipfel ragten heraus.«

»Der Hexenwald mit seinen kleinen Bäumen«, folgert Fränzi.

»Genau«, bestätigt Max, »doch ist die Sage wie jene über den Karfunkelstein im Brüeltobel-Bach, der bis heute noch nicht gefunden wurde, in erster Linie eine Parabel für Gier und Neid.«

»Mehr als einige Parallelen zwischen der Sage und dem, was geschehen ist, gibt es nicht – und vor allem keine Erklärungen. Robert wollte auch mehr Geld, beide wurden wie die Männer in der Sage erschlagen, das war's schon«, fasst Bruno zusammen.

»Es wäre möglich, dass die beiden in ihren Whiskyräuschen Halluzinationen hatten«, spekuliert Heinz Brunner, der unterdessen ebenfalls dazugestoßen ist. »Meist sind diese akustischer Natur, man hört Stimmen, sie können aber auch Bilder generieren.«

»Robert und Albert glaubten in ihrem Rausch, dass Zwerge ihnen helfen, ihr flüssiges Gold – unseren Whisky – zu echtem Gold zu verwandeln, wenn sie die

Zwerge mit Whisky beschenken?«, fragt Fränzi ungläubig. »Krank, eine solche Vorstellung! Doch wer hat sie umgebracht?«

Max ist der Erste, der fragend seine Schultern hebt und mit seinem nach außen und unten gerichteten Arm den Körper einer kleinwüchsigen Gestalt andeutet …

DER ABSTURZ

Bergrestaurant Ruhesitz, Januar 2016

Sie finden seine Leiche oberhalb des Berggasthauses »Ruhesitz«.

Dort, wo im Aufstieg zum Hohen Kasten im Nordwesthang die Traverse in südlicher Richtung beginnt, muss er abgestürzt sein.

Und liegt nun im steilen Gelände über dem Obergatter.

»Ausgerutscht«, vermutet Bruno Fässler mit einem Blick hinauf zum Kasten, »kein Wunder bei diesen Schneeverhältnissen. Eher verwunderlich ist, dass es jemand wagt, über diese Route auf den Kastensattel aufzusteigen. Über den Kamor wäre es im Januar doch wesentlich einfacher und sicherer.«

»Vielleicht deswegen«, wirft Max Dörig, die rechte Hand des Chefs der Innerrhoder Kriminalpolizei, ein.

»Deswegen? Weswegen?« Fässler ist irritiert.

»Eben weil es *nicht* einfach ist«, versucht Dörig zu erklären.

»Du glaubst, er suchte absichtlich den Kitzel, das Risiko?«

»Zumindest hat er es nicht gescheut – warum auch immer.«

»Vielleicht hatte er es eilig. Oder er wollte vom Kastensattel noch weiter, Richtung Staubern oder hinunter ins Plattenbödeli. Was noch fahrlässiger gewesen wäre.«

»Es hat in den letzten Tagen gut zehn Zentimeter geschneit, die Schneedecke darunter ist nur mäßig verfestigt, speziell in Steilhängen wie diesem da oben.« Max Dörig zeigt in Richtung Hoher Kasten. Spontane Lawinenabgänge sind bei dieser Schneesituation nicht zu erwarten, aber durch menschliche Aktivität könnte schon ein Schneebrett oder eine Lawine ausgelöst werden.«

»Lawinenrisiko mäßig, Wirkung erheblich«, fügt Bruno Fässler mit einem Blick auf den Toten ironisch an.

Max stutzt einen Moment. Solche Äußerungen seines Chefs sind sehr selten, Ironie hat – vor allem bei Todesfällen – kaum Platz im Vokabular des leitenden Ermittlers.

»Ist mir so rausgerutscht, war wohl nicht angebracht«, korrigiert sich dieser selbst mit eindringlichem Blick auf seinen Assistenten, »bleibt unter uns.«

Max geht auf diese Aufforderung nicht ein. »Die Schneeschuhe haben ihm wohl eine falsche Sicherheit gegeben«, und weist auf die Füße des Toten und den einen Schneeschuh, der noch am linken Fuß hängt. »Den anderen scheint es ihm beim Sturz weggerissen zu haben.«

»Der Auflagendruck wird durch die grosse Fläche wohl verteilt, doch gerade in einem Steilhang wie diesem musst du – oder kannst du nur – den Schneeschuh auf der Kante aufsetzen. Für alles andere ist es zu steil. Dann wirkt der Schuhrahmen wie ein Messer, schneidet den Schnee ab.«

»Vor allem bei der aktuellen Schneesituation! Das ist, als würdest du auf einem Kugellager gehen. Wenn es einmal zu rutschen beginnt, ist es bereits zu spät, du hast keine Chance, wieder festen Boden unter den Füßen zu gewinnen.«

Bruno überlegt kurz. »Deshalb werden am Hohen Kasten auch keine Schneesportabfahrten angeboten. Ab Lawinengefahrenstufe 2, eben ›mäßig‹, transportiert die Seilbahn keine Skifahrer, Snowboarder oder andere Schneesportgeräte mehr. Denn wegen der speziellen Windverhältnisse sind die Schneeverfrachtungen am Hohen Kasten unberechenbarer als im restlichen Alpstein.

»Von Brülisau aus würden ja genügend Schneeschuhrouten zu den Berggasthäusern Ruhesitz und Plattenbödeli führen«, ergänzt Max, »warum musste er hier rauf? Und nochmals – warum ist er dieses Risiko eingegangen?«

Wenig später sitzen die zwei Kriminalbeamten in der Gaststube des Berggasthauses »Ruhesitz«. Das 1857 erbaute und 1998 vollständig erneuerte Gasthaus, – die »Risi«, wie es die Einheimischen nennen – ist für Wanderer ein beliebter Treffpunkt auf dem Weg zum Hohen Kasten, zur Alp Soll, zur Rainhütte oder zum Plattenbödeli.

Max nutzt die Nähe des Berggasthauses zu seinem Wohnort Brülisau oft auch für einen entspannenden Abendspaziergang. Und wenn ihm der Abstieg zu viel wird, mietet er sich eines der Kickboards für die rasante gut drei Kilometer lange Abfahrt.

Ihre Gastgeber, das Ehepaar Anna und Pascal Waldburger, welche die »Risi« bereits zwölf Jahre führen, setzen sich, da wenig Gäste zu ihnen herauf gefunden haben, zu den beiden Kriminalbeamten.

»Was habt ihr herausgefunden?«, will Pascal wissen.

»Absturz in der Traverse, wohl ausgerutscht«, beschränkt Bruno Fässler seine Auskunft auf das Minimum.

»Schwarze Hose, rote Jacke, schwarze Mütze, Schneeschuhe?«, fragt Anna nach.

»Richtig.« Bruno ist nicht überrascht. Er weiß, dass die Wirtin ein fotografisches Gedächtnis hat – nicht zum ersten Mal beschreibt sie ihm Personen in wenigen Worten, präzis.

»Er war vorher hier«, stellt Max eher fest, als er fragt.

»Ja, einen Kaffee, einen Whisky unserer Edition, dazu unsere schwarze Schokolade aus Costa Rica«, zählt Anna detailliert die Konsumation ihres Gastes auf.

»Etwas Besonderes, ist dir etwas aufgefallen?«

Anna überlegt kurz. »Nein, Bruno, nichts Besonderes. Ausser dass er sich nach dem Whiskyfass erkundigt hat. Er wolle den Whisky nicht nur trinken, sondern auch sehen, in was für einem Fass dieser ausgebaut worden ist, und wie das Fass präsentiert wird.«

»Hatte er den Whiskypass?« Max kennt die teilweise stereotypen Verhaltensweisen der Whiskytrekker auf ihrem Weg zur Vervollständigung der Sammelbox.

Auch aus eigener Erfahrung.

»Nein, hatte er nicht. Deshalb erinnere ich mich auch an seine Frage. Ist ja eher ungewöhnlich, dass sich Gäste, die einfach nur einen Whisky ›Edition Ruhesitz‹ trinken, sich auch nach dem Fass erkundigen.«

»Und?« Max wird ungeduldig.

»Dann ist er raus und zu unserem Whiskyhüttli hochgestiegen. Nach schätzungsweise zehn Minuten ist er wieder zurückgekommen.«

Bruno steht auf, verlässt die Gaststube über den Ausgang zur Terrasse, verschwindet aus dem Blickfeld der anderen.

Nach vier Minuten kommt er zurück, wirft einen Blick auf seine Uhr. »Vier Minuten, ich hab alles gesehen: das Hüttli, das Fass, die Tische und Bänke, die zwei Gewehre und die alten Skier an der Wand. Was, zur Hölle, hat er dort zehn Minuten lang gemacht?«

Max und die Gastgeber überlegen.

»Vielleicht hat er sich einfach für einen kurzen Moment hingesetzt«, stellt Pascal eine erste Hypothese auf.

»Oder er hat alles in Ruhe fotografiert, den Apparat hatte er ja dabei«, ergänzt Anna.

Bruno schaut Max fragend an.

»Den haben wir nicht gefunden«, antwortet dieser emotionslos auf die Frage, die zwar nicht gestellt wurde, aber auf die Bruno dennoch eine Antwort erwartet.

»Hast du das Hüttli auf allfällige Veränderungen gecheckt?«, wendet sich Bruno an Pascal.

»Warum sollte ich?«, versucht sich dieser zu rechtfertigen, »es gab ja bis zu eurem Eintreffen keinen Grund dazu.«

Schweigen.

»Dann geh doch bitte mal hinaus und schau nach«, fordert Bruno den Wirt auf, indem er jedes Wort einzeln und mit langer Pause zum nächsten mit Nachdruck formuliert.

Widerwillig macht sich Pascal mit einem Schulterzucken auf den Weg.

Es dauert für die Wartenden eine gefühlte Ewigkeit, bis er zurückkehrt.

Was bei seinem Weggang das Letzte war, ist bei seiner

Rückkehr das Erste: ein Schulterzucken. »Mir ist nichts aufgefallen, alles ist an seinem Ort, nichts fehlt.«

»Dann müssen wir die Kamera finden«, wendet sich Bruno Max zu.

»Wofür es heute zu spät und bereits zu dunkel ist«, zeigt Max nach draußen in die einbrechende Dunkelheit. »Lass uns nach Brülisau runterfahren, hier können wir im Moment nichts mehr tun.«

Es ist noch früh am Morgen, als Bruno und Max am nächsten Tag vom Ruhesitz aus nochmals zum Fundort aufsteigen. Begleitet werden sie von einigen Mitgliedern der Bergrettung, welche sie in ihrer Suche nach vermeintlichen Beweismitteln in diesem unwegsamen Gelände unterstützen sollen.

Eine Gruppe der Bergretter hat den Aufstieg zum Hohen Kasten unter die Füße genommen und seilt sich vom Absturzort, der aufgrund des Schneeabbruches eindeutig als solcher identifiziert werden kann, Richtung »Obergatter« zum Fundort der Leiche ab.

Unten angekommen, streckt einer der Bergretter triumphierend eine Kamera in die Höhe.

Bruno und Max schauen sich die Bilder noch an dem Ort an, an welchem ihnen die Kamera übergeben wurde. Trotz des Schnees und der Feuchtigkeit ist dies – im Gegensatz zu anderen Funktionen der Kamera – noch möglich.

In alter Gewohnheit klickt Max die Bilder nach rechts, in aufsteigender Reihenfolge. Erst nach einer Reihe von Landschaftsbildern – schönen und eindrucksvollen Aufnahmen – unterbricht ihn Bruno. »Geh nach links, zurück, zum letzten Bild.«

Und schnell stoßen sie so auf bekannte Motive: der Hohe Kasten von unten, die Seilbahn auf dem Weg dorthin, der Ruhesitz von oben, Weitblicke auf Brülisau und in Richtung Appenzell und Bodensee – und Bilder aus dem Whiskyhüttli.

Fotos von der Einrichtung, den Tischen und Bänken, den zwei Gewehren und den alten Skiern an der Wand, vom Whiskyfass. Von Letzterem mehrere, auch Detailaufnahmen vom metallenen Whiskytrek-Logo auf der Stirnseite und vom Zapfen.

Max und Bruno schauen sich fragend an. »Nichts, was uns weiterhelfen könnte«, muss Max resigniert feststellen.

Bruno überlegt eine Weile, bevor er Max anweist: »Geh weiter zurück in der Bildergalerie.«

Max folgt den Anweisungen seines Chefs und stößt nach einiger Zeit auf Fotos eines Gleitschirms, der vom Ruhesitz in Richtung Brülisau startet.

Bruno unterbricht ihn: »Stopp, Max, sieh dir das Datum an. 29. Dezember 2015, erinnerst du dich?«

»Das war der Dienstag, als wir den Unfall mit dem Gleitschirmpiloten hatten«, rekonstruiert Max.

»Genau«, bestätigt ihn Bruno, »als der 32-jährige Gleitschirmpilot kurz nach dem Start hier vom Ruhesitz in Richtung Brülisau startete. Und als kurz nach dem Start sein Gleitschirm einseitig einklappte und er zehn Meter in die Tiefe auf den Boden stürzte.«

»Er hat überlebt, musste aber mit schweren Verletzungen von der Rettungsflugwacht ins Kantonsspital St. Gallen geflogen werden. Die Untersuchung, welche unsere Staatsanwaltschaft zur genauen Unfallursache eingeleitet hat, ergab bisher aber noch keine Resultate«, ergänzt Max.

Max Dörig hat unterdessen in der Galerie weiter zurückgeklickt. »Er hat den Unfall auch aufgenommen, da hat es Bilder vom Absturz.«

Bruno wirft einen Blick aufs Display. »Dann wollen wir mal unseren verunfallten Gleitschirmpiloten in St. Gallen besuchen!«

Mit einem kurzen Anruf bei ihren St. Galler Kollegen vergewissern sich die beiden, dass der Verunfallte noch immer im Kantonsspital liegt.

Als sie sein Zimmer betreten, begrüsst sie nicht wie erwartet eine in Verbandsstoff eingewickelte Mumie, sondern ein athletischer junger Mann. Nur eine Halskrause und ein eingeschienter Arm erinnern noch an einen Unfall.

»Fässler, Dörig, Kripo Appenzell Innerrhoden«, stellt Bruno sich und seinen Assistenten vor. »Herr …«

»Flury«, unterbricht ihn der Patient, »Mario Flury. Haben Sie etwas herausgefunden?«

»Herausgefunden?« Bruno Fässler ist sichtlich irritiert. »Was sollen wir herausgefunden haben?«

»Dass mir jemand etwas untergejubelt hat!«, empört sich Flury.

»Was untergejubelt?«, fragt Max nach und muss sich nicht einmal verstellen, um zu zeigen, dass er nichts weiß.

»Ich habe von Anfang an den Verdacht geäussert, dass mir jemand K.o.-Tropfen verabreicht und so meinen Absturz verursacht hat. Da ich aber erst nach einem halben Tag wieder vernehmungsfähig war, konnte nichts mehr nachgewiesen werden, und Ihre St. Galler Kollegen, denen Sie die Ermittlungen übertragen haben, sind nicht auf meine Vermutungen eingegangen. Es ist eben einfacher, mir ein Eigenverschulden und eine Fehlmanipulation zuzuordnen, als einen externen Verursacher zu suchen.«

»Wie kommen Sie denn auf diesen Verdacht?«, will Max wissen.

Mario atmet kurz durch, versucht sich zu beruhigen. »Ich fliege schon seit über zehn Jahren, hatte noch nie einen Unfall. Solche Situationen, wenn der Schirm einseitig einklappt, hatte ich schon des Öfteren. Aber ich hatte nie Probleme, aus dieser – wohlgemerkt heiklen – Situation rauszukommen.«

»Außer beim letzten Mal«, stellt Bruno trocken fest.

»Weil ich nicht mehr normal reagieren konnte«, braust Flury erneut auf. »Mir wurde kurz nach dem Start plötzlich schwindelig, wäre ich am Boden gewesen, hätte ich mich nicht mehr auf den Beinen halten können. Es wurde mir plötzlich übel, ich hatte Brechreiz, fühlte mich wie in Watte gepackt, hatte Wahrnehmungsstörungen.«

»Und konnten deshalb den Schirm nicht mehr auffangen?«, fragt Max nach.

»Richtig«, bestätigt Mario Flury. »Ich war zuvor in der ›Risi‹, habe einen Kaffee und einen Whisky der Edition ›Ruhesitz‹ getrunken und etwas von der schwarzen Schokolade dazu gegessen, mir schnell das Whiskyhüttli angeschaut, dann habe ich bezahlt und bin gestartet. Entweder war etwas im Whisky oder im Kaffee drin, oder es hat mir jemand während meiner kurzen Abwesenheit, als ich im Hüttli war, etwas beigemischt.«

»Und warum sollte jemand das machen?«, fragt Max ungläubig.

»Nicht alle sehen ja gerne, dass Gleitschirmpiloten vom

Ruhesitz aus starten. Da gehören aus meiner Sicht auch die Wirtsleute dazu, die vermieten lieber ihre Kickboards an die Gäste, die nicht runterlaufen wollen. Zudem kehren die wenigstens Piloten vor ihrem Start ein, das gibt für die Gastgeber nur Unruhe ums Haus herum, aber keinen Umsatz. Ich habe schon mehrfach gehört, dass man auf diese ›Verrückten‹ gerne verzichten könne. Wie auch auf die Schneeschuhwanderer und Tourenskiläufer, die es nicht lassen können, bei gefährlichen Bedingungen den Anstieg zum Kasten über den Nordwesthang zu wagen.«

Bruno schaut Max schweigend an.

Noch bevor sie etwas sagen können, fährt Flury fort: »Und da von Ihrer Seite beziehungsweise von Ihren Kollegen hier in St. Gallen nichts unternommen wurde, habe ich meinen Bruder beauftragt, auf eigene Faust Nachforschungen anzustellen. Er wollte meine Bestellung in der ›Risi‹ wiederholen, dann aber vortäuschen, dass er sich weiter auf den Weg in Richtung Kastensattel macht, da er selber nicht fliegt. Hat er sich noch nicht bei Ihnen gemeldet?«

Bruno und Max schauen sich schweigend an.

DAS VERBRECHEN

Bergrestaurant Rössli Brülisau, Februar 2017

Dass man so schnell zum Verbrecher werden kann, hätte er sich nie gedacht.

Und dabei hatte alles so harmlos und gut begonnen.

Adrian wohnt schon seit jeher in Brülisau, kam etwas außerhalb des Dorfes, auf dem Weg zum Pfannenstiel und Brüeltobel, auf einem Bauernhof zur Welt. Und verbrachte dort auch seine Kinder- und Jugendjahre – seine besten Jahre, wie er immer wieder betont.

Schon damals genoss er es, in der freien Natur zu sein, zu jeder Tageszeit, bei jeder Witterung. Und ebenso stark zog es ihn immer wieder ins Dorf, nach Brülisau.

Adrian liebt seinen auf gut 900 Meter über Meer liegenden Geburtsort, dessen Lage am Fuß des Hohen Kastens, am Ende der beiden von Weissbad und Steinegg kommenden Straßen und am rechten Ufer des Brüelbachs für ihn schon immer etwas Faszinierendes an sich hatte.

Denn wenn er von Appenzell oder noch weiter weg nach Hause kommt, fühlt er sich inmitten der Bergwelt aufgenommen und behütet, ist zurück im Schoß des Alpsteins. Die faszinierenden Gipfel des Alpsteins locken auch zahlreiche Touristen an.

Doch Adrian ist froh, dass die Sommer- wie auch die Wintertouristen das Dorf Brülisau am Ende des Tages bis auf wenige Ausnahmen wieder verlassen. Sei es über einen der zahlreichen Wanderwege des Alpsteins oder hinunter ins Tal über eine der beiden Straßen. Dann sind sie wieder unter sich, die Brülisauer. Adrian genießt dieses Gefühl, die starke Gemeinschaft, die sie zusammenhält und in welcher sie auch die Geselligkeit pflegen.

Brülisau ist ein friedliches Dorf – oder war es zumindest bis zu dem Vorfall, der Adrian zum Verbrecher machte. Denn der Mord, der bis dahin immer wieder mit Brülisau in Verbindung gebracht wurde, hat in Wirklichkeit nur wenig mit dem Ort zu tun. Außer, dass ein Opfer des Doppelmordes vom 21. Februar 1922 auf dem Säntis, die Frau des Wetterwartes, Magdalena Haas, aus Brülisau stammte.

Und trotz dieser Idylle zieht es Adrian immer wieder in die Ferne. Oder vielleicht auch deswegen, weil er weiß, wo seine Wurzeln sind. Und wohin er immer wieder gerne heimkommt, in seine kleine Wohnung im Dorfkern, die er vor einigen Jahren bezogen hat. Er hat schon mehrfach die weite Welt bereist, verschiedene Kontinente besucht und ist wochenlang durch fremde Länder gezogen.

Adrian ist deshalb auch als Gesprächspartner beliebt, zieht mit seinen Erzählungen seine Freunde in den Bann, genießt die Aufmerksamkeit, die ihm dadurch zuteilwird.

Bis er wegen einer anderen Geschichte für Aufmerksamkeit sorgte.

Begonnen hatte das Schicksal an einem Samstagabend im Berggasthaus »Rössli«. An einem letzten Samstagabend im Monat, an welchem dort das traditionelle Singen des »Ratzliedlis« gepflegt wird. Dabei handelt es sich um einen kurzen Spaß- oder Spottgesang, meist zwei- oder vierzeilige Reime. Diese wurden schon früher an Tanzanlässen, im geselligen Beisammensein, an einer »Stobete«, einem Alpfest, oder vor der Alphütte gesungen.

Typisch für die Appenzeller Ratzliedli sind ein Jodel oder Jodelteil in oder nach jeder Strophe. Die Texte sind sehr einfach mit einer Pointe und haben sich dadurch in der mündlichen Überlieferung über Generationen gehalten. Das charakteristische Merkmal der Textstrophen ist das doppelte Motiv, welches aber meist schon vorausgeahnt werden kann.

Und im »Rössli«, neben der »Krone« das einzige Gasthaus in Brülisau, wird diese Tradition aufrechterhalten. Gemeinsam werden neue Ratzliedlitexte erdichtet und erfunden, die aktuelle und politische Begebenheiten scherzhaft beschreiben. Denn noch heute gilt: »Was man nicht sagen darf, muss man halt singen.« In der Anonymität des Ratzliedlis muss sich der Sänger weder verraten noch entblößen, denn der Text dient nur dem Singen. Auf diesem Weg kann auch Feind und Freund ins Gesicht gesungen werden, was man von ihm hält, ohne dass es damit gleich zu einem Streit kommt.

Adrian ist wie schon so oft auch an diesem Samstagabend im »Rössli«. Während er darauf wartet, ein Getränk bestellen zu können, lässt er seinen Blick noch in die Runde schweifen, macht sich ein Bild, wer heute alles dabei ist. Die üblichen Verdächtigen, schmunzelt er vor sich hin, als sein Blick auf einem schlanken dunkel gebräunten Arm haften bleibt, dessen Hand ganz unverkennbar ein Glas Whisky hält.

Adrian hält den Atem an, kann den Blick kaum mehr von ihr lösen. Was für eine wunderschöne Frau! Doch es ist nicht nur ihre Schönheit, die ihn fesselt, sondern auch, wie sie ihren Whisky zu genießen scheint. Adrian ist es schon mehrfach aufgefallen, dass – vor allem seit der Einführung des Whiskytreks vor knapp zwei Jahren – immer mehr Frauen Gefallen gefunden haben an diesem edlen Getränk. Aber eine Frau, die einen Whisky nicht nur trinkt, sondern auch zu genießen scheint, hat er noch selten getroffen.

Der Whisky gibt Adrian die Gelegenheit, das Gespräch mit der Frau zu eröffnen. »Welchen Whisky trinken Sie?«, will er wissen.

»Natürlich die Edition ›Rössli‹, von der Nase bis in den Gaumen faszinierend abwechslungsreich und unvorhersehbar, ohne Ecken und Kanten«, zwinkert sie ihm zu.

Damit ist der Bann gebrochen, und schnell tauchen die beiden in einen ersten Erfahrungsaustausch ein, den sie nach dem Singen weiterführen. Aber nicht mehr im Berggasthaus.

Was dann folgt, wird für Adrian zur schönsten Zeit seines Lebens – schöner sogar als seine Kinder- und Jugendjahre auf dem elterlichen Hof. Er genießt mit Sandra die Zeit im Dorf und zu Hause, die Verbundenheit zu ihr, liebt es aber ebenso, mit ihr Neues zu entdecken, ständig unterwegs zu sein.

Aber leider ist alles endlich, nichts hält für die Ewigkeit.

Als sie eines Abends spät von einem Ausflug zurückkommen, steht vor ihrem Haus ein Auto mit geöffneter Kühlerhaube. Ein Mann ist tief über den Motorblock gebeugt und flucht leise vor sich hin.

»Können wir helfen?«, fragt Adrian und tippt ihm vorsichtig auf die Schultern.

»Nichts geht mehr«, wendet sich dieser dem Paar zu, »und das am Freitagabend. Ich denke, ich muss hier übernachten und morgen schauen, was sich machen lässt. Ich hoffe, die Dorfgarage ist dann offen.«

Es braucht keine Worte, ein Blick zwischen Adrian und Sandra genügt, und der Fremde ist Gast bei den beiden. Und mit ihnen zusammen zuerst im »Rössli«, wo sie sich natürlich auch einen Whisky »Edition Rössli« gönnen.

So beginnt das Verderben.

Schnell stellt sich heraus, dass Tobias, wie der Fremde heißt, viele Parallelen mit Adrian aufweist. Auch er kann viel aus aller Welt erzählen, ist ebenfalls weit gereist, liebt Whisky ebenso wie seine Gastgeber.

Für einmal ist Adrian der Zuhörer, muss sich Geschichten erzählen lassen, die er ebenso gut hätte selber erzählen können. Geschichten von der weiten Welt, von New York, Australien, vom hohen Norden, von Marrakesch.

Adrian hört zu, es bleibt ihm keine andere Wahl. Und die große Liebe seines Lebens? Sandra hängt an Tobias' Lippen, ist fasziniert von ihrem neuen Geschichtenerzähler.

Und scheint es zu genießen, dass ihr Gast seinen Aufenthalt über das Wochenende hinaus verlängern muss, weil die Reparatur seines Autos länger dauert.

Die Tragödie nimmt ihren Lauf.

Als Adrian am Montagmorgen die Küche betritt, empfängt ihn nicht wie gewohnt der köstliche Kaffeeduft, sondern Leere. Und ein Zettel auf dem Tisch: »Ich gehe die weite Welt entdecken. Sei mir nicht böse.«

Für Adrian bricht diese Welt zusammen. Er hatte ihr doch alles geboten, was das Leben lebenswert macht. Doch offensichtlich ist er auf rosa Wolken geschwebt, hat nicht bemerkt, dass dies für Sandra nicht genug war.

Adrian fühlt sich wie ein Trottel, alleine zurückgelassen, verlassen, einsam. Wie in Trance schleicht er ins Wohnzimmer, will sich einen Schluck Whisky aus einem der 27 Fläschchen der Whiskytreksammelbox holen, seine Gedanken und Gefühle etwas betäuben. Ein Schluck »Edition Rössli« soll es sein – der Whisky, der ihn mit Sandra zusammengebracht hat. Und der ihre Beziehung auch beendet hat.

Mit Erschrecken stellt er fest, dass die Sammelbox leer ist, ausgeräumt, alle Fläschchen sind weg!

»Dieser miese Typ«, entfährt es Adrian, »zuerst nimmt er mir die Liebe meines Lebens, dann klaut er mir auch noch meinen ganzen Alpsteinwhisky!«

Überlegen muss er nur kurz.

Die können noch nicht weit sein, vielleicht erwische ich sie noch in Appenzell, sonst sicher beim Umsteigen in Gossau oder dann am Flughafen, legt er sich seine Strategie fest.

Wie ein Verrückter rennt er zu seinem Wagen und fährt los.

Ein kurzer Check am Bahnhof in Appenzell macht ihm schnell deutlich, dass er die Gejagten vermutlich nur um wenige Minuten verpasst hat – wenn seine Annahme bezüglich des Zuges, den sie genommen haben, stimmt.

Er sprintet zum Auto und fährt – oft an oder über der Grenze des Erlaubten – weiter Richtung Gossau. Auf der Rückseite des Bahnhofs, dort, wo die Appenzeller

Bahn ankommt, parkiert er seinen Wagen und rennt auf den Bahnsteig.

Nur wenige Minuten später fährt der Zug ein. Adrian versteckt sich hinter einer Säule und beobachtet die aussteigenden Fahrgäste. Da erkennt er Sandra und Tobias, die hastig zur Unterführung eilen und zum Bahnsteig, von wo die Schweizerische Bundesbahn Richtung Zürich-Flughafen abfährt.

Noch bevor die beiden den ersten Treppentritt erreicht haben, ist Adrian auch zur Stelle. Er stellt sich Tobias in den Weg, schubst ihn zurück. »Stopp, du Scheißkerl, so einfach kommst du mir nicht davon!«

»Vergiss es, Adrian, vergiss es, Sandra hat sich längst entschieden!«

»Darum geht es nicht – nicht alleine darum!«

Sandra und Tobias schauen sich kurz ratlos an.

»Du hast mir meine Freundin genommen – das tut weh, das ist nicht fair. Aber dass du mir meinen ganzen Whisky klaust, das ist zu viel«.

Ohne ein weiteres Wort packt er Tobias, schleudert ihn in einem Halbkreis um sich herum in Richtung Treppe, dreht sich selbst um seine Achse und stößt ihn mit voller Wucht hinunter.

Tobias ist sofort tot. Alles ging zu schnell, als dass er hätte den Sturz kontrollieren können, die Wucht des Aufpralls ist zu groß.

Adrian bleibt wortlos auf dem Bahnsteig stehen, öffnet Tobias' noch unversperrten Koffer, entnimmt ihm das Whiskyfläschchen »Edition Rössli« und wartet so auf die Polizei, welche von beobachtenden Bahnpassagieren angefordert wurde.

Widerstandslos und ohne Sandra eines Blickes zu würdigen, lässt er sich festnehmen.

Als Adrian dem Richter vorgeführt wird, geht er auf ihn zu, gibt ihm die Hand und beginnt mit ihm über seine Erfahrungen mit dem Whiskytrek und seine bevorzugten Editionen zu diskutieren.

Denn auch der Richter ist ein Sammler, der seinen ersten Sammelrahmen des Whiskytreks bereits komplettiert hat und daran ist, den zweiten zu füllen.

Später wird man sich erzählen, dass Adrian Glück hatte, einem Richter vorgeführt zu werden, der ebenfalls ein Whiskyliebhaber ist.

DAS TOTENBRETT

Bergrestaurant Krone Brülisau, Oktober 2018

Es gibt einen lauten Knall.

Klaus Bischofberger, der sich auf seiner Wiese befindet, die von den Gleitschirmpiloten zum Landen genutzt wird, sieht, wie der Mann auf eine Mauer am Rande des Landeplatzes prallt. Dass es zum Absturz kommt, überrascht ihn nicht mehr, denn schon kurz zuvor hatte er bemerkt, dass der Pilot mit großen Problemen zu kämpfen hatte. Der Schirm verlor plötzlich massiv an Höhe, stürzte unkontrolliert und spiralförmig in die Tiefe.

Da kann nur noch ein Wunder helfen, schießt es Bischofberger durch den Kopf.

Doch das Wunder trifft nicht ein. Weder die sofort herbeigeeilten Helfer noch der Arzt der kurze Zeit später eintreffenden Rettungsflugwacht können das Schlimmste verhindern. Der 42-jährige Zürcher, der sich noch in der Ausbildung zum Gleitschirmpiloten befunden hatte, verstirbt noch an der Unfallstelle.

Einer der Fluglehrer, der den Vorfall vom Landeplatz aus beobachtet hat, erklärt der Polizei, was geschehen ist: »Er war bereits im Landeanflug, etwas mehr als 100 Meter über dem Boden. Aufgrund eines Fehlers des Piloten ist der Schirm eingeklappt, und der Pilot war nicht mehr fähig, innert nützlicher Frist aus der schnellen Spirale rauszukommen.«

Und er erklärt auch den Aufbau und Ablauf der Ausbildung, um aufzuzeigen, dass ihn und seine Kollegen der Flugschule keine Schuld trifft: »Solche Flüge absolvieren Gleitschirmpiloten in Ausbildung, das ist völlig normal. Aber erst, nachdem sie zwei bis fünf Tage an kleineren Hängen geübt haben, können sie zu ihrem ersten großen Flug starten. Dabei sind sie immer über Funk in Kontakt mit ihrem Fluglehrer. Doch bei einem Vorfall wie diesem sind uns Grenzen gesetzt, auf dieser Höhe reicht die Zeit für die Umsetzung unserer Anweisungen nicht mehr.«

Dass erneut eine Störung im Funkverkehr Anweisungen verunmöglicht hatte, verschweigt er jedoch.

Als sich Kripochef Daniel Mazenauer und Max Dörig wenig später im Berggasthaus »Krone« noch einen Kaffee gönnen, dreht sich ihr Gespräch weiter um den Flugunfall.

»Das ist nun bereits der fünfte Unfall innert Jahresfrist, langsam kann ich diese Ausreden der Flugschule nicht mehr hören«, ärgert sich Daniel Mazenauer.

»Und bereits unter deinem Vorgänger, Bruno Fässler, gab es innerhalb kürzester Zeit drei weitere Abstürze bei Flügen vom Hohen Kasten«, ergänzt Max Dörig.

»Da hat Klaus bald keinen Platz mehr für seine Totenbretter«, sinniert der Kripochef, »traurig, wie die Wiederbelebung dieses alten Brauches uns immer wieder daran erinnert, was hier alles passiert ist.«

Klaus Bischofberger hatte vor wenigen Jahren, als es zu den ersten Unfällen mit Gleitschirmfliegern kam, diesen alten Brauch, der sich in Brülisau am längsten gehalten aber eigentlich schon zu Beginn des letzten Jahrhunderts verschwunden war, wieder aufleben lassen. Wenn jemand starb, wurde an der Wand des Sterbehauses ein Brett mit Angaben zum Toten, bemalt und geschmückt mit christlichen Ornamenten angeschlagen, oft auch mit der Bitte, für den Toten zu beten. Einige Überlieferungen gehen davon aus, dass damit die Toten von der Rückkehr in ihr Haus abgehalten werden sollten, da sie anhand der Tafel erkennen würden, dass sie wirklich tot sind. Nach dem Volksglauben, so eine andere Erklärung, findet die Seele des Toten erst mit dem Verfall des Holzes ihre Ruhe. Deshalb wurde diesen auch kein Schutz gegen Witterungseinflüsse geboten, sodass sie als sichtbare Zeugen irdischer Vergänglichkeit verrotteten.

»Für Klaus Bischofberger ist es, wie er sagt, eine Ehrung der Toten, aber auch gleichzeitig ein Mahnmal, welches die Piloten eindringlich zur Vorsicht erinnern soll«, ergänzt Max.

Unterdessen hat sich auch Arno Sutter, der Kronenwirt, zu ihnen gesetzt und aufmerksam zugehört. »Genutzt hat es aber bisher noch nicht«, wirft er ein, »es kommen ja immer mehr Gleitschirmflieger zu uns herauf. Und damit steigt natürlich auch das Risiko von Unfällen.«

»Dass deine Folgerung nicht ganz richtig ist, beweist die Ebenalp. Dort gibt es trotz noch höherem Flugaufkommen kaum Unfälle«, berichtigt Daniel Mazenauer.

»Eigentlich gilt der Hohe Kasten als Fluggebiet mit einfachem bis mittlerem Schwierigkeitsgrad. Und auch der Landeplatz ist nicht anspruchsvoll. Für die Hanglandung muss einfach genügend Raumreserve einberechnet werden, da es öfters nochmals abhebt. Gefährlich ist es dort nur bei extremer Föhnlage«, ergänzt Max.

»Was auf die bisherigen Unfälle aber nicht zutrifft«, analysiert der Kripochef, »und die Unfälle geschahen alle tagsüber und nicht am Abend, wenn wegen der speziell guten Abendthermik der Himmel voller Gleitschirme ist.«

»Ja, wir kommen langsam an die Grenzen mit diesen Flugsportlern«, gibt Arno Sutter zu bedenken, »vor allem an den Wochenenden ist es manchmal schon kritisch.«

»Kritisch? Wie meinst du das? Profitierst du denn nicht genauso wie die Kastenbahn von diesen Gästen?« Max ist erstaunt über die Äußerung des Gastwirtes.

»Nein, denn erstens reisen die Gleitschirmpiloten meist mit dem Auto und alleine an, belegen damit einen großen Teil des Parkplatzes, den wir zusammen mit der Bahn haben. Dann geht's direkt zur Bahn, hinauf auf den Kasten, und wenn sie wieder unten sind entweder nochmals hoch oder nach Hause. Es ist dann schon beinahe ein Wunder, wenn sie mal bei uns in der Gaststube auftauchen«, erklärt dieser. »Und wenn, dann bleibt es meist bei einem Kaffee oder einem Mineral.«

»Viel Umsatz machst du mit denen nicht«, lacht Mazenauer.

»Du hast gut lachen! Aber genau darauf bin ich angewiesen. Du weißt, dass wir auch nach dem ersten großen Ausbau im Zusammenhang mit der Eröffnung der Luftseilbahn 1964 sehr viel in unser Haus investiert haben. So in die ›Chemihötte‹, unsere Hausbar, oder in die ›Chrone-Schür‹, unseren Wellnessbereich. Das muss alles amortisiert werden. Aber dafür brauche ich Gäste, die konsumieren oder einige Tage bei uns übernachten.«

Die »Krone« wurde bereits 1607 als Schildwirtschaft, als Bewirtungs- und Beherbergungsbetrieb für Reisende und ihre damaligen Verkehrsmittel erstmals erwähnt und ist damit das älteste Gasthaus in Brülisau. Als mit dem Bau der Kastenbahn der Tourismus Einzug in die Innerrhoder Gemeinde hielt, wurde das Berggasthaus umgebaut.

Durch den Tourismus wuchs Brülisau, das schon 1350 als Brünlisouw in den Schriften erwähnt wurde, jedoch noch älter sein dürfte, zu einem Dorf heran. Zuvor zählte die Au an den beiden Ufern des Brüelbachs nur Einzelhofsiedlungen, die erst 1478 mit dem Bau der ersten von Appenzell aus betreuten Kapelle zu einem Dorf zusammenwuchsen.

Den beiden Kriminalbeamten bleibt nichts anderes übrig, als ihrem Gastgeber zu signalisieren, dass sie ihn natürlich verstehen. Und doch hat Max, der selbst in Brülisau wohnt, das Gefühl, dass hier auf hohem Niveau gejammert wird. Denn das Berggasthaus ist jedes Mal, wenn er hier einkehrt, gut besucht. Und seit der Einführung des Whiskytreks vor über drei Jahren hat die »Krone« wie die anderen 26 Berggasthäuser eine weitere Attraktion. Dass der ursprünglich auf drei Jahre limitierte Trek im Frühling nochmals um die gleiche Dauer verlängert wurde, zeigt ihm zudem, dass dieses Angebot für die Gasthäuser einen wirklichen Mehrwert generiert.

Max kann nicht schweigen: »Aber es gibt auch Menschen hier in Brülisau, die von den Gleitschirmfliegern profitieren. Zum Beispiel Klaus, dessen Wiese als Landeplatz genutzt wird. Und dafür erhält er ja auch Geld.«

»Ja, solche armen Schweine werden ausgenutzt, weil sie auf jeden Rappen und Franken angewiesen sind. Was er erhält, entschädigt in keiner Weise den Aufwand, beziehungsweise den Ausfall, den er hat, weil er die Wiese nicht anderweitig nutzen kann«, kommt Arno immer mehr in Fahrt. »Wenn er mal zu mir kommt, kann er sich nicht mehr als ein Bier leisten, so arm ist der Kerl.«

»Aber ich habe ihn auch schon einige Male von deiner ›Edition Krone‹ trinken sehen – und günstig ist ja dein Whisky nicht«, berichtigt Max.

»Ja, den liebt er über alle Maßen! Darum spendiere ich ihm ab und zu einen – nein, leisten kann er sich den nicht.«

Drei Tage später werden Daniel und Max erneut zum Landeplatz nach Brülisau gerufen. Jedoch nicht auf den Platz, sondern in die Scheune von Klaus Bischofberger. Dort liegt dieser bäuchlings am Boden, mit dem Kopf in einer riesigen Blutlache. Auf dem braun bemalten Totenbrett, das neben ihm liegt, sind die ersten gemalten Buchstaben des verunfallten Gleitschirmpiloten und einige christliche Ornamente zu erkennen.

Und Blutspuren.

Schnell wird den beiden Ermittlern klar und durch die Experten der Forensik und Rechtsmedizin bestätigt, dass Klaus mit dem Totenbrett von hinten erschlagen wurde.

»Der Schädel wurde ihm regelrecht zertrümmert, da muss jemand mit unglaublicher Kraft zugeschlagen haben. Der Täter hat ihn voll mit der Kante des Bretts erwischt; da hat auch die Tatsache, dass für das Totenbrett Weichholz verwendet wurde, die Wirkung des Schlages nicht vermindert«, erklärt der Rechtsmediziner. »Und ihr wisst ja, dass in Appenzell Innerrhoden das Totenbrett »Rebrett« genannt wird, wobei die Vorsilbe »Re« zurückgeht auf das mittelhochdeutsche Wort »Rè«, das für Leiche, aber auch für Tod, Tötung oder Mord steht. Das Totenbrett hat als Tatwaffe damit seinem Namen alle Ehre gemacht.«

»Lass uns zuerst mit Arno Sutter reden«, schlägt Kripochef Daniel Mazenauer vor, »er hatte ja ziemlich engen Kontakt zum Toten, wie ich aus unserem letzten Gespräch herausgehört habe.«

Doch noch bevor sie es auf die andere Seite des Parkplatzes schaffen, steht ihnen der Fluglehrer, den sie nach dem letzten Flugunfall einvernommen hatten, gegenüber.

»Ich habe gehört, was passiert ist. Schrecklich. Wir hatten es eigentlich gut mit Klaus. Obwohl, wir hatten … Es war eher eine Vermutung … Wir konnten ihm nie etwas beweisen.«

»Was meinen Sie?«, hakt Mazenauer nach.

»Nun, wir hatten des Öfteren Probleme mit dem Funk, mit der Funkverbindung zwischen uns Fluglehrern und unseren Flugschülern. Nicht nur bei den Unfällen, aber auch.«

»Warum haben Sie uns das nicht gesagt?« Der Ermittler wird energisch.

»Weil wir dann verantwortlich gemacht worden wären für all die Unfälle der letzten Zeit. Aber das waren wir nicht!«

»Sondern?«

»Wie gesagt, hatten wir den Verdacht, dass Klaus unseren Funk gestört hat. Wie und warum, konnten wir nicht herausfinden. Aber es scheint, dass die Piloten ein überraschendes lautes Signal auf ihren Ohrstecker erhielten und sie dadurch so sehr erschraken, dass sie aus ihrer Routine gebracht wurden. Fehlmanipulationen waren die Folge, die wir nicht mehr durch unsere Anweisungen korrigieren konnten, weil es meist in der letzten Phase des Anflugs geschah und uns zu wenig Zeit blieb.«

»Eine schwerwiegende Anschuldigung«, fasst Daniel zusammen. »Auch wenn Ihre Aussage spät kommt – danke dafür, das könnte uns weiterhelfen.«

Und zu Max gewandt: »Ich glaube nicht, dass Klaus aus eigenem Antrieb zu so etwas fähig gewesen wäre. Lass uns in die ›Krone‹ gehen, ich vermute, dass wir dort die Erklärung dafür finden, was geschehen ist.«

Kurz darauf sitzen Daniel und Max dem Wirt des Berggasthauses »Krone« gegenüber. Sie befragen ihn nochmals zu seinem Verhältnis zu Klaus, welches Arno als »nachbarschaftlich, freundschaftlich« beschreibt.

Dann geht Daniel aufs Ganze: »Du hast uns das letzte Mal erzählt, dass du Klaus ab und zu einen Whisky offeriert hast. War dies eine Art Belohnung für Klaus, oder eine Gegenleistung für einen Gefallen, den er dir getan hat?«

»Wie meinst du das, was soll das?«, braust Arno auf.

»Dass du seine Notsituation ausgenutzt und ihn dafür benutzt hast, deinen ungeliebten Gleitschirmpiloten ein Zeichen zu setzen, um sie dadurch vom Ausüben ihrer sportlichen Tätigkeit in Brülisau abzuhalten.«

Arno leistet den beiden Ermittlern noch eine ganze Weile Widerstand. Erst als sie ihn zur Weiterführung des Verhörs auf den Stützpunkt der Innerrhoder Kriminalpolizei in Appenzell mitnehmen wollen, gesteht Arno Sutter.

»Ja, ich habe Klaus dazu animiert, den Flugbetrieb zu stören, um den Landeplatz Brülisau weniger attraktiv zu machen. Als Gegenleistung habe ich ihm kostenlosen Whisky in Aussicht gestellt«, gibt er kleinlaut zu. »Er hat diesen nicht nur geliebt, er war süchtig danach, hat um Whisky gebettelt, war bereit, alles dafür zu tun. Doch nach dem letzten Unfall hat er nochmals mehr gefordert«, erklärt der Gastwirt, »nicht nur kostenlosen Whiskykonsum in der ›Krone‹, sondern eine für ihn abgefüllte Flasche der ›Edition Krone‹. Das ist mir dann doch zu viel geworden!«

»Dann bist du nochmals rüber zu Klaus gegangen, richtig?«, fordert ihn Daniel heraus.

»Doch nur, um das Ganze mit ihm zu bereden und zu klären«, rechtfertigt sich Arno.

»Was ist dann geschehen?«, hakt Max nach.

»Klaus ließ sich nicht von seiner Arbeit am Totenbrett abbringen, hat sich mir nicht einmal zugewandt, um mit mir zu reden. Er hat weitergearbeitet und immer wieder betont, dass er bei seiner Forderung bleibe«, führt Arno aus, »ohne mich anzuschauen.«

»Und da sind dir die Nerven durchgegangen« vermutet Daniel.

»Ich habe Klaus von hinten das Totenbrett unter der Hand gerissen und es ihm auf den Kopf geschlagen. Ich wollte ihn nicht umbringen, wollte ihm nur einen Denkzettel verpassen«, versucht Arno Sutter zu erklären, »das war ja auch schon bei den Gleitschirmpiloten das Ziel. Ich wollte keine Toten, es sollten nur Zeichen gesetzt werden.«

»Da bist du über dein Ziel hinausgeschossen – und hast damit dein ursprüngliches verfehlt«, fasst Daniel Mazenauer emotionslos zusammen.

DIE DEUTSCHE

Bergrestaurant Alpenrose Wasserauen, September 2015

Ist sie die Mörderin?

Oder war es einfach ein Witz, den sie mit mir gemacht hat, als sie fragte: »Darf ich die Mörderin sein?«

Oder war sie sich schon damals bewusst, dass sie diese Tat begehen würde? Und wollte sie mich damit ablenken, in eine Sackgasse führen?

Ich bin mir nicht sicher, welche dieser beiden Richtungen der Wahrheit näher liegt. Doch genau das ist meine Aufgabe – oder besser: Das habe ich mir zur Aufgabe gemacht. Herauszufinden, ob sie es war oder nicht.

Nur das.

Denn ob sie schuldig ist oder nicht, entscheidet der Richter. Später. Wenn ich der Polizei die Resultate meiner Ermittlungen weitergegeben habe. Und diese sie festgenommen und einen Antrag auf Anklage gestellt hat.

Doch dafür müsste ich zuerst wissen, ob … Oder mich zumindest entscheiden, ob meine bisherigen Erkenntnisse dazu ausreichen oder nicht.

Dabei begann alles so, obwohl niemand auf die Idee gekommen wäre, dass es auf einen Mord hinauslaufen könnte. Und ihre Aussage diese Bedeutung bekommen könnte, die sie nun – zumindest für mich – hat.

Es war Anfang Juli, ich war unterwegs auf dem Whiskytrek. Die Fläschchen im Aescher, auf der Ebenalp, dem Schäfler, in den Berggasthäusern »Seealpsee« und »Forelle« hatte ich bereits in meinem Rucksack. Doch bevor ich wieder noch Hause fuhr, wollte ich auch noch die Edition »Alpenrose« abholen.

Ich war beinahe alleine in der großen Gartenwirtschaft zwischen dem markanten Gasthaus und dem riesigen Parkplatz, der Ausgangspunkt für viele Wanderer und Gleitschirmflieger ist. Ein Grund dafür war, dass ich unter der Woche im Alpstein unterwegs war. Und ein anderer, dass um diese Zeit die Sonne die Sitzplätze draußen nicht mehr erreichte.

Ich bestellte, wie so oft zum Abschluss meiner Touren, ein »Quöllfrisch« – das aus meiner Sicht beste Bier in der vielfältigen Schweizer Bierlandschaft. Ob dafür wirklich das Quellwasser aus dem Alpstein verantwortlich ist, habe ich bis heute noch nicht herausgefunden. Was eigentlich auch egal ist.

Und *sie* hatte die Bestellung aufgenommen. Sie – das heißt: jung, blonde Haare zu einem Rossschwanz zusammengebunden, Brille mit markant dunklem Gestell, schwarze Hose, rotes Poloshirt, deutsch. Also nicht schweizerisch deutsch, keine Deutschschweizerin, sondern eine Deutsche. Und sehr freundlich.

Als sie das Bier brachte, lag bereits der Bon, mein Bon für das Eindeziliterfläschchen der Edition »Alpenrose«, auf dem Tisch. Sie entdeckte diesen sofort.

»Aha, auf dem Whiskytrek unterwegs! Schön! Ich bringe Ihnen gleich das Fläschchen«, strahlte sie mich an.

Das »Könnte ich noch das …«, mit dem ich mich nach

dem Fass erkundigen wollte, hörte sie bereits nicht mehr, da sie bereits auf dem Weg zurück in die Gaststube war. Na dann beim nächsten Mal, wenn sie an meinen Tisch kommt.

Eine gute Gelegenheit, die bunte Fassade des Berggasthauses zu studieren. Und zu fotografieren.

Als Erstes fiel mir auf, dass die »Alpenrose« zwei Mal erbaut wurde: 1892 und 1962. So steht es auf der linken Seite unter dem Giebel geschrieben. Erst später werde ich herausfinden, dass 1892 eine erste »Beiz«, wie in der Schweiz Kneipen bezeichnet werden, mit dazugehörendem Stall gebaut wurde. Erst 70 Jahre später wurde ein von Grund auf neues Gasthaus errichtet, das, ganz hinten im Schwendetal liegend, sich hervorragend für »e Letschts«, für einen letzten Umtrunk nach einem erfüllten Tag im Alpstein, eignet.

So, wie ich das jetzt machte.

Auf der rechten Seite sind die beiden Renovierungen von 1975 und 2012 aufgeführt – und die Quelle der Bilder auf der Fassade: Gret Zellweger. Die Appenzeller Künstlerin arbeitete eigentlich als Postangestellte, war die letzte Posthalterin auf der Schwägalp und danach zehn weitere Jahre für die Säntisbahn tätig, hatte sich über Kurse die Ornamentik- und Möbelmalerei angeeignet. Nach drei Aufenthalten ab 1969 in den USA kam sie mit drucktechnischen Fertigkeiten und dem Kopf voller neuer Eindrücke und Erfahrungen ins Appenzellerland zurück.

Mit Holzschnitten versuchte Gret Volkskunst anders auszudrücken als nur über »farbigi Bildli«, wie sie sagte, und konnte diese 1984 am Eidgenössischen Jodlerfest in St. Gallen ausstellen.

Es folgten zahlreiche Auftragsarbeiten, darunter das Logo für »Appenzeller Fleisch« oder das Plakat für den »Appenzeller Alpenbitter«. Und schon bald wurde Gret Zellweger zur »Hofkünstlerin der Bergwirte«, beschriftete Fassaden der Berggasthäuser, gestaltete Speisekarten und Tischsets. Und sie hat auch die zahlreichen Blumen- und Tierbilder auf der Fassade der »Alpenrose« gemalt.

»Schön, nicht?«, holte mich die Servicemitarbeiterin aus meinen Betrachtungen und Träumereien zurück.

Ich bestätigte ihr, dass die Bilder wunderschön – und auch naturgetreu – seien. Wobei ich Letzteres nur bei den mir bekannten Pflanzen und Tieren, nicht aber bei einem »Männertrelli« oder einem »Türkenbund« beurteilen konnte.

Ich musste mich konzentrieren, um nicht den neben dem Whiskyfläschchen wahren Grund meiner Einkehr zu vergessen. Und ihr diesen zu kommunizieren.

»Dürfte ich wohl das Whiskyfass noch anschauen und fotografieren?«

»Natürl…«, wollte sie postwendend antworten. Ich bin ja wohl nicht der Erste, der das fragt, schoss es mir durch den Kopf, während ich sie in ihrer Spontaneität bereits wieder unterbrochen hatte. »Und ich würde auch gern noch weitere Bilder des Restaurants schießen, falls dies möglich ist.«

»Da muss ich schnell die Chefin fragen«, zögerte sie, »wofür brauchen Sie denn die Bilder?«

»Nur für mich, als fotografische Erinnerung. Ich schreibe ein Buch über den Whiskytrek, brauche die Bilder, damit ich alles richtig beschreibe, so wie es auch in der Realität ist. Denn nur die Handlung ist fiktiv. Meistens.«

»Welche Art von Buch schreiben Sie denn?«, hakte sie nach.

»Krimi.«

Und dann folgte dieser Satz, an dem ich jetzt noch nage.

»Darf ich die Mörderin sein?«, lachte sie und verschwand in der Gaststube.

Hatte sie schon damals von dem geahnt, was passieren würde? Und welche Rolle sie dabei spielen würde?

Es war nur eine gute Woche nach meiner Einkehr, als ich in der Zeitung las, dass im Schwendetal eine Leiche gefunden worden war. Es war ein junger Mann, ein Einheimischer, ein Bauer aus Schwende. Von dort, wo der kräftige Bach Tschuder aus dem Felsen schießt, von der Unteren Au.

Als ich davon erfuhr, dass Bruno Fässler, Chef der Innerrhoder Kriminalpolizei, für die Ermittlungen zuständig war, wusste ich sofort, dass auch ich meine Ermittlungen aufnehmen musste. Denn Bruno fehlte dieser Weitblick, die Fantasie für das, was zwischen Realität und Fiktion, zwischen Erzähltem und Geschehenem, zwischen Geschichten und Sagen liegt.

Der Tote war mit einem Kollegen unterwegs gewesen, wollte auf der Alp Äueli, noch etwas weiter hinten im Schwendetal als die »Alpenrose« gelegen, nach dem Rechten sehen. Damit war für mich klar, wer mir helfen könnte, Licht in diesen Fall zu bringen.

Obschon der Begleiter bereits von der Polizei verhört worden war, gab er auch mir nochmals bereitwillig Auskunft.

Sie waren – so seine Schilderung – auf dem Weg zur Alp noch in der »Alpenrose« eingekehrt. Und wurden wie ich von der gleichen Servicemitarbeiterin bedient. »Eine Deutsche«, erinnerte sich der Freund des Toten, »blond, Brille mit schwarzem Gestell, rotes Poloshirt.«

»Doch was dann geschah, habe ich noch nie erlebt«, schilderte er diese Begegnung weiter. »Er war von ihr wie in den Bann gezogen, konnte seinen Blick kaum mehr von ihr lösen. Als sie sich abdrehte, um unsere Bestellung auszuführen, fragte er mich, ob ich auch gesehen habe, wie ihr Haar golden glänzt. Und dass ihre Augen wie Diamanten funkeln.«

Er habe ihm dann bestätigt, dass sie sicher eine attraktive Frau sei, aber nicht mehr. Nichts Besonderes. Als ob er einen Baum mit goldenen Blättern gesehen hätte und ich einen ganz normalen Strauch.

Als sie mit den beiden »Quöllfrisch« zurückkehrte, habe er sie zu sich hingezogen und ihr etwas ins Ohr geflüstert. Nur »meine Frau werden« habe er verstanden, das andere nicht.

Die Servicemitarbeiterin habe gestrahlt und ihm auch etwas zugeflüstert. Worauf sein Freund nur noch genickt und immer wieder gesagt habe: »Ja, mache ich, ich werde dort sein, versprochen.«

Auf dem Rückweg von der Alp habe er ihm dann erzählt, dass die Deutsche ihm gesagt habe, er solle am Abend des nächsten Tages nochmals vorbei kommen – oder genauer: vorbeigehen – weiter Richtung Seealpsee. Er solle weiter laufen, auf keinen Fall zurückschauen, bis er auf sie treffe. Wenn er all dies erfülle, würde sie gerne seine Frau werden – andernfalls würde dieser Abend für beide in einem Desaster enden.

»Sie hat mir nicht nur ihre Treue versprochen, sondern

auch ein erfülltes Leben im Reichtum«, habe er ihm noch gesagt, bevor er sich auf den Weg gemacht habe.

Auf den Weg, von welchem er nie zurückgekehrt ist.

Der junge Bauer wurde kurz hinter dem Elektrizitätswerk, das am Weg hinauf zum Seealpsee steht, gefunden. Erschlagen von einem kleinen Felsbrocken aus einem Steinschlag, der sich vom Hang gelöst haben musste. An einer Stelle, an der bisher noch nie so etwas geschehen war.

»Unfall«, habe die Polizei festgestellt, »eine Verkettung unglücklicher Umstände, zur falschen Zeit am falschen Ort.« Groll spricht aus seiner Stimme. »Diese Erklärung ist mir etwas zu einfach! Ich bin überzeugt, dass jemand verantwortlich ist für den Tod meines Freundes.«

Auch wenn er nur »jemand« sagte, war mir sofort klar, wen er damit meinte.

Ich entschloss mich, nochmals die »Alpenrose« aufzusuchen, um mit ihr zu reden.

»Der Krimiautor«, begrüßte sie mich, »wieder auf Recherchetour?«.

»Ja, aber nicht in der gleichen Sache wie das letzte Mal. Mich interessiert, was da hinten passiert ist«, zeigte ich ins Schwendetal hinein.

Ihre Miene verfinsterte sich. »Der Unfall mit dem jungen Bauern aus Schwende. Tragisch.«

»Tragisch, ja. Für Sie muss es ja besonders tragisch sein, haben Sie doch am Tag vor seinem Tod vorher noch mit ihm geredet.«

»Ja, da vermuten Sie richtig, es geht mir sehr nahe. Er war ja ein sehr sympathischer junger und gut aussehender Mann. Er hatte noch seine ganze Zukunft vor sich.«

»Die er mit Ihnen zusammen gestalten wollte, richtig?«
Die Deutsche erbleichte.

»Woher wissen Sie das? Ja, er hatte mir ins Ohr geflüstert, ob ich seine Frau werden wolle. Bei unserem ersten Treffen!«

»Aber Sie scheinen darauf eingegangen zu sein, haben ihn nicht zurückgewiesen.«

»Ja zugegeben, er hat mich nicht nur überrascht, sondern auch fasziniert.«

»Und deshalb haben Sie ihn eingeladen, sich am darauffolgenden Abend nochmals mit Ihnen zu treffen. Doch was sollte das mit der Auflage, die Sie ihm erteilt haben?«

»Auflage?« Die Servicemitarbeiterin gibt sich unwissend.

»Dass er auf dem Weg nicht nach hinten schauen dürfe.«

»Ah das meinen Sie. Damit wollte ich mir nur die Möglichkeit offen lassen, ihm zu folgen, ohne bemerkt zu werden. Und ihn so überraschen zu können«, erklärt sie sich.

»Überrascht hat ihn nun aber der Steinschlag. Hätte er sich auf seinem Weg mal umgedreht, hätte er diesen vielleicht kommen sehen.«

Mit ihrer Frage, warum ich denn so sicher sei, dass er sich nicht umgedreht hat, brachte sie mich kurz in Verlegenheit.

Aber nur kurz.

»Hat er sich umgedreht?«, fragte ich sie eindringlich, »und was haben Sie mit seinem Tod zu tun?«

Die Servicemitarbeiterin hat sich bereits in Richtung Berggasthaus abgedreht, zuckt nur noch mit den Schultern, wendet sich mir nochmals kurz zu. »Das überlasse ich Ihrer Fantasie, Sie sind der Geschichtenerfinder und -erzähler. Wie war doch gleich Ihr Name?«

»Marty, Roger Marty!«, rufe ich ihr nach.

DER FINGER

Bergrestaurant Forelle am See, Oktober 2015

Der Schmerz ist so groß, dass ihm kurz schwarz vor den Augen wird.

Und dennoch schafft er es, den Schrei zu unterdrücken, der ihn verraten würde.

Denn Rico ist auf Diebestour.

Es geht ihm nicht um das Materielle, das Diebesgut. Sondern vielmehr um den Kitzel, etwas zu stehlen, ohne entdeckt zu werden. Um das Abenteuer während seinen nächtlichen Touren im Alpstein. Denn schon der Weg zu den Berggasthäusern ist oft abenteuerlich und gefährlich – vor allem in der Endphase, wenn er seine Stirnlampe ausschalten muss, um nicht entdeckt zu werden.

Doch für heute Nacht hat er eine einfache Tour und einen ebenso einfachen Diebstahl erwartet. Der Weg von Wasserauen hinauf zum Seealpsee ist gut ausgebaut, asphaltiert und durch den Mond am sternenklaren Himmel hell ausgeleuchtet.

Wie immer ist er erst nach Mitternacht gestartet, um nicht noch den letzten Gästen, die von ihrem abendlichen Umtrunk in den Berggasthäusern »Forelle« und »Seealpsee« zurückkehren, zu begegnen.

Denn die »Forelle« ist auch sein Ziel. Oder genauer: die beiden am Seeufer stehenden Tannen beim Berggasthaus, zwischen denen in luftiger Höhe das Portweinfass mit der Whiskyedition »Forelle« ruht.

Mit je zwei kräftigen und überkreuzten Baumstämmen wurden die beiden Tannen verbunden und zwischen die beiden Hölzer je ein Querstamm eingefügt, auf dem die hölzerne Plattform liegt, welche das Fass trägt. Ein kleines Giebeldach weist auf die Liebe zum Detail der Konstrukteure hin und schützt gleichzeitig das Fass mit seinem wertvollen Inhalt.

Für die dreijährige Zweitreifung dieses insgesamt fünfjährigen Whiskys wurde eines der zahlreichen hervorragenden Portwein-Fässer gewählt, die in den Kellern der Appenzeller Brauerei Locher AG lagern und die jahrelang mit Säntis Malt befüllt wurden. Und Rico weiß aus der Whiskytrek-Broschüre, dass diese Lagerung der Edition »Forelle« nicht nur einen wunderschönen Rosé-Farbton, sondern auch weinige und fruchtige Aromen verliehen hat, die zu einer tiefen Geschmackskomplexität beitragen.

Doch das wird nur das Resultat seiner Diebestour sein, seine Beute. Denn weit wichtiger ist für ihn der Prozess, der ihn zum Erfolg führt – seine ganz spezielle und persönliche Art, den Whiskytrek zu absolvieren.

Als Dieb.

Das Fass der »Forelle« ist eines, zu dem der Zugang sehr einfach ist, weil es außerhalb des Berggasthauses liegt. Da hatte Rico schon weit schwierigere Aufgaben zu lösen.

Vielleicht auch deshalb geschieht jetzt das, was er nie für möglich gehalten hat. So, wie ein Berggänger nie erwarten würde, auf einem gut ausgebauten und einfachen Wegstück auszurutschen und abzustürzen. Und doch passiert es immer wieder, weil auf diesen Passagen die Konzentration weniger hoch ist als auf schwierigen und gefährlichen Abschnitten.

Und das muss wohl auch der Grund für Ricos Unfall sein: mangelnde Konzentration. Den Whisky hat er bereits in das mitgebrachte Glasfläschchen abgefüllt und macht sich nun daran, wieder von der Plattform abzusteigen.

Da plötzlich rutscht Rico auf den Holzstämmen aus. Der Ring, den er an seiner rechten Hand trägt, verhakt sich zwischen dem einen Stamm und dem Querbalken. Da er in der linken Hand die Whiskyflasche hält, die er in dieser Situation noch fester umklammert, hängt sein ganzes Körpergewicht an der rechten Hand. Die Beine finden keinen Halt, er kann sich nicht auffangen.

Beim Sturz reißt es ihm den rechten Ringfinger komplett ab.

Rico versucht, das Blut, das aus der Wunde schießt, mit seinem Taschentuch zu stoppen, muss auch sein zweites Wandershirt aus dem Rucksack dazu verwenden, um genügend Druck auf die Wunde zu erzeugen. Der Schmerz des Abrisses ist wie ein Stromschlag durch seinen Körper geschossen – jetzt weitet er sich dumpf aus über seine Hand, den Arm, zieht hinauf bis in die Schulter- und Nackengegend.

Und doch muss er nochmals das Gestell hinaufklettern, der hängen gebliebene Finger würde ihn verraten. Nur mit größter Mühe schafft er es, sich einhändig am Gestell hochzuziehen, mit seinem Fuß auf den gekreuzten Stämmen Halt zu finden und den Finger zwischen Stamm und Querbalken herauszuziehen.

Den Whisky im Rucksack und seinen abgerissen Finger in der Hand eilt er am Gasthaus vorbei in Richtung Tal. Doch wohin mit dem Finger? Mitnehmen kann er ihn nicht – wie soll er einem Arzt erklären, was geschehen ist und was er um diese Zeit dort oben gemacht hat?

Bei der Geschirrrückgabe der Serviceausgabe steht ein Abfallkübel, der noch halb voll ist. Er umwickelt den Finger mit einem leeren Papiersack, den er herausgefischt hat und vergräbt ihn unter dem restlichen Abfall. Hier wird ihn niemand finden, ist er überzeugt und macht sich eilig auf den Rückweg.

Am Abend nach dieser ereignisreichen Nacht steht im Berggasthaus »Forelle« die Dernière der Veranstaltungsserie »Schreck am See« an.

Wie gewohnt trägt der Moderator, der gleichzeitig auch der Begründer dieser jährlich stattfindenden Reihe ist, zusammen mit einer Sängerin die satirischen Texte ausdrucksstark vor. Die Lesungen werden unterbrochen durch musikalische Einlagen, die ebenso hochstehend sind wie die literarischen. Mit ihrer rauchigen und bluesigen Stimme vermag die Sängerin, begleitet von einem Pianisten, die Gäste immer wieder zu begeistern.

Dazu kommen die Cartoons eines auswärtigen Illustrators, die auf eine Leinwand projiziert werden, während sie entstehen. Und die erst mit den letzten Strichen die Pointe der Zeichnung verraten.

Nach der Kurzgeschichte mit dem abgehackten Finger folgt der Zwischengang mit einer Minisiedewurst, serviert auf Randensalat mit so viel Soße, dass der Eindruck einer Blutlache entsteht. Ein weiteres gelungenes Beispiel, wie »Forelle«-Küchenchef Roland Kühne bei den zehn »Schreck am See«-Vorstellungen versucht, mit seinem Menü einen Bezug zu den vorgetragenen Geschichten herzustellen.

Durch die Reihen der Gäste, denen dieser Gang serviert wird, geht ein Lachen, Smartphones werden gezückt, um die Kreation festzuhalten, mit Gabel und Messer wird die kleine Wurst zur Seite gerollt, um ganz sicher zu gehen, dass es wirklich nur eine Wurst ist.

Da zerreißt ein gellender Schrei die gelöste Atmosphäre in der ausverkauften Gaststube.

Eine Frau lässt ihr Besteck mit einem lauten Knall fallen, verwirft ihre Hände und rutscht mit ihrem Stuhl mit einem lauten Holz-auf-Holz-Kratzen vom Tisch weg. Sie hat wie alle ihre Tischnachbarn die Wurst zur Seite gerollt – und dabei den Fingernagel entdeckt

Die vermeintliche Wurst, die einen menschlichen Finger symbolisieren soll, ist keine, sondern wirklich ein menschlicher Körperteil!

Damit ist der Abend natürlich gelaufen – und wenig später auch die Polizei im Haus.

Der Mix aus Text, Musik, Live-Cartoon und dem außergewöhnlichen Menu, welcher das Publikum für die heutige Vorstellung an den Seealpsee gelockt hat, endet damit in einem Verhörmarathon, dem sich die Gäste stellen müssen.

Denn für Ermittler und Kripochef Bruno Fässler geht es nicht nur darum, wie der abgetrennte Finger auf den Teller kam, sondern auch, wo sich der Rest des Körpers, befindet.

Die Befragung der anwesenden Gäste ergibt keine Hinweise auf Ungereimtheiten im Ablauf des Abends, auf auffällige Personen unter den Gästen oder im Serviceteam oder darauf, dass der Teller mit dem Finger zielgerichtet der Dame zugeteilt wurde.

Nachdem die Kontaktdaten aller Gäste aufgenommen sind und sich diese langsam an den Abstieg vom Seealpsee nach Wasserauen machen, nehmen sich Bruno Fässler und sein Kollege Max Dörig die Service- und Küchencrew vor.

»Roland, hast du eine Erklärung oder Vermutung, wie das geschehen konnte?«, will Fässler vom Küchenchef wissen.

»Keine Ahnung«, antwortet dieses resigniert, »ich kann mir auch nicht erklären, wo und wie uns im Ablauf zwischen Küche und Gast dieser Teller untergejubelt wurde.« Bissig fügt er an: »Und von wem das Teil stammt, bei meinem Team sind noch alle Finger dran.«

»Unsere Forensiker haben uns darauf hingewiesen, dass der Finger aufgrund seiner Wundenstruktur abgerissen, nicht abgeschnitten wurde. Das weist eher auf einen Unfall als auf eine vorsätzliche Verletzung hin«, greift nun auch Max Dörig ins Gespräch ein.

»Hat niemand von euch Blutspuren entdeckt?«, wendet sich der Chef an sein Team.

»Ja, habe ich«, ertönt es zögerlich aus den Reihen der Servicemitarbeiterinnen. Alice, die österreichische Saisonaushilfe, führt aus, was sie entdeckt hatte: »Vor den zwei Tannen mit dem Whiskyfass war gestern der Boden blutgetränkt. Ich dachte, dass es von einem Tier stammt. Aber Spuren eines Kampfes, Fellreste oder Federn, waren keine zu sehen.«

Mit dieser Aussage finden auch die Forensiker schnell die Spuren, die auf den Unfallhergang hinweisen. Und auf den Whiskydiebstahl.

»Die Analyse des Blutes und des Fingers werden uns zum Dieb führen«, ist Bruno Fässler überzeugt, »und damit lassen sich vermutlich auch die anderen angezeigten Whiskydiebstähle in weiteren Berggasthäuser klären.«

»Doch die Frage, wie der Finger auf den Teller kam, können wir nach wie vor nicht beantworten«, schränkt Max Dörig die Euphorie seines Chefs ein.

»Es muss jemand aus dem Team sein, der oder die den Finger gefunden und ihn auf den Teller gebracht hat«, glaubt Bruno. »Anders kann ich es mir nicht erklären.«

»Aber wer?«, mischt sich Roland ein.

»Naheliegend wäre doch, dass es Alice war. Sie hat die Blutspuren entdeckt. Vielleicht auch den Finger«, stellt Max seine Vermutung in den Raum.

»Alice ist eine meiner besten Mitarbeiterinnen, ich habe sie bisher immer sehr freundlich, zuverlässig und loyal erlebt. Ich kann mir nicht vorstellen, dass sie so etwas machen würde«, weist Roland die Verdächtigungen zurück.

»Aber es war ja auch Alice, die den Finger an den Tisch gebracht hat. Das würde passen. Ich nehme sie mir nochmals vor«, entscheidet Bruno.

Im Verhör konfrontiert er die junge Österreicherin mit dem Vorwurf, um sie aus der Reserve zu locken.

Doch diese erklärt ganz genau und sachlich, wie sie die Blutspuren entdeckt, was sie gesehen und dass es aus ihrer Sicht keinen Hinweis auf einen Unfall gegeben habe.

Und schon gar nicht auf den Finger.

»Haben Sie jemandem von Ihrer Entdeckung erzählt?«, hakt Bruno nach.

»Ja, meiner Freundin Maya aus dem Team. Möglich, dass es auch noch andere gehört haben, Janine und Daria standen auch in der Nähe.«

»Und wie ist Ihr Verhältnis zu diesen beiden?«, fragt Max nach, der das bisherige Verhör wortlos mitverfolgt hat.

»Na ja«, antwortet Alice, »geht so. Vor allem Daria scheint Probleme damit zu haben, dass ich bei den Gästen so beliebt bin. Und auch beim Chef.«

»Neid, Missgunst, Eifersucht – das sind häufige Motive«, folgert Bruno.

Es braucht wenig Druck von Seiten der beiden Ermittler, bis Darias Widerstand bricht und sie die Tat zugibt. Beim Leeren des Abfallkübels sei ein weißer Papiersack herausgefallen. »Als ich ihn aufnehmen wollte, rutschte der abgerissene Finger heraus. Ich erschrak fürchterlich und hätte beinahe laut rausgeschrien«, schildert sie dieses Erlebnis. »Doch dann kam mir diese Idee, es Alice zu zeigen. Sie stellt uns alle in den Schatten, wegen ihr werden wir und unsere Arbeit kaum mehr wahrgenommen, weder von einer Vielzahl der Gäste noch vom Chef.«

Sie habe den Finger eingepackt und zum Abendservice mitgenommen. »Ich habe ja gewusst, was zu den Geschichten serviert wird.« Und in der Hektik der Speisenausgabe habe sie auf einem von Alices Teller die Wurst gegen den Finger ausgetauscht. »Sie war so darauf konzentriert, die vier Teller rasch an den Tisch zu bringen, dass sie das nicht bemerkt hat.«

Daria muss trotz der für sie unbequemen Lage ob ihrer eigenen Schilderung schmunzeln.

»Zickenkrieg«, schüttelt Bruno Fässler den Kopf, steht auf und wendet sich Roland zu, »nach so was brauch ich nun wirklich einen Whisky.«

DAS LIEBESPAAR

Bergrestaurant Seealpsee, Juli 2021

»Selbstmord!«

»Und Mord!«

»Vielleicht aber auch ein zweiter Selbstmord. Oder eine in Auftrag gegebene Selbsttötung. Wobei – dann wäre es einfach eine Tötung, eine vorsätzliche Tötung.«

»Das wären auch die korrekten Begriffe: Selbsttötung und vorsätzliche Tötung. Selbstmord ist moralisierend und entspricht nicht dem Suizidbegriff, der vom Neulateinischen ›suicidium‹, aus ›sui‹ für ›seiner‹ oder ›selbst‹, und ›caedere‹ für ›töten‹ abstammt.«

»Jetzt verlieren wir aber etwas den Fokus«, mahnt Daniel Mazenauer und zeigt auf die beiden Leichen, »wir müssen nicht Begriffe klären, sondern diese beiden Todesfälle.«

»Entschuldige«, stimmt ihm sein engster Mitarbeiter, Max Dörig, zu, »aber diese Diskussion über die korrekte Bezeichnung habe ich schon mehrmals mit deinem Vorgänger Bruno Fässler geführt.«

»Also nochmals, was können wir als Fakten von hier mitnehmen?«

»Zwei Tote, eine Leiche weiblich, eine männlich. Die weibliche, nach ihren Check-in-Daten eine in Deutschland lebende Türkin, liegt bis auf die Schuhe angezogen im

Bett, die männliche daneben am Boden. Schmauchspuren an der Schläfe der jungen Frau deuten auf einen Schuss aus nächster Nähe hin, das Gleiche gilt für den Mann – er ist übrigens Deutscher. Da die Pistole unmittelbar neben ihm liegt, vermute ich, dass er die Frau und nachher sich selbst erschossen hat. Selbstmo… – Selbsttötung .«

»Fakten, Max, Fakten! Keine Vermutungen.«

»Okay! Beide waren ungefähr 20 Jahre alt, keine Spuren eines Kampfes. Scheint eine … – aber das wäre ja schon wieder eine Vermutung. Die Frau hatte ihre Hände am oberen Rand der Daunendecke, die Decke lag über ihrem Gesicht, der Kopf war leicht nach rechts zur Seite gedreht.«

»Als hätte sie sich die Decke über den Kopf gezogen, um nicht zu sehen, was passiert.«

»Deine Vermutung«, schmunzelt Max, »und ihm hat sie ihre linke Schläfe hingehalten, damit er sie erschießt. Das ist meine.«

»Was einmal mehr zeigt, wie schwierig es ist, in unserem Beruf Tatsachen von Annahmen zu trennen!«

»Ein Motiv können wir nur vermuten. Gemeinsame Selbsttötung? Das würde erklären, warum sich eine junge Frau von ihrem Freund erschießen lässt?«

»Sie liefert sich ihm damit völlig aus, sie kann ja nicht wissen, ob er sich anschließend selber auch umbringt.«

»Verzweiflung? Keine Perspektive? Hoffnungslosigkeit? Das alles wären mögliche Beweggründe für eine gemeinsame Selbsttötung. Streit oder Beziehungsprobleme kann ich mir weniger vorstellen.«

»Aber warum wählen sie dafür diesen Ort, warum töten sie sich im Berggasthaus ›Seealpsee‹? Das macht für mich keinen Sinn.«

»Kann denn eine Tötung, eine Selbsttötung, überhaupt einen Sinn haben?«

Max blickt seinen Chef, der scheinbar in Gedanken versunken aus dem Fenster schaut, wortlos und erstaunt an. Solche Worte sind selten und überraschen ihn immer wieder. Im positiven Sinn. Denn viele, zu viele seiner Kollegen sind durch ihren beruflichen Alltag abgestumpft und nicht mehr fähig zu feinfühligen oder philosophischen Überlegungen.

»Lass uns runter gehen zu Marianne und Dölf, vielleicht wissen sie mehr über das Paar«, unterbricht Daniel die Stille. »Dann können unsere Experten hier in Ruhe wirken.«

Die beiden Wirtsleute und Besitzer des Berggasthauses »Seealpsee« sitzen schweigend unten in der Gaststube. Daniel und Max schildern ihnen, was sie gesehen haben. Denn mehr als zwei Tote hat Marianne nicht wahrgenommen, als sie nach den Schüssen ins Zimmer hinauf gerannt war. Wie in Trance hatte sie die Tür wieder zugezogen, war hinunter gerannt und hatte die Polizei angerufen.

Aufmerksam folgen sie den Ausführungen der beiden Kriminalbeamten. Als Max den vermeintlichen Tathergang aufzeigt, unterbricht ihn Dölf. »Das gab es schon einmal! Ebenfalls hier in unserem Haus. Genau vor 110 Jahren.«

»Wovon redest du?«, unterbricht ihn Daniel.

»Von diesem Tötungsdelikt, das damals als ein ›höchst trauriges Ereignis‹ bezeichnet worden ist. Es war im Jahre 1911, am 17. Juli, als ein knapp 20-jähriger Deutscher in einem unserer Gastzimmer zuerst seine 19-jährige Freundin und dann sich selbst erschossen hat. Der ›Appenzeller Volksfreund‹ schrieb damals, dass die Frau sich bis auf die Schuhe bekleidet ins Bett gelegt, die Bettdecke mit beiden Händen über die Augen gezogen und ihrem Begleiter die linke Schläfe hingehalten hatte, welcher sie mit einem aufgesetzten Schuss tötete. Dann richtete er die Waffe gegen seine rechte Schläfe und machte auch seinem jungen Leben ein Ende.«

»Analogie der Ereignisse«, stellt Daniel lapidar fest. »Vielleicht ein weiteres Motiv?«

»Eine Tat aus der Vergangenheit als Muster für eine Tötung und eine Selbsttötung?« Max schaut seinen Chef fragend an.

»Warum nicht? Andere Anhaltspunkte haben wir ja nicht. Wenigstens im Moment nicht.«

»Wie habt ihr die beiden seit ihrer Ankunft erlebt?«, wendet sich Max wieder den Gastgebern zu, »ist euch etwas Spezielles aufgefallen?«

»Sie kamen vorgestern im Laufe des späteren Nachmittags an. Wie es schien, kamen sie zurück von einer längeren Tour. Sie waren kurz auf dem Zimmer und haben dann den Rest des Tages in der Gartenwirtschaft, nahe am See, verbracht. Sie waren sehr ruhig, suchten aus meiner Sicht Stille und Abgeschiedenheit. Und das findet man bei uns ja auch. Was mir auffiel – wenn du mich so direkt danach fragst – war, dass sie sich nach dem ›roten Wunder‹ und dem ›Palast der Winde‹ erkundigt haben. Das ist ja eher selten, dass diese beiden Attraktionen von unseren Gästen so direkt angesprochen werden.«

»Und auch dass Gäste bei uns übernachten – die meisten kehren ja anschließend wieder ins Tal zurück, für

Übernachtungen sind wir für viele Gäste zu nahe an Wasserauen«, fügt Dölf an.

Daniel scheint die letzte Bemerkung überhört zu haben. »Was meinst du mit dem ›roten Wunder‹ und dem ›Palast der Winde‹? Diese beiden Begriffe sind mir nicht geläufig, obwohl ich nun doch schon einige Jahre hier im Dienst bin.«

»Und, wenn du mal im Alpstein unterwegs bist, eher die andere Seite mit Sämtiser- und Fälensee bevorzugst«, schmunzelt Max.

Daniel schaut ihn vorwurfsvoll an, sagt jedoch kein Wort.

»Als das ›rote Wunder‹ bezeichnen wir dieses Naturphänomen, wenn der Seealpsee blutrot erscheint. Die rote Farbe wird durch die Blüten der Blutalge verursacht. Das war 2009 erstmals der Fall und wiederholt sich, da Dauerstadien der Algen auf dem Seeboden überwintern und bei günstigen Bedingungen wieder zu ›blühen‹ beginnen. Der Seealpsee ist erst der zweite Schweizer See, in dem dieses Phänomen zu beobachten ist und der erste in den Bergen«, erklärt Marianne.

»Und der ›Palast der Winde‹, was ist das«, fragt Daniel nach.

Marianne lacht: »Das ist der Ort, wo wir unseren Whisky, das Fass mit der Edition ›Seealpsee‹, lagern, das Häuschen aus Holzscheiten, das wir bei der Einführung des Whiskytreks 2015 extra dafür gebaut und bei der Verlängerung des Treks 2018 noch verbessert haben. Aber das ist keine offizielle Bezeichnung, einige unserer Freunde haben sich darüber lustig gemacht, dass es dort so stark zieht, weil die Wände nicht dicht sind.«

»Und, kamen sie in den Genuss dieser beiden Attraktionen?«, will Max wissen.

»Für das ›rote Wunder‹ stimmen die Bedingungen im Moment nicht. Aber sie haben unseren Whisky im ›Palast der Winde‹ in vollen Zügen genossen. Ja, sie haben beide doch einige Gläser geleert, scheint ihnen wirklich sehr geschmeckt zu haben«, fügt Marianne an.

»Oder sie haben damit ihren Seelenschmerz ertränkt«, vermutet Daniel.

Marianne berichtigt: »Den Eindruck hatte ich nicht. Sie schienen mir vielmehr ein über beide Ohren verliebtes Paar zu sein. Sie hielten sich die ganze Zeit an den Händen, kuschelten sich aneinander, knutschten ab und zu. Keine Spur von Traurigkeit oder gar Depression.«

»Umso überraschender, was sie sich dann angetan haben!«

Daniel und Max sitzen später noch alleine am Tisch und diskutieren über den Fall.

»Ich möchte doch nochmals auf meine Vermutung zurückkommen, dass sie die Tat von 1911 nachgeahmt haben. Bereits in den 70er- und 80er-Jahren haben empirische Untersuchungen bestätigt, dass Darstellungen von fiktionalen Selbstmorden am Fernsehen im Anschluss an die Sendung zu Nachahmungen führten. Diese stimmten bezüglich Alter und Geschlecht der Selbstmörderinnen und -mörder wie auch der Ausführungsart mit den imitierten Abläufen weitgehend überein. Die Erklärung der Kriminalwissenschaft lautete damals, dass Selbstmorde nachgeahmt werden, weil in Spielfilmen suggeriert wird, dass dies die unausweichliche und naheliegende Lösung für nicht mehr auszuhaltende Probleme sei. Zudem wird dieser Weg der Problemlösung in der Öffentlichkeit oft als verständlich und nachvollziehbar akzeptiert.«

»Der Tod durch die eigene Hand ist schon sehr tragisch – aber noch schlimmer sind diese Nachahmungstaten«, stimmt ihm Max zu.

»Man spricht ja in solchen Fällen vom ›Werther-Effekt‹. Der Begriff ist zurückzuführen auf den Briefroman ›Die Leiden des jungen Werthers‹ von Goethe, der Ende des 18. Jahrhunderts eine regelrechte Suizidepidemie ausgelöst hatte«, führt Daniel aus.

»Aber warum diese Fragen nach dem ›roten Wunder‹ und dem Whiskyhüttli?« unterbricht Max.

»Das muss ja nicht zwingend mit ihrer Tat zu tun haben«, spekuliert Daniel, »vielleicht wollten sie einfach noch vor dem Tod den roten Seealpsee sehen. Und wegen dem ›Palast der Winde‹ wissen wir ja jetzt, dass sie sich für den Whisky interessierten.«

»Aber es scheint, dass sie sich sehr gut auf ihren Aufenthalt hier vorbereitet haben …«

»Damit können wir die Ermittlungen wohl abschließen«, schlägt Daniel vor, »der Täter hat sich selbst gerichtet, Zweifel an der zweiten Selbsttötung gibt es nicht, genaue Motive und Ursachen bleiben, wie so oft bei einem Suizid, unerklärlich.«

»Und unbegreiflich«, fügt Max an. »Vor allem für das Umfeld und die Familien der beiden, die wir noch informieren müssen.«

Überraschenderweise, so die Rückmeldung der deutschen Polizeikollegen tags darauf, löste die Überbringung der Todesnachricht bei den Angehörigen nicht Trauer, sondern Wut, Zorn und gegenseitige Anschuldigungen aus. Die Aussagen wie »Er hat unsere Tochter umgebracht« und »Sie hat ihn in den Tod getrieben« deuten an, dass die beiden Elternpaare nichts voneinander hielten und über der Beziehung ihrer Kinder alles andere als begeistert waren.

Denn die junge türkische Frau war von ihren Eltern bereits einem Landsmann versprochen worden, durfte sich deshalb nicht mit anderen Männern treffen. Schon gar nicht mit deutschen. Was sie jedoch trotzdem tat, heimlich. Und mit ihrem Geliebten deshalb in die Schweiz verschwand, ohne ihre Eltern zu informieren.

Als Max Daniel das erzählt, stutzt dieser kurz: »Sie haben damit nicht nur die Tat von 1911 nachgeahmt, sondern wollten auch verhindern, dass sie jemals getrennt werden. Deshalb sind sie gemeinsam in den Tod gegangen«, fasst Max zusammen.

»Richtig! Jetzt können wir nur noch hoffen, dass der Tod der beiden jungen Leute wenigstens ein Umdenken und eine andere Haltung bei ihren Familien bewirkt.«

»Die Hoffnung stirbt zuletzt«, stellt Max fest.

DER EREMIT

Bergrestaurant Aescher, September 1852

Bruder Felix bleibt verschwunden.

Letztmals haben ihn Sophie und Theodor vor zwei Tagen gesehen, als sie ihn in seiner Einsiedelei besuchten, in der Höhle im Wildkirchli.

Seither ist er nicht mehr aufgetaucht.

Aber die letzten beiden Tage kamen sie nicht mehr dazu, ihm einen ihrer sonst täglichen Besuche abzustatten. Das schöne Wetter hatte viele Menschen in den Alpstein gelockt. Und auch zu ihnen hinauf, in den »Aescher«. Vor sieben Jahren hatten sie die abgebrannte Hütte wieder aufgebaut, als schlichte Sennhütte mit Stallungen, aber auch mit Platz für Gäste. Es war schon früher ein ganz einfaches Gasthaus, eines der ersten in den Schweizer Bergen, direkt an den Fels gebaut, der diesem auch Schutz bieten soll.

»Aescher« wird es in Anlehnung an den Brand und die Asche seines Vorgängers von den Einheimischen genannt und unter diesem Namen ist es weit herum bekannt. Nicht nur wegen der guten, aber einfachen Küche, sondern auch wegen seines speziellen Branntweins, für welchen die Gäste gerne den steilen Aufstieg von Wasserauen in Kauf nehmen.

Wobei der Begriff »Branntwein« irreführend ist. Denn

der Schnaps im »Aescher« wird nicht aus Wein gebrannt, wie es in vielen Klöstern, gemacht wird.

Bruder Felix hatte vor einigen Jahren in Appenzell einen schottischstämmigen Einwanderer kennengelernt, der Korn statt der billigeren Kartoffeln, die ihrerseits Ersatz für Trauben sind, zum Brennen verwendet. Der Schotte weiß, wie man Stärke in Zucker überführt, diesen vergären lässt und anschließend brennt. Damit kann er einen wesentlich günstigeren Schnaps herstellen, der für jedermann erschwinglich ist.

»Whisky« nennt der Fremde das gebrannte Wasser, bei dessen Herstellung Bruder Felix tatkräftig mitarbeitet und das er in Fässern in seiner Höhle lagert und ausbaut. Auch wenn der Transport in die Wildkirchlihöhle aufwendig und streng ist, hat sich in den letzten Jahren gezeigt, dass erst die Lagerung bei stabiler Temperatur und die konstanter Luftfeuchtigkeit über das ganze Jahr dem Whisky den letzten Schliff verleiht.

Bruder Felix hat sich zu einem wahren Künstler in der Kellerung entwickelt und genießt diese neue Tätigkeit – und die Gäste des »Aescher« profitieren davon.

Nur Sophie hat er von seinen Träumen erzählt, bald seinen eigenen Whisky herstellen zu können, selber eine kleine, dafür umso feinere Produktion aufzubauen. Denn längst ist er nicht nur ein Experte für die Lagerung, sondern hat sich auch umfassendes Wissen über die Herstellung angeeignet. Welches wiederum wichtig ist für die richtige Lagerung.

Aber es ist nicht nur dieses Wissen, welches ihn dazu drängt, selber Whisky herzustellen. Es ist der gleiche Grund, der ihn in die Einsiedelei getrieben hat: der

Wunsch, von niemandem abhängig und sein eigener Herr zu sein. Schon früh in seiner Jugend hat er gemerkt, dass er mit Obrigkeiten nicht zurechtkommt – nicht mit seinem Lehrer, nicht mit seinem Meister, bei dem er eine Ausbildung zum Zimmermann absolviert hat, nicht mit dem Pfarrer, den er als Messdiener unterstützen sollte.

Und nun wird es Zeit, sich auch aus der Abhängigkeit von diesem Fremden in Appenzell zu lösen und die Produktion selber in die Hand zu nehmen.

»Glaubst du, dass Bruder Felix in Appenzell unten geblieben ist?«, fragt Sophie, die zunehmend unruhiger wird, ihren Mann, »so lange war er noch nie weg. Er müsste doch die Glocken der St. Michaelskapelle läuten, das hat er bisher noch nie versäumt.«

»Vielleicht ist er ja nur im Alpstein unterwegs und sucht seine Ruhe, die er wegen unserer vielen Gäste hier immer weniger findet«, versucht Theodor seine Frau zu beruhigen.

»Du hast ja recht, vielleicht mach ich mir zu viele Sorgen. Er lebt ja als Einsiedler sein eigenes, sehr spezielles Leben und braucht die Einsamkeit.«

»Das Alleinsein, Sophie, das Alleinsein – ob er auch einsam ist, können wir wohl kaum beurteilen.«

»Stimmt. Aber so oder so, ich hole Nachschub aus seinem Keller, die Whiskyflasche ist fast leer. Da kann ich nicht warten, bis er wieder hier ist und uns beliefert.«

Über die hölzerne Hängegalerie, die den »Aescher« mit der Wildkirchlihöhle verbindet, erreicht Sophie die anderen zwei Höhlen des Höhlensystems unterhalb der Ebenalp.

In einer der Höhlen steht der »Aescher«, eine andere wurde in eine Altarhöhle umgewandelt, die von der Frömmigkeit der Einsiedler zeugt, und in der dritten wohnen während des Sommers die Einsiedler. Bereits 1621 hatte Kapuzinerpater Philipp Tanner die Höhlenkapelle gegründet, 1658 hatte der Appenzeller Pfarrer Paulus Ulmann dann die erste Eremitenklause eingerichtet und zuerst selbst bewohnt. Seither und bis Bruder Felix einzog, haben in der Klause bereits 21 Einsiedler gewohnt. Diese läuteten, den franziskanischen Regeln des Dritten Ordens der Kapuziner folgend, fünfmal täglich zu den Betzeiten die Glocke und feierten Gottesdienste mit Wallfahrern, Sennen und anderen Gästen. Vor allem die Vornehmen ließen sich gerne auf dem abenteuerlichen Weg in die Abgeschiedenheit der Höhlen führen.

Und genossen es auch, wenn ihnen Bruder Felix die erste Beschreibung der Höhle, die Pater Clemens Geiger 1706 verfasst hatte, vorlas: »In dieser Höhle befinden sich auch einiche Löcher die unergründtlich in welchem sollen die wilden Männlein gewohnet haben wie mir von ehrlichen Leuthen erzehlet haben das ihre Elteren ihnen verdeutet haben dass diese Männlein und Weiblein oft kommen seyen ihnen helffen zuhören ehe man die Gams gejagt von welchen sie sich erhalten.«

Sophie erreicht die Eremitenhöhle und steuert zielstrebig auf den kleinen, im Dunkeln der Höhle kaum ersichtlichen Nebengang zu, der in ein nächstes Gewölbe, einen Naturkeller für Vorräte, führt.

Sophie zündet die Kerze an, die sie mitgenommen hat und tastet sich im Halbdunkel langsam vorwärts. Ganz zuhinterst, weiß sie, steht das Fass, aus dem sie wieder eine Flaschenfüllung in den »Aescher« mitnehmen kann.

Sophies Fuß stößt gegen etwas Weiches, im letzten Moment kann sie sich noch auffangen und vor einem Sturz retten. Sie weicht einen Schritt zurück, geht etwas in die Knie und versucht, mit dem leicht flackernden Licht der Kerze die Stelle auszuleuchten.

Der laute Schrei, den sie ausstößt, ist nur innerhalb der Höhle zu hören und wird vom feuchtkalten Felsen geschluckt.

Vor ihr auf dem Boden liegt leblos ein männlicher Körper. Auch wenn sie sein Gesicht nicht erkennen kann, weiß sie sofort, dass es Bruder Felix ist.

Sophie dreht sich um und verlässt die Höhle so schnell sie im Dunkeln kann. Sie eilt in den »Aescher« zu ihrem Mann, der gerade einige Wanderer bedient.

»Hast du den Whisky gefunden?«, ist seine erste Frage und zeigt Sophie die leere Flasche, welche er in seiner Hand hält, »das war der letzte.«

»Ich … ich habe … Bruder Felix, er ist …«, stammelt Sophie.

»Sophie, was ist los?« Theodor geht auf seine Frau zu, nimmt sie in den Arm. »Du zitterst ja am ganzen Körper, was ist geschehen?«

Sophie atmet einmal tief durch: »Bruder Felix ist tot, er liegt im Gang zum Whiskyfass.«

»Beim Whiskyfass?«

»Tot! Theodor, er ist tot! Und ich glaube nicht, dass er …«

»Du glaubst, dass er umgebracht wurde?«, unterbricht Theodor seine Frau.

»Warum sonst sollte er denn tot in einem Nebengang seiner Höhle liegen?«

»Vielleicht wollte er etwas im Keller holen und ist dabei ausgerutscht, unglücklich gestürzt.«

»Ausgerutscht? Bruder Felix war mit seiner Höhle so vertraut, dass er blind jeden Ort gefunden hätte.«

»Dann lass uns die Landjäger holen, die sollen herausfinden, was passiert ist«, schlägt Theodor vor. »Oder müssen wir jetzt die Polizei aufbieten?«

»Wir wollten eh wieder zurück nach Wasserauen«, mischt sich einer der Gäste ein, welche das Gespräch mitverfolgt haben, »wir können das übernehmen.«

»Zuständig ist aus meiner Sicht die Polizei«, fügt sein Begleiter an.

Es dauert nahezu drei Stunden, bis zwei Beamte der Polizei im »Aescher« auftauchen. Erschöpft und durchgeschwitzt.

»Wir können uns ja nicht aussuchen, wo etwas passiert … Aber dass es hier oben sein muss …«, äussert Franz, der eine Beamte, seinen Missmut.

»Und dann noch ein Vertreter unserer Kirche«, ergänzt sein Kollege Gustav. »Wo liegt er?«

»Da oben, in der Eremitenhöhle. Gleich nach dem Eingang führt links ein Gang in den Vorratsraum, dort liegt er«, zeigt Sophie hinauf zum Wildkirchli.

»Viel können wir aber nicht machen«, dämpft Franz zu große Erwartungen. »Wir haben unsere Kamera nicht mitgenommen, die war zu schwer, um sie hier hinauf zu tragen. Zudem hätten wir unser Dunkelkammerzelt mitnehmen müssen.«

»Also können wir nur auf Skizzen und Aufzeichnungen festhalten, was wir am Tatort – oder am Fundort – finden. Aber vielleicht finden wir ja andere Spuren, die auf den Tathergang, sofern es eine Tat war, hinweisen«, hofft Gustav.

Franz und Gustav steigen hinauf zur Höhle, finden auch sehr schnell die Leiche. Mit den Gaslampen können sie den Seitengang, in welchem Bruder Felix liegt, gut ausleuchten.

»Lass uns zuerst mal einen genauen Lageplan anfertigen, bevor wir etwas berühren«, schlägt Gustav vor.

Franz stimmt zu und zeichnet in sein Notizbuch die Lage des Toten, den Grundriss des Höhlensystems und beschreibt minutiös, welche Auffälligkeiten er erkennt.

»Was wollte er hier in diesem Gang?«, fragt Franz, »er hatte keine Flasche, keinen Becher dabei. Was wollte er beim Whiskyfass?«

Gustav bückt sich zur Leiche runter. »Das sind genau die Fragen, die wir klären müssen. Und auch, mit wem er zuletzt zusammen war.«

»Wie ist er umgekommen, was denkst du?«

»Die Kratzer an seinem Körper weisen darauf hin, dass es zu einem Kampf gekommen ist.« Gustav dreht den Körper auf den Rücken. »Die Spuren am Hals weisen auf Erwürgen hin.« Vorsichtig tastet er den Kehlkopf ab. »Scheint gebrochen zu sein. Das würde meine Vermutung bestätigen.«

»Dann muss es wohl ein Mann gewesen sein, eine Frau würde diese Kraft kaum aufbringen. Und Bruder Felix war ja körperlich auch nicht der Schwächste.«

»Lass uns die Leiche mit der Bettdecke zudecken und zurück in den ›Aescher‹ gehen. Ich möchte nochmals mit Theodor und Sophie reden, bevor wir zurück ins Tal gehen und für den Transport der Leiche sorgen.«

Gustav will vom Gastgeberehepaar zuerst wissen, wer am Tag vor dem vermeintlichen Todestag hier oben war und Kontakt zu Bruder Felix gehabt hat.

Sophie denkt nach. »Da waren einige Gäste, die bei uns etwas getrunken oder gegessen haben, dann anschließend noch zu den Höhlen hochgestiegen sind. Ob sie Bruder Felix getroffen haben, kann ich nicht sagen. Aber sicher hat ihn Alan getroffen, Alan McBarrel aus Appenzell. Das ist der, der den Whisky herstellt, welchen Bruder Felix in den Fässern in seiner Höhle ausgebaut hat. Er ist sehr oft hier oben, und Bruder Felix besuchte ihn ebenso oft in Appenzell. Ich glaube, dieser Alan war für ihn die wichtigste Bezugsperson in seinem Leben. Außer uns natürlich«, fügt sie in traurigem Ton an.

»Da drüben sitzt Alan übrigens«, wirft Theodor ein und zeigt auf die andere Seite des Zimmers.

Die beiden Polizeibeamten begeben sich zum Tisch, an dem Alan gedankenversunken alleine vor einem Bier sitzt. Sie stellen sich vor und setzen sich zu ihm.

»Wir würden Ihnen gerne zu Bruder Felix einige Fragen stellen«, eröffnet Gustav das Gespräch.

»Wozu, wo ist er, ist etwas geschehen«, fragt Alan verwundert.

»Er ist tot, er wurde von Sophie tot in seiner Höhle aufgefunden. Wann haben Sie ihn das letzte Mal gesehen?«

»Tot, Bruder Felix ist tot? Was ist passiert?«

»Beantworten Sie zuerst meine Frage. Wann haben Sie ihn das letzte Mal gesehen?«

»Vor drei Tagen«, antwortet Alan, ohne nachdenken zu müssen.

»Das scheint Ihnen ja noch sehr präsent zu sein«, stellt Franz erstaunt fest.

»Ja, wir haben uns sonst öfters gesehen, selten vergingen zwei Tage, an denen wir uns nicht hier oder bei mir unten in Appenzell getroffen haben.«

»Das tönt ja nach einer, sagen wir mal, speziellen Beziehung«, bemerkt Gustav sarkastisch.

»Unterstehen Sie sich, solche Unterstellungen zu wagen! Bruder Felix und ich waren Freunde, sehr gute Freunde. Und wir haben zusammen gearbeitet.«

»Ja, das haben wir schon erfahren«, versucht Gustav abzulenken, »Sie stellen den Whisky her, den Bruder Felix in seiner Höhle lagert.«

»Richtig. Und er hatte sich zu einem wahren Spezialisten entwickelt! Denn erst die richtige Lagerung gibt meinem Whisky den letzten Schliff. Was mache ich jetzt ohne ihn, ich bin aufgeschmissen!«

Gustav und Franz schauen sich fragend an.

Da kommt ihnen Sophie zu Hilfe, die das Gespräch mitverfolgt hat. »War es nicht so, dass Bruder Felix sich nicht nur zum Experten für die Lagerung, sondern unterdessen auch für die Whiskyherstellung entwickelt hat? Könnte es sein, dass er deshalb für dich zu einem Konkurrenten geworden ist?«, wendet sie sich energisch an Alan.

Dieser reagiert erstaunt. »Wie kommst du auf diese Idee, Sophie?«

»Weil Bruder Felix mir davon erzählt hat, dass er in Zukunft selber Whisky herstellen will.«

Nun greifen auch die beiden Polizeibeamten wieder ins Gespräch ein, setzen gemeinsam Alan McBarrel mit ihren Fragen unter Druck. Doch erst, als sie ihn drängen, die Ärmel seines Hemdes zurückzuschieben, und sie seine verkratzten Arme sehen, bricht Alans Widerstand.

»Ja, es stimmt, bei unserem letzten Treffen ist es zum Streit gekommen, nachdem mir Bruder Felix eröffnet hatte, dass er selber Whisky herstellen wolle und deshalb meine Fässer nicht mehr in seiner Höhle lagern könne.«

»Und deshalb haben Sie ihn umgebracht?« Franz kann es noch immer nicht glauben.

»Es ist dann zu einem Handgemenge gekommen, ich habe die Kontrolle verloren, als Bruder Felix zu schreien begann. Ich habe ihm die Kehle zugedrückt, bis er keinen Ton mehr von sich gab.«

»Und tot zu Boden sank«, ergänzt Gustav.

Alan senkt seinen Kopf, sagt kein Wort mehr.

»Ich habe schon gehört, dass die Schotten geizig seien. Nicht aber, dass sie einen Menschen umbringen, weil sie Angst haben, etwas zu verlieren!«

Gustav greift Alan am Arm und zieht ihn hoch: »Sie kommen mit uns. Ich verhafte Sie hiermit wegen Totschlages an Bruder Felix.«

DER NOTSCHIRM

Berggasthaus Ebenalp, Juni 2016

Da hängt er nun, 100 Meter über dem Boden, im Seil der Schäfler-Transportbahn. Sein Gleitschirm hat sich im Seil verfangen und bewahrt Stefan so vor einem Sturz in die Tiefe.

Er lehnt sich nach links und rechts, um zu prüfen, wie gut er hält. Der Stoff gibt nicht nach. Stefan fühlt sich deshalb relativ sicher, lässt aber trotzdem den Griff des Notschirms nicht los. Falls sich sein Fluggerät doch noch vom Seil lösen sollte, könnte er so mit diesem sicher zu Boden gleiten.

Unter der Annahme, dass die Sturzhöhe auch wirklich reichen würde, um den Notschirm zu öffnen.

So, das wäre nun also mein erster Höhepunkt in meiner Gleitschirmkarriere, geht es Stefan durch den Kopf. Vor eineinhalb Jahren hatte Stefan begonnen, sich für den Gleitschirmsport zu interessieren, seit sechs Monaten ist er im Besitz des Brevets. Und obwohl er im Vorfeld des Fluges von der Ebenalp die Karte der Region studiert und die Gefahr des Seils der Transportbahn erkannt hatte, hängt er nun daran. »Ich habe während des ganzen Fluges danach Ausschau gehalten, es aber dennoch zu spät bemerkt«, muss er sich eingestehen, »ich hätte nicht gedacht, dass sich das Kabel nur so wenig vom Hintergrund abhebt.«

Und dabei hatte alles so gut begonnen. Am Morgen hatte er auf dem Startplatz Ebenalp seinen Gleitschirm ausgelegt.

Stefan führte vor dem Start den 5-Punkte-Check durch. Dieser soll sicherstellen, dass ein sicherer Start und Flug, soweit planbar, möglich werden. Nach dem Auslegen des Gleitschirms und dem Anlegen des Gurtzeugs mit der persönlichen Ausrüstung und der Vorflugkontrolle war dieser Vorgang nun die letzte Vorbereitung auf den Flug.

Stefan prüfte die wichtigsten sicherheitsrelevanten Punkte, ob der Helm richtig saß und verschlossen war, die Tragegurte beidseitig und richtig mit den Karabinern verbunden und die Karabiner geschlossen waren. Besondere Bedeutung kam den Beingurten zu, um sicherzustellen, dass er als Pilot nach dem Start nicht aus dem Gurtzeug fallen konnte.

Dann kontrollierte er, ob die Leinen sauber zwischen Tragegurt und Schirm lagen und nicht verdreht oder durcheinander waren. Zudem schaute er nach, ob der Gleitschirm richtig ausgelegt war, die Eintrittskante des Gleitschirms offen war und er mittig zur Kappe stand.

Nach dem Material folgte dann die Abklärung der Verhältnisse. Für den Start war ein relativ kleines Windfenster bis maximal 30 km/h Windgeschwindigkeit erforderlich sowie Wind, der überwiegend von vorne kam. Dies überprüfte Stefan anhand des Windsacks am Startplatz und konnte feststellen, dass alles passte.

Vor dem Start galt sein letzter Blick dem Luftraum und dem Startplatz und ob beide frei waren. Dann startete er durch das Aufziehen der Gleitschirmkappe, jedoch nicht ohne Kontrollblick auf die Schirmkappe unmittelbar vor dem Abheben, um bisher eventuell unbemerkt verhängte Leinen doch noch zu entdecken.

Doch das Wichtigste hatte Stefan bereits vor dem Start erledigt – die Analyse des Fluggebietes, wo Kabel gefährlich werden konnten und welche Wildschutzgebiete gemieden werden mussten. Da er Richtung Schäfler fliegen wollte, musste er das Wildschutzgebiet südwestlich des Starts meiden, das bei der Aescherwand beginnt und sich bis zur Linie zwischen Schäfler und Westufer des Seealpsees erstreckt. Und dass er über den Strom- und Transportkabeln des Berggasthauses immer mindestens auf einer Höhe von 1.500 Metern bleiben musste.

Vorsicht war zudem beim Kabel der Transportbahn, welches von der Spitze des Schäflers ins nördlich gelegene Lehmental führt, geboten; das war sich Stefan bewusst.

Er flog mit seinem Gleitschirm von der Ebenalp talwärts, genoss die Aussicht, bewunderte die Berge des Alpsteins.

Doch dann erblickte Stefan plötzlich das Seil der Schäfler-Transportbahn vor sich, versuchte noch, mit einer scharfen Kurve daran vorbeizukommen. Jedoch ohne Erfolg – der Schirm verfing sich im Seil, Stefan blieb hängen.

Und da hängt er nun, weit und breit keine Wanderer zu sehen. Stefan überlegt, was er tun soll. Das Einfachste wäre, die Rettungsflugwacht, zu alarmieren. Das wäre aber auch sehr unangenehm, ist sich Stefan sicher, denn es war ganz klar sein Fehler.

Und da ist noch etwas, was ihn zögern lässt, bei der Rega anzurufen.

Eigentlich wollte er möglichst schnell weg von der Ebenalp und dem gleichnamigen Berggasthaus.

Ober besser: musste, nach dem, was geschehen war.

Stefan war bereits am Vorabend von Basel angereist, um am Morgen frühzeitig zum Flug starten zu können. Im Berggasthaus »Ebenalp« hatte er ein Einzelzimmer für sich reserviert.

Bei einem »Quöllfrisch«, das ihm das Gefühl des Ankommens vermittelte, saß er in der großen Gaststube und studierte die Unterlagen für den geplanten Flug. Es war das erste Mal, dass er in dieser Gegend war, bisher hatte er nur immer in diversen Gleitschirmmagazinen von den Vorzügen der Ebenalp als Fluggebiet gelesen.

Dank ihrer optimalen Lage und den ausgezeichneten thermischen Bedingungen eigne sich die Ebenalp hervorragend zum Fliegen, da nach kurzer Flugdauer bereits eine sehr gute Höhe erzielt werden könne, hieß es darin. Und zu lesen war auch von einem Rekorddistanzflug eines Piloten, der nach dem Start auf der Ebenalp in acht Stunden 260 Kilometer zurückgelegt hatte.

Stefan genoss es, sich in Ruhe vorbereiten zu können. Es hatten sich nur wenige Gäste in der »Ebenalp« für eine Übernachtung angemeldet und auch Tagesgäste sassen nur wenige in der Gaststube.

Umso erstaunter war Stefan, als eine junge Frau zu seinem Tisch kam und fragte, ob sie sich zu ihm setzen dürfe. Etwas hilflos schaute Stefan in der Gaststube umher, als wollte er ihr zeigen, dass es sonst noch genügend freie Plätze hat, bevor er stammelte: »Ja sicher … klar doch … setzen Sie sich.«

»Natascha«, stellte sie sich vor und streckte Stefan die Hand entgegen, »und wie heißt du?«

Stefan fühlte sich ob der Direktheit der doch wesentlich jüngeren Frau etwas überrumpelt, brauchte einen Moment, um sich zu fassen. »Stefan, freut mich.«

Schnell wurde dann aus dem Gespräch klar, dass Natascha – die aus Zürich stammt – auch wegen des Gleitschirmfliegens auf die Ebenalp gekommen war und wie Stefan für den nächsten Tag einen längeren Flug geplant hatte.

»Ich möchte einen Alpsteinrundflug über den Säntis machen, das sei auch mit wenig Erfahrung kein Problem, habe ich gelesen. Mit der Thermik direkt über der Ebenalp sollte ich schnell Höhe gewinnen können, der »Aescherschlauch« ist ja sehr zuverlässig, wenn auch der Einstieg oft ein wenig turbulent ist. Eine Herausforderung sind nur die vielen Materialseilkabel, von denen die meisten nicht gekennzeichnet sind. Aber ich habe mich schon mit einer Karte schlau gemacht. Am besten fliegt man einfach nicht hangnah, wenn man unter Grathöhe ist. Insbesondere das Transportseil vom Schäfler ist von der Luft aus kaum erkennbar, deshalb versuche ich, den Schäflergipfel zu überfliegen«, sprudelte Natascha heraus.

»Da haben wir ähnliche Vorhaben«, gab Stefan seine Pläne preis, »ich will nicht unbedingt bis zum Säntis fliegen. Aber Richtung Schäfler geht es auch bei mir los, wenn die Verhältnisse stimmen. Und die sollen ja normalerweise im Juni meist sehr gut.«

Damit hatten die beiden ihr gemeinsames Thema gefunden, das sie durch den ganzen Abend begleitete. Doch nicht nur das. Natascha war sehr neugierig und interessiert, ihr Gegenüber besser kennenzulernen, wollte wissen, was er arbeite und sonst noch so mache, wie es privat denn so bei ihm aussehe.

Natascha schien noch eine zweite Passion neben dem Gleitschirmfliegen zu haben, glaubte Stefan zu erkennen: Männer. Und Lust auf Abenteuer.

Stefan fühlte sich ob diesem Interesse geschmeichelt, gab bereitwillig Auskunft und versuchte ebenfalls, mehr über die junge Frau zu erfahren.

Und je länger der Abend dauerte, umso überzeugter war Stefan, dass es hier auf der Ebenalp zu mehr als zu einem Flugabenteuer kommen würde.

Dieses Gefühl verstärkte sich mit dem steigenden Alkoholspiegel, wobei auch Natascha sich beim Trinken nicht zurückhielt. Zum Essen, einem der traditionellen Röstigerichte, tranken sie gemeinsam eine Flasche Wein, um anschließend wieder zum Bier zu wechseln. Und dann kam Natascha irgendwann auf die Idee, doch mal einen Whisky, eine »Edition Ebenalp« zu probieren.

Das Fass hatte Stefan vor dem Matratzenlager bereits gesehen und auch in den aufliegenden Broschüren über den Whiskytrek und den »Ebenalp-Whisky« gelesen.

Zusammen mit Natascha versuchte er nun, die in der Broschüre beschriebenen Düfte und Geschmäcker zu erkennen. Doch schon bei der Wahrnehmung des Geruchs musste er schnell kleingeben: »Wie soll ich denn ›Trockenbirne mit zarter Nelkennote‹ erkennen, wenn ich nicht mal weiß, wie eine Trockenbirne riecht!«

Natascha musste laut lachen. »Dann müssen wir noch etwas üben, vielleicht finden wir ja Gerüche, die wir kennen.« Und bestellte gleich nochmals zwei Whiskys.

Das Spiel ging weiter und wurde immer lustiger. Bis

Stefan bemerkte, dass Nataschas Aussprache immer undeutlicher wurde und ihre Augen immer glasiger glänzten. Und auch bei ihm machte sich der Alkohol langsam bemerkbar. Er konnte und wollte nicht mehr weiter trinken.

»Lass uns aufhören, Natascha, wir wollen morgen in die Luft. Und da sollten wir einen einigermaßen klaren Kopf haben. Lass uns schlafen gehen.«

»Nur noch einen, einen letzten, einen will ich noch«, bettelte Natascha Stefan an, als müsste sie sich bei ihm die Bewilligung für die Bestellung einholen.

»Mach, was du für richtig hältst«, gab Stefan zurück und bestellte für sich noch ein Glas Mineralwasser.

Natascha hatte den nächsten Whisky in einem Zug gekippt und signalisierte Stefan, dass sie nun auch bereit sei, ins Bett zu gehen. Doch als sie aufstehen wollte, wankte sie, musste sich nochmals am Tisch abstützen.

»Hoppla, ist nun wirklich Zeit, dass wir gehen«, schmunzelte Stefan und griff Natascha unter die Arme. Zusammen schafften sie es einigermaßen gut hinauf zu den Zimmern. Den ganzen Weg hinauf hatte sie kein Wort mehr gesagt, schien beschäftigt zu sein, mit dem ansteigenden Alkoholspiegel im Blut und dem stärker werdenden Rauschgefühl zurechtzukommen. Ohne Natascha zu fragen, steuerte er mit ihr auf sein Zimmer zu, öffnete die Türe und schob sie hinein.

Natascha schien nicht zu bemerken, dass sie nicht in ihrem Zimmer war und ließ sich aufs Bett fallen.

Und schlief gleich ein.

Als Stefan am Morgen erwachte, schlief Natascha noch immer. Sie lag nackt neben ihm – so nackt wie er auch.

Was war geschehen?

Stefan versuchte sich zu erinnern, brachte aber nicht mehr zusammen, als dass Natascha ins Bett gefallen und sofort eingeschlafen war. Und dass er sich zu ihr gelegt hatte, nur mit T-Shirt und Unterhose bekleidet.

Beide Kleidungsstücke lagen nun neben dem Bett auf dem Boden.

Was ihn darauf hinwies, dass er nicht nur davon geträumt hatte, was er sich erhofft hatte. Aber wie es geschehen war, brachte Stefan nicht mehr auf die Reihe, konnte bei bestem Willen nicht rekonstruieren, was abgelaufen war.

Einmal mehr nach zu viel Hochprozentigem, muss er sich eingestehen, einmal mehr kommt die Wirkung des Alkohols zeitverzögert, im Schlaf. Aber dann umso heftiger. Filmriss.

Er stupste Natascha an, doch diese drehte sich mit einem leisen Murren wieder zur Seite und schlief weiter.

So packte Stefan seine Sachen zusammen, schlich aus dem Zimmer und verschwand nach einem kurzen und starken Kaffee in Richtung Startplatz.

Wie es wohl Natascha jetzt geht, überlegt sich Stefan und findet mit seinen Gedanken wieder zurück in die Realität. In der Luft hatte er ihren Schirm noch nicht gesehen.

Eine Realität, die 100 Meter über Boden alles andere als komfortabel ist.

Es geht nicht anders, ich muss anrufen, redet er sich zu.

Stefan zückte sein Mobiltelefon und alarmierte die Rettungsflugwacht, welche den Alarm bei der alpinen Rettungskolonne auslöst.

Diese muss schnell erkennen, dass eine Rettung per Helikopter nicht möglich ist, da der Windstrom, den die Rotorblätter verursachen, den Schirm wieder mit Luft gefüllt hätte und er abgestürzt wäre.

Der Chef der Retter seilt sich zum Gleitschirmpiloten ab. Nach rund dreieinhalb Stunden hat Stefan wieder festen Boden unter den Füßen. Ohne Standpauke von Seiten des Einsatzleiters. Darüber ist Stefan froh, er weiß selber, dass er einen großen Fehler begangen hat.

Die Rettungskolonne bringt ihn zurück auf die Ebenalp. Allen Beteuerungen zum Trotz, dass er in Ordnung sei und nun möglichst schnell nach Hause wolle, verlangt der Einsatzleiter, dass Stefan mit ihnen noch schnell ins Berggasthaus »Ebenalp« mitkomme, um die administrativen Angelegenheiten im Zusammenhang mit dem Rettungseinsatz zu erledigen.

Als Stefan die Gaststube betritt, zeigt die Wirtin auf ihn, wendet sich zwei Männern zu, die bei ihr stehen und ruft: »Das ist er, der da!«

Die beiden Männer lassen sich vom Leiter der Rettungskolonne kurz informieren, was geschehen ist, und konfrontieren dann Stefan mit ihren Ausweisen und der Anschuldigung: »Kriminalpolizei Appenzell Innerrhoden. Sie sind festgenommen wegen dringendem Verdacht der sexuellen Nötigung. Die junge Frau wurde bereits ins Tal und zur medizinischen Untersuchung gebracht.«

Stefan ist überrascht, damit hat er nicht gerechnet.

»Aber sie wollte es doch«, versucht er sich zu verteidigen. »Ich habe nichts gemacht, was sie nicht auch wollte.«

»Was haben Sie denn genau gemacht?«, will einer der Beamten wissen.

Ich bin … ich habe … ich weiß nicht, was geschehen ist«, muss Stefan kleinlaut zugeben, »wir hatten beide viel getrunken, zu viel Whisky. Ich kann mich nicht mehr erinnern.«

»Aber daran, dass Sie nichts Unrechtes getan haben, schon«, lacht ihn der andere Ermittler aus. »Das können Sie uns später erklären, warum Sie sich so sicher sind, jetzt geht es zuerst mal runter auf den Posten in Appenzell.«

»Und wenn sich der Verdacht bestätigt, nützt Ihnen kein Notschirm, um sich aus dieser Situation zu retten«, setzt der andere ironisch hinzu.

Der Leiter der Rettungskolonne, der das Gespräch mitverfolgt hat, fügt an: »Der hätte Ihnen übrigens auch bei einem Sturz vom Seil nichts genützt; für die rechtzeitige Öffnung des Schirms wäre die Distanz zum Boden zu gering gewesen.«

DAS JUBILÄUM

Berggasthaus Schäfler, Juni 2015

Als er die Tür zur Terrasse öffnet, fällt sein erster Blick auf ein Paar Schuhe.

Schuhe, in denen noch Füße stecken.

Und die in Augenhöhe vor seinem Gesicht baumeln.

Brunos Blick wandert langsam nach oben, über den leblosen Körper, der mit einer dunklen Wanderhose und einem farbigen Langarmhemd bekleidet ist, hinauf zum Hals, um den ein dünnes rotes Bergsteigerseil gewickelt ist, zum Gesicht des Mannes, der an der Außenwand hängt, und zum Fenster, aus dem das Seil kommt.

»Sprung aus dem Fenster, mit dem Seil um den Hals, Selbstmord, wie es aussieht«, vermutet er und wendet sich seinem Kollegen Max Dörig zu.

»Ja, scheint so«, stimmt ihm dieser zu, »Erhängen ist ja bekannterweise in Mitteleuropa eine der häufigsten Selbstmordtechniken.«

»Aber in diesem Fall doch etwas außergewöhnlich«, wendet Bruno Fässler, Chef der Appenzell Innerrhoder Kriminalpolizei ein, »dass er sich dafür die Fassade des Berggasthauses ›Schäfler‹ aussucht!«

»Wer hat ihn gefunden? Und wann?«

»Sepp, heute Morgen, als er auf die Terrasse raus wollte.

Zum Glück war er der Erste und seine Gäste noch nicht draußen …«

»Eigenartig, dass niemand vorher etwas bemerkt hat. Es muss doch nach dem Sprung aus dem Fenster einen gewaltigen Knall gegeben haben, als er auf der Fassade aufschlug. Dass den niemand gehört hat«, wundert sich Max.

»Ich glaube nicht, dass er gesprungen ist. Einerseits weil er vermutlich eben keinen Lärm machen wollte. Andererseits wegen der Befestigung des Seils oben im Zimmer. Ich vermute, er hat das Seil irgendwie an Möbel oder am Bett fixiert – bei einem Sprung wären die Möbel im Zimmer herumgerutscht oder das Seil hätte sich sogar lösen können«, begründet Bruno seine Vermutung, »aber das können wir nachher noch oben überprüfen.«

»Du glaubst, dass er sich am Seil langsam aus dem Fenster hinuntergleiten und sich erst ganz am Schluss fallen ließ?«

»Für eine wirksame Strangulation ist keine längere strangulierende Einwirkung und schon gar keine größere Kraftanwendung notwendig. Bereits bei einer relativ kurzfristigen Zugwirkung durch das Seil kann Bewusstlosigkeit eintreten. Und dann zum Tod durch Ersticken führen.«

»Das weiß ich natürlich auch«, rechtfertigt sich Max, »aber bei einem Selbstmord wird oft der ›lange Fall‹ gewählt, um einen Genickbruch – oder genauer einen Halswirbelbruch – zu provozieren, der schnell und vermutlich beinahe schmerzlos zum Tod führt.«

»Wie er genau zu Tode gekommen ist, werden uns die Rechtsmediziner sagen können, die sollten ja auch bald hier sein. Ich habe veranlasst, dass sie eingeflogen werden, mit Auto, Bahn und zu Fuß würde das zu lange dauern.«

»Und der da«, zeigt Bruno zur Fassade hinauf, »hängt schon lange genug da oben. Ist ja nicht wirklich ein schöner Anblick für die Gäste und Wanderer!«

»Aber gut, dass Sepp ihn hängen ließ, auch wenn es keine gute Werbung für sein Berggasthaus ist. Sonst wären sicher Spuren verwischt worden. Und zum Glück sind an einem Montag nicht so viele Menschen im Alpstein unterwegs«, ergänzt Max.

Wenig später treffen die Experten aus St. Gallen ein, werden vom Helikopter in der Nähe des Berggasthauses abgesetzt.

Und zusammen mit Heinz Brunner, dem Leiter der Rechtsmedizin St. Gallen, führen sie die eben begonnene Diskussion weiter, während die Mitarbeiter des Forensisch-Naturwissenschaftlichen Dienstes im Zimmer des Toten die Spuren sichern.

»Entscheidend für die Zugkraft ist das Gewicht des Körpers – zu einer Strangulation kann es entweder frei hängend oder aber auch abgestützt kommen. Grundsätzlich wäre es sogar möglich, im Bett durch Erhängen ums Leben zu kommen«, erklärt Heinz Brunner.

»Das um den Hals gelegte Seil zieht sich unter der Einwirkung des Körpergewichtes zusammen und komprimiert die Halsgefäße. Das Abklemmen der Venen und Arterien führt zuerst zu einer Verminderung, dann zu einem Stopp der Blutzirkulation im Gehirn. Die Folge dieser Sauerstoffunterversorgung ist der Hirntod«, fügt seine Assistentin Corinna an.

»Korrekt, sehr gut, Corinna«, lobt Brunner seine Mitarbeiterin.

Aus dem Fenster ruft einer der Forensiker hinunter, dass sie nun bereit seien, den Toten hinunterzulassen.

»Endlich«, stöhnt Bruno Fässler, »wird auch langsam Zeit.«

Heinz Brunner lässt den Toten so weit abseilen, dass dieser noch knapp über dem Boden schwebt, und winkt seine Mitarbeiterin zu sich.

»Corinna, was fällt dir auf?«

Corinna wirft einen Blick auf den Hals des Toten. »Atypische Stranglage, ein von einer typischen Lage abweichender Aufknüpfungspunkt.«

»Das heißt?«, mischt sich Fässler ein.

»Bei einem ›typischen Erhängen‹, wie wir es nennen, verläuft die Strangmarke meistens ansteigend zum Knoten beziehungsweise zur Schlinge hin. Bei dieser Stranglage ist der Knoten in der Nackenmitte, der Strang verläuft nackenwärts«, führt der Rechtsmediziner aus. »Dabei kommt es in der Regel zu einer kompletten Kompression sämtlicher Halsgefäße und zu einem Stopp der Blutzirkulation im Kopf. Aber nicht zu einer bläulichen Verfärbung der Haut oder der Schleimhäute. Und es gibt keine Stauungsblutungen.«

»Und was heißt nun in unserem Fall ›atypische Stranglage‹, welche Auswirkungen hat eine solche auf das Todesereignis?«, fragt Max nach.

Corinna weist auf das Seil, das seitlich vom Kopf einen Knopf aufweist und von dort wegführt: »Der Knoten des Strangwerkzeugs liegt vor dem Kieferwinkel, das führte nur zu einem gedrosselten Blutabfluss bei anhaltender

Blutzufuhr und damit zu einem Blutstau. Die logische Folge wären Stauungsblutungen im Gesicht.«

»Die bei unserem Toten auf den ersten Blick nicht zu erkennen sind«, fügt Heinz Brunner an.

»Und was bedeutet das?«, will Bruno Fässler wissen.

»Dass wir diesen Fall besonders kritisch betrachten werden«, antwortet dieser kurz und trocken.

Dann wendet er sich Corinna Weber zu: »Wir haben nur einen typischen Befund für eine Strangulation, diese geformte Schürfung der Haut um den Hals. Was fehlt, sind Sekretspuren wie übermäßige Bildung von Speichel und dessen Austritt über die Mundwinkel. Damit fehlen die ›Zeichen vitaler Reaktion‹, die beweisen, dass das Opfer lebte, als die Strangulation wirksam wurde.«

»Was vermutest du?«, fragt Corinna nach.

»Dass wir es hier nicht mit einem Suizid zu tun haben. Eventuell wurde das Opfer zuerst erdrosselt und erst anschließend erhängt, oder zunächst wehrlos gemacht und dann stranguliert. Aber das können wir erst in der Rechtsmedizin genau bestimmen, ob eine solche Vorgehensweise vorliegt.«

»Wir werden in den weiteren Ermittlungen sicher diesen Verdacht mitverfolgen«, schaltet sich Max, der dem Gespräch gefolgt ist, wieder ein. »Vor lauter Diskussionen über die Todesursache haben wir uns bisher noch nicht gefragt, wen wir denn hier vor uns haben.«

Wenig später sitzen die beiden Kriminalbeamten mit Sepp an einem Tisch in der Gaststube. »Der Tote heißt Peter Steiner. Oder hat sich wenigstens unter diesem Namen eingeschrieben, kontrolliert habe ich das nicht, wir verlangen ja nie einen Ausweis, vertrauen unseren

Gästen. Wohnort Zürich, Dialekt ging auch in diese Richtung, auch wenn er nicht wie ein waschechter Zürcher tönte.«

»Was hat er beruflich gemacht, was führte ihn in den Alpstein? Weißt du mehr?«, will Max wissen.

»Er war im Getränkebereich tätig, Handel, glaube ich. Ob ihn unser 100-jähriges Jubiläum, das wir am vergangenen Wochenende gefeiert haben, zu uns geführt hat, oder ob er wegen des Whiskytreks oder einfach zufällig hier war, weiß ich nicht. Wir hatten so viele Gäste hier – volles Haus – da kann ich mich nicht um jeden Einzelnen kümmern«, verteidigt Sepp seine unvollständige Auskunft.

»War er alleine hier oder in Begleitung?«, fragt Bruno nach.

»Soviel ich weiß, alleine. Er saß am Freitag zuerst alleine am Tisch, am Samstag hat er dann Anschluss gefunden. Ebenfalls ein Gast, der alleine hier war.«

»War oder ist? Ist dieser Gast noch hier?« Brunos Stimme wird zunehmend energischer.

Sepp überlegt kurz. »Ist. Dort drüben sitzt er.« Er zeigt auf einen Tisch an einem Fenster, wo ein Mann mittleren Alters sitzt.

»Okay, erinnerst du dich noch, wie er heißt?«, fragt Max.

Bis Sepp antwortet, vergehen einige Sekunden. »Gabin, Gabine – nein, Gabriel, Gabriel heißt er. Das ist sein Vorname, den Familiennamen kenne ich nicht.«

Max und Bruno stehen auf und gehen hinüber zum Gast, der alleine am Tisch sitzt. »Guten Tag, dürfen wir kurz stören, Herr …?«

»Eberhardt, Gabriel Eberhardt. Geht es um Peter Steiner? Ja natürlich geht es um ihn, wenn er tot an der Fassade hängt und die Polizei da ist«, gibt er sich gleich selbst die Antwort.

»Ja, um ihn geht es«, bestätigt Bruno Fässler und stellt sich und Max dem Gast vor. »Haben Sie ihn schon vorher gekannt oder hier kennengelernt?«

»Hier, erst hier«, antwortet Gabriel Eberhardt. »Wir wurden am Samstag zusammen an einen Tisch gesetzt, das Restaurant war ja gerammelt voll. So kamen wir ins Gespräch, haben uns gut unterhalten, auch gestern nochmals.«

»Worüber?«, lautet die knappe Nachfrage von Max.

»Na über uns, was wir machen, wie wir leben, warum wir hier sind.«

»Und …?«

»Was ich von Peter erfahren habe, ist, dass er alleine lebt, sehr gerne in die Berge geht, im Getränkehandel tätig ist. Er muss ein sehr breites Angebot haben, auch zahlreiche Biersorten, Weine und Whiskys. Ich wollte mal bei ihm vorbeigehen, um zu schauen, ob ich was finde, das mich anspricht.«

»Das war alles, nichts Besonderes, Auffälliges, Spezielles?«, greift nun auch Bruno wieder ein.

»Doch, der Whisky.«

»Was – der Whisky? Was meinen Sie damit?«

»Nun, er handelt nicht nur … Er hat nicht nur mit Whisky gehandelt, sondern auch selber solchen hergestellt.«

»Er hat Whisky hergestellt?«

»Ja, den würzigsten, den es in der Schweiz gibt, hat er mir versichert. Den will ich unbedingt mal probieren.«

»Den würzigsten? Das ist das Attribut, das in der Broschüre des Whiskytreks auch der ›Edition Schäfler‹ zugesprochen wird«, weiß Max, »da würde sich ein Vergleich lohnen!«

»Das hat er mir auch erzählt – und sich entsprechend darüber genervt. So wie er erzählt hat, kam es auch zu Diskussionen mit Sepp über diese Einschätzung. Er wollte ihn überzeugen, dass *sein* Whisky der würzigste ist, und Sepp die Beschreibung entsprechend anpassen soll. Aber der hatte scheinbar kein Gehör für dieses Anliegen.«

Bruno und Max schauen sich an. »Sepp?«, flüstert Max seinem Chef zu. Bruno nickt.

Die beiden bedanken sich bei Gabriel Eberhardt und holen Sepp, der unterdessen bereits wieder hinter der Theke steht, nochmals zu sich an den Tisch.

»Sepp, du hattest einen Disput mit diesem Peter Steiner, richtig? Warum hast du nichts darüber erzählt?«, eröffnet Bruno das Gespräch.

»Weil ich es nicht als so wichtig eingestuft habe«, weicht Sepp aus.

»Was hast du ihm denn geantwortet auf seine Forderung, für deine Edition auf das Attribut ›die würzigste Abfüllung‹ zu verzichten?«

»Dass sich diese Bezeichnung auf den Whiskytrek bezieht, denn es heißt ja in der Broschüre ausdrücklich: ›Von allen 27 Abfüllungen des Whiskytreks ist diese zweifellos die würzigste‹. Und auch, dass ich das nicht geschrieben habe, sondern die Whiskyexpertin und Whiskybuch-Autorin Julia Nourney, welche alle Editionen bewertet hat. Aber da er mit dem Slogan ›Der würzigste

Schweizer Whisky‹ für seine Abfüllung Werbung macht, war er damit nicht zufrieden.«

»Und dann kam es zum Streit«, fordert Bruno Fässler den Bergwirt heraus.

»Nein, kam es nicht! Nicht gleich, es wurde einfach laut. Ich habe ihm gesagt, dass ich keine Lust habe, mir unser Jubiläum durch solche Diskussionen vermiesen zu lassen, und ich zusammen mit unseren Gästen feiern will, was unsere Vorfahren geleistet haben. Es ist ja heute kaum mehr vorstellbar, dass vor 100 Jahren Franz Dörig, der ›Aescherfrenz‹, das erste Berggasthaus hier oben gebaut und das meiste Material selber hinaufgetragen hat, um Kosten zu sparen.«

»Aber später! Kam es später zum Streit?«

Sepp fühlt sich in die Enge getrieben, merkt, dass seine Äußerungen emotional geprägt sind, und er nicht mehr in der Lage ist, sachlich zu sagen, was er will – und verheimlichen kann, was er möchte.

»Ich habe gestern Abend spät noch einen Kontrollrundgang in den oberen Geschossen gemacht, wollte sicherstellen, dass alles in Ordnung ist. Da hat mich Peter Steiner im Gang entdeckt und wieder mit dieser Diskussion begonnen. Ich habe versucht, ihn zu beruhigen, aber er kam immer mehr in Rage.«

»Dann hast du ihn umgebracht«, stellt Max emotionslos fest.

Sepp bleibt einen Moment ruhig.

»Er wurde lauter und lauter. Ich habe ihn ersucht, leiser zu sprechen und sich zu beruhigen. Hat alles nichts genützt. Dann habe ich ihn in sein Zimmer zurückgedrängt. Er wollte aber nicht aufhören. Da habe ich ihm den Mund zugehalten, konnte ihn aber nicht stumm stellen …«

»Und deshalb hast du ihn erwürgt«, fügt Max an.

»Ich wollte doch nur, dass er schweigt! Hab ihm für einen Moment die Luft abgestellt … Und plötzlich sackte er in sich zusammen. Regte sich nicht mehr.«

»Und warum hast du keine Hilfe geholt?«

»Weil ich in Panik geriet! Ein Toter! Und das an unserem Jubiläum!«

»Da kamst du auf die Idee, das Ganze als Selbstmord aussehen zu lassen, hast ihn aufgeknüpft und an der Fassade hinuntergelassen«, mutmaßt Bruno.

»Ja, habe ich«, gibt Sepp kleinlaut zu, »das war wohl keine besonders gute Idee. Ich hätte eigentlich wissen müssen, dass ich mit dieser Vertuschung an euch beiden nicht vorbeikomme … und dass ich für dieses Verbrechen gerichtet werde.«

»Nicht wir, sondern das eigene Leben und das eigene Gewissen sind die schärfsten Richter«, stellt Bruno Fässler klar.

GEHEIMES LIEBESNEST

Berggasthaus Mesmer, September 1848

»Schön war's! Einmal mehr.«

Er küsst sie auf die Stirn, nimmt sie von hinten in seine Arme, schmiegt ihren Rücken an seine Brust und seinen Bauch. Der Schweiß auf ihren Körpern lässt sie zusammenkleben. Er spürt ihren noch beschleunigten Herzschlag, übernimmt ihren Atemrhythmus.

»Ja das war es, sehr schön«, flüstert sie, ohne sich umzudrehen. »Dafür lohnt sich auch jedes Mal der lange Weg hier hinauf.«

»Wir wissen, dass es nicht anders geht. Wenn man uns zusammen sehen würde, wäre das für uns beide das Schlimmste, was passieren könnte.«

»Vor allem für dich. Als Mitarbeiter der katholischen Kirche wärst du dein Amt als Kirchendiener wie auch die Alp sofort los.«

»Und meinen guten Ruf ebenso. Wie du auch.«

»Wie meinst du das?«

»Nun, man würde es unten im Tal nicht gerne sehen, dass du dich mit einem Mesmer einlässt. Auch wenn für uns kein Zölibat besteht, sieht man es lieber, wenn wir alleine oder aber verheiratet sind. Eine solche Beziehung, wie wir sie pflegen, würde nicht akzeptiert.«

»Und sexueller Kontakt vor der Ehe schon gar nicht«, lacht Anna und dreht sich auf den Rücken.

Julius stimmt in ihr Lachen ein: »Ja, deshalb müssen wir diese Oase hier oben pflegen. Und den Sommer für unser Zusammensein nutzen.«

Anna wird nachdenklich. »Ich darf gar nicht daran denken, wie ich den Winter überleben soll, wenn du wieder unten in der Kirche arbeitest und ich dich nicht mehr treffen kann …«

»Sieh es positiv«, muntert Julius sie auf, »wenigstens haben wir die rund zwölfwöchige Alpzeit, während der wir zusammen sein können. Neben dem Ertrag, den unsere Alp ›Mesmer‹ abwirft und mit dem zum Teil mein Lohn finanziert wird, bringt sie uns so einen weiteren Vorteil.«

»Und dazu noch das, was du mir jedes Mal mitgibst, Käse und Butter«, lacht Anna wieder.

»So lange es niemand merkt, ist das ja kein Problem«, stimmt ihr Julius zu.

»Dafür sparst du bei deiner Mutter, ihr gibst du ja nur einen Bruchteil von dem, was ich erhalte, und dazu noch in minderer Qualität.«

»Lassen wir das Thema, sie kann für sich selber schauen.«

»Komm, wir stehen auf, wir müssen noch käsen. Ich will dir dabei helfen. Wir haben heute Abend wieder Zeit füreinander, ich bleibe noch eine Nacht hier.«

Kurze Zeit später stehen sie in der Alphütte vor dem Kupferkessel, welcher mit Ziegenmilch gefüllt ist und unter dem das Holzfeuer prasselt. Während Anna die Milch ständig rührt, prüft Julius deren Temperatur.

»Passt«, ruft er Anna zu, »weiterrühren.« Julius versetzt die Milch nun mit Lab und Milchsäurebakterienkulturen, welche die Milch gerinnen lassen.

Nun nimmt Julius die Käseharfe, um die geronnene Masse, die »Dickete«, zu schneiden und zu rühren. So trennt sich die »Sirte«, der wässrige Teil, vom körnigen. Julius rührt Sirte und Käsemasse erneut zusammen und erhitzt alles noch einmal, wiederholt die ganze Prozedur. Für seinen Hartkäse benötigt er kleine Käsekörner, die nur noch wenig Flüssigkeit haben. Rund eine Stunde dauert es, bis der Käsebruch die gewünschte Festigkeit hat.

Mit einem Tuch nimmt er den Bruch aus dem Kessel und füllt ihn in die hölzernen Käseformen ab. Durch Abtropfen, Pressen und Wenden trennt er zudem die restliche Molke vom Käsebruch.

»So, das wär's, morgen kommen die Laibe dann noch in die Salzlake«, wendet sich Julius seiner Geliebten zu.

»Wozu?«, will Anna wissen, die den ganzen Vorgang interessiert verfolgt hat.

»Mit dem Baden in der Lake wird der Oberfläche der Käselaibe noch mehr Wasser entzogen, und es kann sich Käserinde bilden. Und die Lake gibt dem Käse auch seinen typischen Geschmack – deshalb bleibt das Rezept auch geheim«, erklärt ihr Julius.

Noch während Julius den Käse im hinteren Teil der Alphütte versorgt, sieht Anna, dass sich jemand der Alp nähert. »Julius, da kommt jemand.«

Julius geht vor die Tür. Ein Wanderer nähert sich von der Wagenlücke her und wird vom Senn bei seiner Ankunft herzlich begrüsst: »Gottwillkomm!«

»Danke«, murmelt dieser. »Wäre es wohl möglich, bei dir Speis und Trank zu erhalten und eine Bleibe für die Nacht? Es dunkelt schon, und ich schaff es nicht mehr hinunter ins Tal.«

»Natürlich«, kommt Anna ihrem Freund zuvor, »bei uns sind Gäste jederzeit herzlich willkommen.«

Der Gast wird mit Käse, Butter und Brot verköstigt und kommt allmählich mit seinen beiden Gastgebern ins Gespräch. Der Fremde – er nennt sich Richard – erzählt, dass er aus St. Gallen kommt und nun endlich wieder Zeit findet, in die Berge, in den Alpstein, zu gehen. »Letztes Jahr war ja bei uns unten so Einiges los, jetzt herrscht zum Glück wieder Ruhe und Frieden. Und den genieße ich am liebsten in der Bergwelt.«

»Du sprichst den Sonderbundkrieg an«, will Julius wissen, »davon haben wir natürlich auch gehört, wenn auch die militärischen Aktionen uns nicht getroffen haben.«

»Ja richtig. Bei uns in St. Gallen wurde als Reaktion auf die Truppenaufgebote in der Innerschweiz, wie in den meisten der dortigen beunruhigten liberal-radikalen Nachbarkantonen, auch ein Bataillon aufgeboten. Dabei kam es zu einem Aufruhr unserer katholisch-konservativ gesinnten Milizen, den wir aber unterdrücken konnten.«

»Wir haben uns ja glücklicherweise aus der ganzen Sache rausgehalten«, erklärt Julius, »auch nachdem die Tagsatzung beschlossen hatte, den Sonderbund aufzulösen, notfalls mit Waffengewalt, blieben wir neutral.«

»Dank General Henri Dufour dauerte es im November dann nur 25 Tage, bis die Kämpfe vorbei waren. Und es gab auch nicht so viele Tote und Verletzte, aus unserem Kanton traf es glücklicherweise keinen einzigen Soldaten.«

»Und uns kam die Weigerung, dem Truppenaufgebot der Tagsatzung nicht Folge zu leisten, teuer zu stehen. Die Eidgenossenschaft hat uns zu einer Buße von 15.000 Franken verurteilt.«

»Und unsere Eigenständigkeit haben wir auch verloren«, mischt sich Anna ein.

»Ja richtig, aber dagegen werden wir uns weiterhin wehren! Wir haben die neue Bundesverfassung wie die Innerschweizer Kantone ja deutlich abgelehnt. Appenzell Innerrhoden will weiterhin ein demokratischer Einzelkanton bleiben und hat kein Interesse an einem einheitlichen parlamentarischen Bundesstaat.«

»Aber bedenk doch, dass mit diesem Schritt ein einheitlicher Wirtschaftsraum geschaffen wird, der uns allen zugutekommt«, wirft Richard ein. »Die Vereinheitlichung des Maß- und Münzwesens und die Abschaffung der vielen Binnenzölle bringen ja nur Vorteile!«

»Unser Kanton hatte mit der Landteilung im Jahr 1597 klar entschieden, dass Appenzell Innerrhoden römisch-katholischen Glaubens ist und die Reformierten nach Appenzell Außerrhoden ziehen sollen. Und jetzt soll dies mit der neuen Verfassung, in welcher die Glaubensfreiheit festgeschrieben ist, wieder aufgehoben werden? Das wollen wir nicht. Und das will auch ich als Mitglied der katholischen Kirche nicht.«

»Die Zukunft wird zeigen, dass dies ein wichtiger und richtiger Schritt war, um die Schweiz zu festigen und weiterzubringen«, beschwichtigt Richard seinen Gastgeber, der immer mehr in Fahrt kommt. Er selbst bleibt ruhig und sachlich, was Julius noch mehr aufstachelt.

So kommt es zu einer von Julius hitzig geführten Diskussion, welche Anna mitverfolgt, ohne einzugreifen. Sie ist fasziniert von Richards Ruhe, genießt aber auch die Emotionalität ihres Liebhabers. Doch schnell merkt sie, dass dieser bei seinem Gast keinen Meinungswandel bewirkt und keine Zustimmung für seine Argumente gewinnen kann.

Sie ist froh, das Streitgespräch mit einem wichtigen Grund unterbrechen zu können. »Julius, wir müssen noch in den Stall, die Geißen melken.«

Julius atmet tief durch, schaut zuerst seinen Gast mit ernster Miene an, dann wendet er sich Anna zu: »Ich mach das, bleib du bei unserem Gast und unterhalte ihn – vielleicht gibt es ja noch andere Themen, über die man mit ihm besser reden kann.« Er dreht sich um und verlässt die Alphütte.

Als er sich nach dem Melken wieder der Hütte nähert, sieht er im Fenster zwei ineinander verschlungene Schatten. Anna und Richard, was machen die beiden, schießt es ihm durch den Kopf, »sie wird doch nicht …«

Er stürmt zur Tür, reißt sie auf – und blickt in Annas Augen, die ihn überrascht anschaut. Vor ihr steht, in kurzer Distanz, regungslos und ebenso überrascht, Richard.

»Was ist los, Julius«, fragt Anna, »ist etwas geschehen?«

»Das müsstest du …« Julius stockt einen Moment, überlegt kurz und beschließt, nicht anzusprechen, was er vermutet. »Nein, alles in Ordnung, war nur etwas im Schuss, entschuldige, dass ich dich erschreckt habe.«

»Lasst uns zusammen den Abend genießen«, schlägt

Anna vor. »Julius, willst du unserem Gast nicht unsere Spezialität zu kosten geben, vielleicht kennt er diese noch gar nicht.«

»Mache ich, kann jetzt auch einen gebrauchen!« Er verschwindet in der Vorratskammer und kommt zurück mit drei Gläsern, gefüllt mit einer kupfern schimmernden Flüssigkeit.

Richard schaut sein Glas an, riecht daran. »Was ist das? Gebranntes Wasser, das rieche ich, aber der Geschmack ist mir fremd, ebenso diese beinahe bronzene Farbe.«

»Whisky, Wasser des Lebens, eine Spezialität, die unser schottischstämmiger Freund unten in Appenzell braut. Ein wunderbares Getränk mit so vielen Geschmacksfacetten in der Nase, im Mund und im Gaumen, dass sie sich kaum beschreiben lassen«, schwärmt er.

Auch Richard ist schnell begeistert vom Whisky, und so bleibt es nicht bei einer Runde. Julius nimmt jeweils die Gläser, verschwindet in der Vorratskammer und bringt sie gefüllt zurück.

Und weder Anna noch Richard fällt es auf, dass er einmal länger braucht als sonst.

Der Alkohol zeigt bald seine Wirkung, die Stimmung wird immer ausgelassener, das Streitgespräch ist vergessen und auch Julius denkt nicht mehr über die Szene zwischen Anna und Richard nach. Doch mit der Zeit macht der Whisky müde.

Anna ist die Erste, die sich zurückzieht: »Ihr könnt ja noch bleiben, ich muss ins Bett.«

»Wir nehmen noch einen, dann komme ich nach«, schlägt Julius vor, denn er möchte noch etwas Zeit, um die Wirkung bei Richard zu beobachten.

Richard scheint jedoch ziemlich trinkfest zu sein, zeigt kaum Anzeichen, wie stark ihm der Alkohol zusetzt.

Doch da Julius überzeugt ist, dass die Folgen noch eintreten werden, wenn auch vielleicht erst später, zieht er sich ebenfalls zurück.

Denn Richard würde nicht merken, dass er ihm bei einem der Whiskys Arsen beigemischt hat. Arsen, das er sonst braucht, um Ratten zu vergiften, die immer wieder seinen Käsekeller und seine Vorratskammer heimsuchen.

Julius wusste, dass sich das geruchslose weiße Pulver gut in einem alkoholischen Getränk auflösen lässt und geschmacksneutral ist. Und er ist sich sicher, dass es nicht lange dauern wird, bis sein Gast mit den Wirkungen des Gifts zu kämpfen hat.

Es war eine spontane Entscheidung, die er getroffen hat, als ihn Anna bei seiner Rückkehr gefragt hat, was denn los sei. Denn so könnte er, überlegte er kurz, das vergessen machen, was er vermutete – aber nie hätte nachweisen können – und gleichzeitig einen dieser politischen Gegner beseitigen, der die Eigenständigkeit seiner Heimat bedroht.

Richard wird leiden, sinniert Julius, und das hat er auch verdient. Mit einer Verzögerung von wenigen Stunden wird eine schwere Magen-Darm-Entzündung ausbrechen, begleitet von Übelkeit, Erbrechen, kolikartigen Schmerzen und heftigen wässrigen Durchfällen. Der starke Wasser- und Salzverlust führt zu einer Bluteindickung und zu einer Störung der Nierenfunktion sowie zu erhöhtem Puls.

Und Julius weiß auch, dass ihm diese Tat, falls es optimal läuft, wohl nie nachgewiesen werden kann. Denn oft tritt der Tod erst nach einigen Tagen durch Nieren- und Herz-Kreislaufversagen ein. Also muss er nur dafür besorgt sein, dass Richard sich morgen früh trotz seiner Beschwerden auf den Weg in Richtung Tal macht.

Und selbst wenn dies nicht der Fall sein sollte – eine Arsenvergiftung kann von der Polizei höchstens vermutet, nicht aber nachgewiesen werden.

Deshalb zieht sich auch Julius beruhigt zurück, folgt nun Anna ins Bett. Als er das Zimmer betritt, nimmt er ein leises Wimmern wahr.

Er kniet sich neben Anna nieder, streicht ihr mit der Hand durchs Haar: »Was ist los, Schatz?«

»Ich hab wohl zu viel getrunken«, antwortet sie mit schwacher Stimme, »mir ist schlecht, ich habe Bauchschmerzen.«

»Aber du hast außer dem Whisky nichts anderes getrunken, daran kann es doch nicht liegen«, versucht Julius zu beschwichtigen. »Richard und mir geht es ja auch gut.«

»Vielleicht hätte ich einfach nur das trinken sollen, was du mir eingeschenkt hast«, zeigt sich Anna reumütig.

»Wie meinst du das?«

Anna schweigt einen Moment. »Du hast es nicht bemerkt, dass ich jeweils das Glas mit Richard getauscht habe, wenn ich mein Glas beinahe leer hatte. Ich habe Richard, als du im Stall warst, von unserem Whisky erzählt. Er meinte, dass er ihn gerne mal probieren würde, aber nicht zu viel davon trinken dürfe, da er eine schwache Alkoholunverträglichkeit habe. Er dürfe nur ganz wenig Alkohol trinken.«

»Und da hast du ihm angeboten, dass du die Gläser austauschen würdest, damit er nicht zu viel trinken müsse?«

»Ich wollte nicht, dass er sich bloßstellen muss. Er war so dankbar, dass er mich gleich spontan umarmt hat«, entschuldigt sich Anna.

Julius schweigt.

Dann nimmt er Anna in seine Arme und flüstert ihr leise ins Ohr: »Es tut mir leid, Anna, es tut mir so leid!«

DER LETZTE SÄUMER

Berggasthaus Rotsteinpass, Oktober 1998

Sein Tag beginnt früh.

Bereits um halb fünf Uhr morgens steht Gregory Mathis im Stall und füttert seine Maultiere, putzt und striegelt sie. Zu seinem Morgenprogramm als Säumer gehört auch, dass er ihre Hufe kontrolliert, auskratzt und einölt, damit sie nicht spröde werden. Maultiere sind wegen ihrer schmalen Hufe besonders trittsicher und überhaupt patent, oder wie es Säumer formulieren: »Maultiere fressen wie Esel, gehen wie Pferde und ziehen wie Ochsen.«

Als Kreuzung aus einer Pferdestute mit einem Eselhengst vereinigen Maultiere perfekt die guten Eigenschaften des jeweiligen Tieres, um lange Strecken auch mit schwerem Gewicht auf dem Rücken bewältigen zu können.

Nachdem Gregory die Ware auf den Tieren gut befestigt hat, kann der heutige Marsch losgehen. Erneut – wie mehrmals jede Woche – geht es über die Meglisalp auf den Rotsteinpass. Und über den schmalen Schrennenweg, wo das Führen der Mulis nicht immer einfach ist. Ungern erinnert sich Gregory an jenen Tag, als dort ein Tier abstürzte und er einen »Kameraden verlor«, wie er es ausdrückt. Doch ohne Pause geht der lange und anstrengende Weg nicht. Nach einer Dreiviertelstunde bleiben die Maultiere stehen und fordern ihre Auszeit.

Gregory liebt seinen Beruf als Säumer. Die Arbeit ist eine Auseinandersetzung, Erlebnis mit der Natur, die er viel intensiver erlebt, wenn er alleine mit seinen Tieren ohne Freunde unterwegs ist.

Doch heute mischt sich seine Vorfreude auf den bevorstehenden Transport mit einer großen Nervosität. Denn heute soll es geschehen. Das, was ihm und seiner Geliebten endlich ermöglichen soll, ihre Liebe auszuleben. Ohne die permanente Angst, entdeckt zu werden.

Heute muss der Bergwirt des Berggasthauses »Rotsteinpass« sterben.

Weil Gregory schon lange ein Verhältnis mit Juliana, der Frau des Rotsteinpasswirtes, hat. Lange hatte Thomas davon nichts gemerkt. Nicht bemerkt, dass – wenn Gregory jeweils im Berggasthaus übernachtete – seine Frau am Abend kurz mit ihm verschwand, um ihre Liebe auch in sexueller Form ausleben zu können. Oder auch für einige Stunden in Gregorys Zimmer wechselte, wenn Thomas nach ausgiebigem Alkoholkonsum in einen Tiefschlaf fiel.

Doch vor einiger Zeit schöpfte er Verdacht. »Wir sind zu leichtsinnig geworden, weil alles immer so gut klappte«, muss sich Gregory eingestehen. Erwischt hat sie Thomas nie, doch stoppte er einige Male seine Frau, wenn diese am Abend die Gaststube verlassen wollte, und verhinderte so ein Zusammenkommen der beiden Liebenden.

Die Vermutung, die er bis heute noch nicht beweisen kann, trieb Thomas beinahe in den Wahnsinn. Er wurde misstrauisch gegenüber seiner Frau, aber auch gegenüber Gregory. Und musste gleichzeitig erkennen, dass er auf dessen Dienste nicht verzichten kann. Denn Gregory ist der letzte Säumer im Alpstein, der ihm die benötigte Ware hinauf in sein Berggasthaus bringen kann.

Das weiß auch Gregory.

Das Berggasthaus »Rotsteinpass« ist die einzige Wirtschaft im Alpstein, die noch auf Säumer angewiesen ist, da sie weder eine Transportbahn noch eine Zufahrtsstraße hat. Seit 1934 ist das Säumen beinahe die einzige Möglichkeit, Lebensmittel und Getränke von Wasserauen auf den Pass zu transportieren. Schon seit den 70er Jahren setzt Thomas gelegentlich auch einen Helikopter ein für grössere Warenmengen. Von der Thurwis in der St. Galler Gemeinde Wildhaus-Alt St. Johann lässt er so in 40 bis 60 Flügen pro Saison Lebensmittel hinaufbringen. Da diese Helikopterflüge jedoch sehr wetterabhängig sind, transportiert der Bergwirt auch ab und zu frische Lebensmittel mit der Motorkarre, oder Bekannte bringen ihm vom Säntis her über den Lisengrat Lebensmittel im Rucksack mit.

Doch für den regelmäßigen Nachschub ist er auf die Mulis angewiesen – das perfekte Transportmittel für die steinigen und steilen Wege des Alpsteins.

Und damit ist er auch von Gregory abhängig.

In vier Stunden schafft er es mit seinen Tieren und der großen Last von bis zu 150 Kilogramm pro Tier von Wasserauen auf den Rotsteinpass, der Abstieg dauert dann etwas länger. Deshalb verbringt Gregory auch meist eine Nacht im Berggasthaus – und genießt gleichzeitig das kurze Zusammensein mit Juliana.

Oder besser: genoss es. Bis Thomas argwöhnte, dass da was laufen könnte. Aber weil er es nicht beweisen konnte, griff er zu einem anderen Mittel.

Erpressung.

Gregory war sich nie bewusst gewesen, wie verletzlich er sich mit dem Freundschaftsdienst gemacht hat. Bis ihn Thomas darauf angesprochen hat.

Denn schon seit Jahren bringt Gregory nicht nur Lebensmittel auf den Rotsteinpass, sondern auch Getränke. Und darunter ein sehr spezielles Getränk, für welches das Berggasthaus unterdessen unter Insidern bekannt und beliebt geworden ist.

Im »Rotsteinpass« wird illegal gebrannter Whisky ausgeschenkt.

Und diesen Whisky bringt Gregory mit seinen Mulis hinauf zum Berggasthaus. Holt das flüssige Gold in der Brauerei Locher in Appenzell ab, wo seit einigen Jahren heimlich und als Pilotversuch Whisky gebrannt wird. Denn nach wie vor ist es in der Schweiz nicht erlaubt, aus Gerste – einem Grundnahrungsmittel – Alkohol zu brennen.

In der Brauerei holt er den Whisky bei Braumeister Patrik ab, bringt diesen auf den Rotsteinpass, wo im Schwarzausschank versucht wird herauszufinden, ob dieses Produkt in Zukunft neben dem Appenzeller Bier zu einer weiteren Spezialität der Brauerei werden könnte.

Gregory hat sich von Patrik sofort überzeugen lassen, bei diesem »Projekt« mitzuwirken und sich dafür in eine Sphäre der Illegalität eingelassen. Denn es ist, so die Information der Brauerei, nur noch eine Frage der Zeit, bis das Alkoholgesetz in der Schweiz angepasst und das Brennen von Whisky zulässig wird. Dann würde Gregory von seiner jetzigen »Investition« profitieren und Teil eines neuen Erfolgsproduktes werden.

Und Gregory ließ sich von Patrik und seiner Begeisterung fürs Brennen, zur Geschichte des Whiskys, die auch seine ist, faszinieren. Denn wenn Patrik heute Whisky brennt, denkt er oft zurück an seinen Vorfahren Aodh, dem dies bereits unter wesentlich schwierigeren Bedingungen und mit weniger technischen Hilfsmitteln gelungen war. Doch bei ihm war es nicht der Wunsch nach dem wärmenden gebrannten Wasser für die kalte Winterszeit, welcher ihn zum Whiskybrennen brachte, sondern ein Zufall. Als sein Chef bei einem Umbauprojekt 60 zum Teil bis über 120 Jahre alte Bierfässer entdeckte, mit welchen seine Vorfahren das Bier bis Anfang der 70er Jahre in die Gasthäuser transportiert hatten, wollte er unbedingt an die Aromen und Bierextrakte dieser alten Eichenfässer herankommen.

Der Lösungsweg hieß: Whisky brennen. Denn im Wechselspiel zwischen Fass und Inhalt nimmt das Destillat den Malzextrakt und damit den Biergeschmack aus den Fässern auf. Das Innere der Fässer wurde früher aus hygienischen Gründen gepicht, das heißt mit einer harzartigen Schicht ausgekleidet, um das Austreten der Kohlensäure durch die Poren und damit einen hölzernen Geschmack zu verhindern. Obwohl diese Behandlung regelmäßig wiederholt wurde, gab es in der Harzschicht Risse, welche über Jahrzehnte ermöglichten, dass ein wenig Bier in die Holzdauben gelangte. Nach dem Verdunsten des Wassers sammelte sich so Malzextrakt an.

Nachdem die Harzschicht aus den Fässern entfernt ist, verleiht der Malzextrakt dem eingefüllten Gerstendestillat und damit dem Whisky seine einzigartige Note und reichert ihn mit uralten Bieressenzen an.

Doch nun sollte dieses Projekt gefährdet sein. Und alle, die darin verwickelt sind.

Thomas war unterdessen so weit, dass er alle, auch sich, opfern würde, um die vermeintliche Affäre seiner Frau mit Gregory zu beenden.

Und damit war er nicht nur für Gregory, sondern für alle Beteiligten zu einem Sicherheitsrisiko geworden.

Und deshalb muss er sterben. Heute.

Gregory ist unterdessen im Berggasthaus »Rotsteinpass« angekommen, begrüßt die Wirtsleute und beginnt, die Lasten von seinen Maultieren abzuladen. Auch den Whisky, den er direkt an Thomas übergibt.

»Du weißt, welchen Stellenwert der für uns hat«, fordert Thomas seinen Säumer heraus und blickt diesen eindringlich an.

»Für dich meinst du«, gibt Gregory trocken zurück.

»Auch für dich. Oder für das, was zwischen dir und Juliana nicht sein sollte«, berichtigt der Bergwirt.

»Zwischen Juliana und mir ist nichts«, leugnet Gregory, »das entspringt nur deiner Fantasie.«

»Mir ist mein Berggasthaus zu wichtig, als dass ich dir glauben könnte. Ich will nicht, dass du etwas gefährdest, was meine Vorfahren aufgebaut haben und wir jetzt bereits in dritter Generation führen.«

Bereits vor der Fertigstellung der Säntisbahn hatte Thomas' Großvater im Jahre 1934 das Berggasthaus »Rotsteinpass« eröffnet. Er hatte häufig mit dem Fernglas beobachtet, dass auf dem auf 2.124 Metern gelegenen Grat zwischen dem Altmann und dem Säntis oft Wanderer Rast machten, und beschloss, dass dies ein idealer Standort für eine Bergwirtschaft sei. Und obwohl es damals noch nicht abzusehen war, ob die Säntisschwebebahn ein Erfolg werden würde, entstand aus dem riskanten Bauunterfangen ein Berggasthaus.

»Bleibt es bei unserer Tour heute Nachmittag?«, versucht Gregory abzulenken.

»Tour?«

»Wir hatten doch abgemacht, dass wir alle zusammen – Juliana, du und ich – auf den Altmann aufsteigen, erinnerst du dich?«

»Ja richtig, hatten wir abgemacht. Meine Zusage halte ich natürlich ein, heute läuft eh nicht so viel hier oben; mein zweiter Koch kann das locker alleine bewältigen.«

Wenig später sind die drei unterwegs im Aufstieg in der gut abgesicherten Fliesswand hinauf zum 2.334 Meter hohen Altmannsattel. Der Weg ist teilweise sehr steil und eng, ein Kreuzen mit absteigenden Wanderern oft eine Herausforderung. Doch dank der gespannten Stahlseile und zahlreichen Tritthilfen sind Auf- und Abstieg auch ohne Klettererfahrung gut zu bewältigen.

Die einzige Gefahr, die kaum einzuschätzen bleibt, ist der Steinschlag, oft ausgelöst durch die zahlreichen Steinböcke, die in der Wand herumklettern. Frech schauen sie den Wanderern zu, wie sich diese mühsam zum Altmannsattel hocharbeiten, während sie sich mit behänder Leichtigkeit auf schmalen Felsvorsprüngen fortbewegen.

Gregory und Juliana haben die Stelle sorgfältig ausgewählt, an der es passieren soll. Dort, wo der Weg unter den Plätzen durchführt, wo sich die Steinböcke tummeln und wo man sich bei einem Sturz nicht mehr auffangen kann.

Sie hatten sich lange überlegt, ob es hier oder doch besser auf dem Altmann geschehen soll. Um vom Altmannsattel auf den mit 2436 Metern zweithöchsten Berg des Alpsteins an der Grenze der Kantone Appenzell Innerrhoden und St. Gallen zu gelangen, muss kurz vor dem Gipfel ein schmaler und stark exponierter Grat überwunden werden. Unerfahrene Berggänger bewältigen diese Stelle oft rittlings und auf dem Hosenboden rutschend. Wer aufrecht über den Grat geht, darf sich keinen Ausrutscher erlauben, denn auf beiden Seiten fällt der Fels steil ab.

Auch wenn heute an beiden Stellen nicht viele Wanderer anzutreffen sein dürften, haben sie sich dennoch gegen den Gipfel entschieden. Denn hier in der Fliesswand kann bei einem Unfall – auch einem vermeintlichen – der Absturz mit einem von Steinböcken ausgelösten Steinschlag begründet werden.

Gregory steigt voraus, hinter ihm folgt Thomas, Juliana ist zuhinterst. Immer wieder schaut Gregory zurück, als ob er sich versichern wolle, dass ihm die beiden noch folgen. Doch in Wahrheit will er sich vergewissern, dass niemand in Sichtweite ist, und erwartet das Zeichen von Juliana, dass sie bereit ist.

Ein kurzes Nicken von Juliana bestätigt Gregory, dass es soweit ist. Juliana tritt absichtlich mit dem rechten Fuss talwärts auf die Wegkante, lässt ihren Fuß so weit abrutschen, dass sie in die Knie muss, ohne den Halt zu verlieren. Der Schrei, den sie dabei ausstößt, bewirkt, dass sich Thomas blitzschnell umdreht und versucht, seine Frau festzuhalten und zu sichern.

Noch bevor er etwas rufen kann, spürt er einen dumpfen Schlag in seinem Nacken, es wird ihm für einen Moment schwarz vor den Augen, und er verliert das

Gleichgewicht. Der zweite Schlag, den Gregory nun mit einem größeren Stein in der Hand gegen Thomas' Kopf ausführt, bringt diesen endgültig zu Fall und lässt ihn einige Meter der steilen Felswand entlang abstürzen.

Gregory wirft den Stein hinterher und wendet sich Juliana zu: »Jetzt haben wir Ruhe von ihm.« Er nimmt sie in den Arm, drückt sie fest an sich.

»Aber ... wir müssen ... sollten uns absichern, dass er wirklich tot ist«, stammelt Juliana.

»Das ist er sicher«, versucht Gregory, seine Geliebte zu beruhigen, »einen solchen Schlag und Sturz überlebt niemand. Und wir werden bei unserer Rückkehr erklären, dass Thomas von einem Stein, der vermutlich von Steinböcken ausgelöst wurde, erschlagen wurde, wir ihn nicht mehr halten und retten konnten. Ein Unfall, ein unglücklicher Zufall.«

Juliana und Gregory sind so vertieft in ihre Diskussion, dass sie nicht bemerken, dass oberhalb ihres Standortes drei Steinböcke traversieren. Und dass diese vereinzelte Steine auslösen.

Als sie die klingenden Geräusche der auf den Fels aufschlagenden und von diesem wieder abspringenden Steine wahrnehmen und sich gegen den Berg umdrehen, ist es bereits zu spät.

Die Rettungskolonne findet gegen Abend nicht nur den Bergwirt des Berggasthauses »Rotsteinpass« unterhalb einer kleinen Felswand, sondern etwas weiter oben auch Juliana und Gregory – allesamt von herunterstürzenden Steinen erschlagen.

DER WETTERWART

Berggasthaus Alter Säntis, Februar 2022

Auf den Tag genau 100 Jahre nach dem legendären Doppelmord auf dem Säntis werden Kripochef Daniel Mazenauer und sein engster Mitarbeiter, Max Dörig, ins Berggasthaus »Alter Säntis« gerufen.

Es ist Dienstag, das Kalenderblatt zeigt den 21. des Monats an, nur wenige Besucher lassen sich mit der Schwebebahn von der Schwägalp auf den noch immer tief verschneiten Säntisgipfel bringen. Das Duo ist mit dem Kabinenführer alleine in der zügig bergwärts schwebenden Bahn.

Sie schweigen, um den Angestellten der Säntis-Schwebebahn AG nicht als Zuhörer einer delikaten Angelegenheit zu haben, mit der sie sich bereits während der Anfahrt auseinandergesetzt haben.

Ausnahmsweise musste Daniel seinen Kollegen mit dem Auto in Brülisau abholen, da dieser eigentlich dienstfrei gehabt hätte. Doch seine Erfahrung war für den Kripochef sehr wichtig, besonders in einem Fall wie diesem. Denn Max kennt nicht nur den Alpstein wie seine Westentasche, sondern ist auch vertraut mit der Kultur, der Geschichte und den Eigenheiten der Innerrhoder Bevölkerung.

Und verfügt dank seiner Beteiligung bei der Aufklärung von Mordfällen, für die noch sein Vorgänger Bruno

Fässler zuständig war, über eine größere Erfahrung in der Aufklärung von Tötungsdelikten als er selbst.

»Mord im ›Alten Säntis‹, zwei Leichen«, lautet Daniels erste Kurzinformation, nachdem Max in seinem Wagen Platz genommen hat.

»Ist der ›Alte Säntis‹ nicht noch geschlossen? Er öffnet traditionellerweise doch erst am 1. Mai«, wendet Max ein.

»Richtig, aber Rolf ist jeweils auch im Winter oben, um Schnee zu räumen, hab ich mir sagen lassen. Würde er den Schnee einfach liegen lassen, käme er mit seinen kleinen Maschinen nicht mehr durch.«

»Ist er eine der …?«

»Leichen meinst du«, unterbricht ihn Daniel. »Ich weiß es noch nicht mit Sicherheit, aber es könnte sein.«

»Wurden die beiden Lei…, die beiden Toten *im* oder *beim* Berggasthaus gefunden?«, will Max wissen, der offensichtlich Mühe hat, dieses Wort über die Lippen zu bringen.

»Im«, konkretisiert Mazenauer, »aber nur eine.«

»Und die andere?«

»Auf dem Weg zum Gipfel, in der Galerie.«

»Eigenartig.« Max überlegt eine Weile, hat aber keine Idee, wie diese Tatsache erklärt werden könnte. »Aber sind wir überhaupt zuständig? Der Säntisgipfel gehört ja nicht nur Appenzell Innerrhoden, sondern auch Ausserrhoden und St. Gallen. Und je nachdem, wo die zweite Lei…, also der oder die zweite Tote liegt, könnten wir nicht mehr zuständig sein.«

»Ja, das stimmt, das ist etwas kompliziert. Wegen der polizeilichen Zuständigkeit hat man ja auch beim Bau der Bergstation der Säntisbahn 1951 diese Grenze klar definiert. Ist ja schon etwas Besonderes, dass die Maschinenhalle und das Restaurant sankt-gallisch sind, die Halle der Bergstation jedoch zum Ausserrhoder Territorium gehört. Dafür hat ja unser anderer Halbkanton lange gekämpft.«

»Und erst 1895 durch einen Bundesgerichtsentscheid wieder seinen Anteil am Gipfel zurückerhalten«, bestätigt Max.

»Aber um auf die Zuständigkeit zurückzukommen, denke ich, dass wir mit größter Wahrscheinlichkeit auch für die zweite Leiche zuständig sind. Es scheint ziemlich klar zu sein, dass ein Zusammenhang besteht, da beide Leichen Schusswunden aufweisen. Da definieren wir einfach das Berggasthaus, welches klar auf unserem Kantonsgebiet steht, als primären Tatort, damit ist die Sache gegessen. Und ich glaube auch nicht, dass unsere St. Galler Kollegen scharf auf Arbeit hier oben sind«, lacht Daniel.

»Zumal sie ja mit dem Forensisch-Naturwissenschaftlichen Dienst und der Rechtsmedizin im Rahmen des Ostschweizer Polizeikonkordates ›ostpol.ch‹ eh zum Zug kommen«, ergänzt Max. »Doch wer hat die beiden Toten denn gefunden?«

»Ein Besucher, er wollte vom ›Alten Säntis‹ aus fotografieren, fand zuerst die Leiche in der Galerie, kehrte aber nicht sofort um, sondern lief weiter zum Berggasthaus, wo er die zweite fand.«

»Und hat beide Fundorte fotografisch festgehalten?«, fragt Max nach.

»Daran habe ich nicht gedacht! Aber das müssen wir noch bei der Einvernahme mit ihm klären.«

Damit ist alles besprochen, was es zu besprechen gibt. Und deshalb können die beiden nun auch schweigen, bis sie auf dem Säntisgipfel sind.

Dort angekommen, werden sie vom Technischen Leiter der Bahn empfangen. »Altherr, Marco Altherr«, stellt er sich vor. »Wir haben den Durchgang zum ›Alten Säntis‹ abgesperrt und zusätzlich einen unserer Männer dort aufgestellt, damit auch wirklich niemand versucht, hinunter zu gehen. Der Mann, der die beiden gefunden hat, sitzt oben im Panorama-Restaurant.«

»Professionell, danke, das haben Sie sehr gut gemacht«, lobt der Kripochef Marco Altherr. »Dann werden wir uns mal das Ganze anschauen«, wendet er sich Max zu und zeigt an, ihm zur Galerie zu folgen.

Es liegt noch verwehter Schnee in der Galerie, zerstampft von zahlreichen und unterschiedlichen Schuhspuren. »Da noch herauszufinden, welches die neuesten Spuren sind, dürfte schwierig werden«, bemerkt Max.

»Wenn nicht gar unmöglich«, bestätigt Daniel, »doch eventuell brauchen wir diese Erkenntnisse gar nicht, wer wann und warum hier durchgegangen ist.«

Wenig später, kurz nach der Hälfte der Galerie, stoßen sie auf die erste Leiche.

»Das ist Corinne«, entfährt es Max, »Rolfs Frau.« Obwohl die Leiche auf dem Bauch liegt, erkennt er die Bergwirtin sofort an ihrem auffällig blonden gekrausten Haar.

»Von hinten erschossen, meuchlerisch, beinahe eine Hinrichtung«, bemerkt Daniel und zeigt auf die vermeintliche Einschusswunde am Hinterkopf, die wegen des blutig verklebten Haars nur erahnt werden kann.

Max beugt sich zur Leiche hinunter und versucht, die Stelle etwas genauer zu begutachten. »Pulverschmauch«, stellt er nüchtern fest, »der Schuss muss aus nächster Nähe, vermutlich aus weniger als 20 Zentimeter Distanz, abgefeuert worden sein.«

Daniel schaut sich die Situation nochmals an und formuliert aufgrund der Spuren im Schnee eine Hypothese: »Die Leiche liegt kopfwärts in Richtung Gipfel. Und hier scheint der Schnee auf einer kleinen Fläche durch Fußspuren niedergewalzt, als wären der Mörder und das Opfer hier länger gestanden beziehungsweise als hätten sie sich beinahe am Ort leicht bewegt. Vielleicht haben sie miteinander geredet, und als Corinne sich abgewandt hat und Richtung Gipfel gehen wollte, hat er sie von hinten erschossen.«

»Was darauf hinweisen würde, dass sich die beiden gekannt oder zumindest vorher gesehen haben.«

»Oder dass jemand von ihnen das Gespräch gesucht hat, das wäre ja auch möglich.«

»Stimmt. Aber lass uns weitergehen, vielleicht gibt uns der zweite Fundort mehr Aufschlüsse.«

»Rolf, befürchte ich«, fügt Daniel an.

Max nickt stumm und stapft weiter durch den Schnee in Richtung Berggasthaus. Auf der Terrasse steht die Schneeschleuder, mit der erst die Hälfte des Platzes vom Schnee befreit wurde. Die Tür zum Restaurant steht einen Spalt offen.

Max und Daniel betreten den Raum.

Daniel wirft einen Blick nach rechts in die leere Gaststube. »Nichts zu sehen, wo liegt er?«

»Hier, hinter dem Buffet«, antwortet Max, der sich

unterdessen hinter den Ausschank begeben hat. »Es ist Rolf«, bestätigt er mit trauriger Stimme Daniels Vermutung.

»Mehrere Einschüsse von vorne, vermutlich auch aus nächster Nähe«, hält der Kripochef fest. »Sieht wirklich aus, als hätte der Mörder die beiden exekutiert. Rache? Beziehungsdrama? Oder ging es um Geld?«

»Das Motiv könnte uns zum Täter führen, da liegst du mit deinen Fragestellungen richtig«, glaubt Max, »oder zur Täterin, diese Option haben wir bisher noch nicht erwogen.«

»So oder so haben wir einen erneuten Doppelmord auf dem Säntis! Auf den Tag genau 100 Jahre nach dem Mord am Wetterwart-Ehepaar!«

Josef Heinrich Haas hatte 1919 seine Stelle als sechster Wetterwart auf dem Säntis angenommen und war zusammen mit seiner Ehefrau Maria Magdalena »Lena« Haas auf den Gipfel gezogen. Da es zu dieser Zeit noch keine Seilbahn gab, war das Ehepaar im Winter oft völlig auf sich gestellt. Die einzige Verbindung zur Außenwelt war der interne Telefondraht, über welche sie die Wetterdaten ins Tal übermittelten.

Als dann die Wetterwerte vom Säntis ausblieben, machte sich Säntisträger Rusch aus Schwende auf den Weg zum Gipfel und fand dort die beiden erschossenen Eheleute. Lena lag leblos im Stübchen der Wetterwarte und Heinrich auf dem Gipfel neben dem Windmesserhäuschen.

»Der Doppelmord war ja ein wichtiger Fall in Bezug auf die Zuständigkeit der drei Kantone«, ergänzt Daniel, »zuerst wusste man nicht, wer verantwortlich ist, dann arbeiteten alle drei Polizeikorps zusammen, da die Leiche des Wetterwarts genau auf der Grenze lag.«

»Aber gelöst werden konnte der Fall nicht, weil sich der vermutete Täter in einem Stall unterhalb der Schwägalp erhängt hatte. Nachdem er scheinbar sorglos mit seinen Skiern noch in die Meglisalp gefahren war, den Trachtenschmuck von Lena verhökert und die Tatwaffe einem unbeteiligten übergeben hatte«, weiß Max.

»Genug der Geschichte, lass uns nun den Mann, der die Leichen gefunden hat, einvernehmen«, fordert Daniel seinen Mitarbeiter auf.

Wenig später sitzen sie mit diesem, einem knapp 30 Jahre jungen Mann, im Panorama-Restaurant »Säntisgipfel« an einem Tisch.

Ohne die erste Frage abzuwarten, beginnt dieser, nachdem er sich als Jonas Bühler vorgestellt hat, darüber Auskunft zu geben, was er beobachtet hat: »Ich bin ja vor allem hier herauf gekommen, um zu fotografieren. Dieser tief verschneite Gipfel mit den gefrorenen Schneeverwehungen fasziniert mich immer wieder. Nachdem ich auf dem Gipfel fotografiert hatte, wollte ich noch runter zum ›Alten Säntis‹, um dort einige Bilder in Richtung Lisengrat und Rotsteinpass schießen zu können. Auf dem Weg dorthin habe ich dann die Leiche der Frau, Corinne, gefunden. Ich …«

»Warum sind Sie dann trotzdem weiter zum Berggasthaus?«, will Daniel wissen.

»Ich hatte mit überlegt umzukehren, um den Fund zu melden«, gesteht Jonas etwas beschämt ein, »doch ich hatte die Befürchtung, dass ich dann nicht mehr zu meinen Bilder kommen würde. Deshalb bin ich weiter, hab meine Fotos geschossen …«

»Ziemlich skrupellos«, wirft Max ein.

Jonas geht nicht darauf ein und fährt in seiner Schilderung fort: »Ich sah dann die Schneeschleuder, wie mitten in der Arbeit stehen gelassen – was mich etwas verunsicherte. Als ich entdeckte, dass die Tür offen ist, habe ich die Gaststube betreten und dort Rolfs Leiche gefunden.«

»Sie kannten die Wirtsleute?«, will Max wissen.

»Ja natürlich kenne – kannte ich sie. Ich war ja sehr oft hier oben, hab auch den ganzen Whiskytrek absolviert und natürlich auch die rauchig-speckige Edition ›Alter Säntis‹ abgeholt.«

»Ausgebaut in einem Pinot Noir-Fass«, ergänzt Max.

»Ah, noch ein Whiskykenner und -liebhaber«, erkennt Jonas.

»Lassen wir dieses Thema, meine Herren«, unterbricht Daniel und sieht Max vorwurfsvoll an. »Was machen Sie eigentlich beruflich, Herr Bühler?«

»Ich führe im Ausserrhodischen Dorf Bühler eine kleine Bar, ›Bühler hoch zwei‹ heißt sie, Sie verstehen das Wortspiel?«, gibt dieser bereitwillig Auskunft. Und mit einem Seitenblick zu Max: »Ich habe auch einige hervorragende Whiskys auf der Karte, die sind mein Markenzeichen.«

»Darunter auch die Edition ›Alter Säntis‹, vermute ich«, fügt Daniel an.

»Richtig, Herr Kommissar, aber nicht nur, ich habe alle Editionen des Whiskytreks im Angebot«. Jonas Bühler zeigt sich stolz über seine Spezialität.

»Mazenauer, ohne Kommissar, diesen Titel gibt es in der Schweiz nicht«, korrigiert ihn der Kripochef.

»Dann müssen Sie ja sehr oft im Alpstein unterwegs sein«, bemerkt Max.

»Wie kommen Sie darauf?«

»Nun, die Editionen des zum zweiten Mal verlängerten Whiskytreks sind auch heute noch nirgends käuflich erhältlich – außer zur Konsumation in den entsprechenden Berggasthäusern. Oder über den Whiskytrek, auf welchem die Deziliterfläschchen erwandert werden müssen. Sollte Ihre Bar gut laufen, müssen Sie den Trek doch einige Male abwandern, um genügend Whisky für den Ausschank zu haben.«

»Das ist richtig«, bestätigt Jonas Bühler, »aber wenn man als Whiskyliebhaber keine Gelegenheit hat, ein Berggasthaus zu übernehmen, ist dies die einzige Möglichkeit.«

»Was aber von den Bergwirten nicht nur als Unterstützung, sondern auch als Konkurrenz angesehen werden könnte«, wirft Daniel ein.

Jonas Bühler wird zusehends nervöser und unsicherer. »Ich hatte noch kaum Probleme damit, die meisten Bergwirte haben es begrüßt, dass auch unten im Tal ihr Whisky bekannt gemacht wird.«

»Außer?«, fragt Daniel nach.

»Was *außer*, was meinen Sie damit?«

»Außer wem? Sie haben gesagt, dass Sie ›kaum Probleme‹ damit hatten. Nicht aber, dass Sie keine Probleme hatten.«

Immer mehr in die Enge getrieben, muss Jonas zugeben, dass Rolf, der Bergwirt des »Alten Säntis« keine Freude daran hatte, dass Jonas seinen Whisky über den Eigenverbrauch hinaus sammelt. »Aber das wäre doch noch kein Grund, um zwei Menschen umzubringen«, fügt er an.

»Was hat es denn dazu noch gebraucht?«, schaltet sich Max ein.

»Sie glauben wirklich, dass ich die beiden umgebracht habe?«, entrüstet sich der Barbesitzer.

»Da bin ich mir unterdessen beinahe sicher«, erwidert Max mit ruhiger Stimme. »Denn in dem Moment, als Sie von Ihrer Bar erzählt haben, erinnerte ich mich an den Wirtewechsel auf dem ›Alten Säntis‹ vor vier Jahren. Die Pacht wurde damals ausgeschrieben, und in der Appenzeller Zeitung stand auch, wer sich dafür interessiert hatte. Es waren mehrere Bewerber, darunter auch ein ›Barbesitzer aus Bühler‹, wie es hieß. Doch die Stelle war für ein Ehepaar ausgeschrieben. Da hatten sie keine Chance.«

»Neid und Rache als Motiv. Die Enttäuschung, als Gastronom und Whiskyexperte nicht berücksichtigt worden zu sein, die Verbannung in eine kleine Bar in Bühler, weit weg vom erfolgreichen und bereits mehrmals verlängerten Whiskytrek«, führt Daniel aus. »Das war zu viel für Sie, Herr Bühler, richtig?«

Es dauert nicht mehr lange, bis Jonas Bühler unter dem Druck des Verhörs und der Indizien zusammenbricht und gesteht.

»Ja, ich wollte nochmals mit Rolf darüber reden, ihm aufzeigen, dass es vor allem während der Wintersaison, in welcher die meisten Berggasthäuser geschlossen sind, wichtig wäre, das Thema Whiskytrek mit einem Ausschank der Editionen in meiner Bar aktuell zu halten. Doch er hatte kein Gehör, es kam zum Streit, ich habe im Affekt gehandelt und ihn mit der Pistole, die ich aus Angst vor einer Auseinandersetzung zur Sicherheit, mitgenommen hatte, erschossen. Als ich dann auf dem Rückweg Corinne traf, welche die Schüsse gehört hatte, blieb mir nichts anderes übrig, als sie ebenfalls zu töten. Sie wollte hinauf zum Gipfel, um Hilfe zu holen, dann wäre ich geliefert gewesen.«

»Und warum haben Sie den heutigen Tag gewählt, um hier herauf zu kommen?«, will Max wissen.

»Ich wusste, dass meine Bemühungen Erfolg haben oder aber auch als völliger Misserfolg enden können. Deshalb habe ich dieses Datum gewählt, um wenigstens sicher zu gehen, dass ich wie der Doppelmörder vor hundert Jahren in die Geschichte eingehen werde. Ist es nicht unser aller Wunsch, der Nachwelt etwas zu hinterlassen, das immer an uns erinnert?«

»Das haben Sie geschafft, wenn auch auf eine Art, die wohl an Sie erinnern, nie aber für Sie sprechen wird«, bestätigt ihn Max.

»Und in die Geschichte werden Sie eingehen – in welche auch immer«, fügt Daniel an.

DER TOTE AN DER STÜTZE

Panorama-Restaurant Säntisgipfel, September 1935

Für Hans ist es nach wie vor speziell, am Morgen die erste Kabine bis knapp unter den Säntisgipfel, auf 2.483 Meter hinauf, zu begleiten. Auch wenn er dies bereits seit sechs Wochen und an jeweils sechs Tagen pro Woche macht.

Hans ist stolz, einer der Kabinenführer der neu erbauten Säntispendelbahn zu sein, die nach nur zwei Jahren Bauzeit am 31. Juli 1935 eröffnet wurde. Und stolz gibt er seinen Fahrgästen jeweils sein technisches Wissen weiter, beeindruckt diese mit der Fahrbahnlänge von 2.210 und der Höhendifferenz von 1.113 Metern. Und erzählt gerne, dass die Säntisbahn als erst dritte Seilbahn der Schweiz über die höchstgelegene Bergstation verfügt. Und dass die Kabine, welche 35 Fahrgästen Platz bietet, auf zwei Tragseilen pro Fahrbahn schwebt und dass zwei Zug- und zwei Gegenseile für den Antrieb sorgen, der eine Geschwindigkeit von bis zu vier Metern pro Sekunde erlaubt.

Noch wird die ausfahrbare Plattform zum Ein- und Aussteigen bei der obersten der drei Stützen nicht genutzt, doch Hans ist sich sicher, dass im Winter die Skifahrer von dieser Gelegenheit gerne Gebrauch machen werden.

Die erste Fahrt begleitet Hans wie üblich noch mit leerer Kabine, um zu überprüfen, ob alles in Ordnung ist. Langsam nähert er sich der dritten und letzten Stütze vor der Bergstation. Konzentriert schaut er auf das Seil schräg über ihm, wechselt ab und zu den Blick nach vorne.

Da entdeckt Hans an der Stütze einen dunklen Schatten. Angestrengt versucht er zu erkennen, worum es sich handeln könnte. Doch erst kurz bevor die Kabine diese überquert, wird ihm klar, was es ist.

An der Stütze hängt eine männliche Leiche.

Mit einem Strick um den Hals.

Hans schluckt leer. Fragen schießen ihm durch den Kopf: Ein Selbstmörder? Hier oben? Wie kam er hier hinauf? Und wann? Und warum gerade hier?

Wenig später fährt die Kabine in die Bergstation ein. Aufgeregt schildert der Kabinenführer seinem Kollegen, was er gesehen hat. Dieser kabelt umgehend die Neuigkeit zur Talstation und fordert den Techniker auf der Schwägalp auf, die Polizei und die Bergrettung zu verständigen.

Denn die Leiche muss sofort geborgen werden, damit der Bahnbetrieb beginnen kann. Schon bald würden die ersten Wanderer und Kletterer eintreffen, die sich auf den Säntis bringen lassen wollen, um dort ihre Tour zu starten. Oder um einfach oben im Berggasthaus »Alter Säntis« die gute Höhenluft und die wunderbare Aussicht zu genießen.

Ein solcher Vorfall, das wird Hans schnell bewusst, könnte die Bahn schnell in Verruf bringen – auch wenn sie nicht dafür verantwortlich ist, wenn sich jemand an einem ihrer Masten erhängt.

Und das jetzt, nachdem die Luftseilbahn endlich realisiert werden konnte und deren Betreib so gut angelaufen ist! Bereits 1886, lange bevor die heutige Säntisbahn gebaut wurde, war der Säntis Ziel einiger Bahnprojekte, auf der Appenzeller wie auch auf der Toggenburger Seite. Die Appenzeller waren die Ersten, die im Jahre 1905 ein umfangreiches Projekt für eine Erschließung des Säntis mit Zahnrad- und Standseilbahnen via Wasserauen, Seealpsee und Meglisalp vorlegten. Doch dem Initiativkomitee gelang bis 1912 nur die Realisation der Talbahn von Appenzell bis Wasserauen, dann ging das Geld aus und die Konzession erlosch.

Die Toggenburger planten 1914 eine Schmalspurbahn von Nesslau über Unterwasser ins Älpli sowie eine Zahnradbahn über den Rotsteinpass hinauf zum Säntis. Um den Gipfel zu erreichen, war ein 70 Meter langer Lift vorgesehen. Der Erste Weltkrieg verhinderte jedoch vorerst alle weiteren Versuche, den Säntisgipfel mit einer Bahn für Touristen zu erschließen.

Doch parallel zu diesem Projekt hatte bereits 1908 Dr. Carl Meyer aus Herisau private Studien für eine Schwebebahn betrieben. 1933 erhielt er dann die Konzession für eine Verbindung von der Schwägalp auf den Säntis. Und 1934 konnte nach diversen weiteren Projekten endlich zur Tat geschritten werden. Die beiden bekannten Seilbahnfirmen Bleichert & Co. aus Leipzig und Von Roll aus Bern erstellten zusammen die kühne Pendelbahn von der Schwägalp bis knapp unter den Säntisgipfel. 43 Tage beanspruchte der Transport der Tragseile – jedes 2.300 Meter lang und 35 Tonnen schwer – von Herisau auf die Schwägalp. Dann wurde ein erstes Seil vom Säntis hinunter zur Schwägalp gelegt, an welchem das erste Tragseil auf den Gipfel gezogen wurde.

Hans erinnert sich noch an die Schwierigkeiten, die sein Chef Sigmund Menet hatte, um die Konzession zu erhalten. Denn zuerst musste er einen Mitbewerber aus Unterwasser, der ein Projekt für eine Luftseilbahn von Unterwasser über den Kühboden auf den Säntis vorlegte, überzeugen, dieses zugunsten seines eigenen Projektes nicht weiterzuverfolgen.

Und da war ja noch einer, der unbedingt eine Bahn bauen und betreiben wollte: dieser Getränkehändler aus Urnäsch, Konrad Rohner, mit dem sich sein jetziger Chef so lange gestritten hatte.

Doch Hans kommt nicht dazu, seine Erinnerungen weiter zu spinnen, da er sich auf die Talfahrt konzentrieren muss. Denn unten auf der Schwägalp sind unterdessen Polizei und Bergrettung eingetroffen, die sich mit der anderen Kabine zur dritten Stütze herauffahren lassen, um die Leiche zu bergen.

Auf der Fahrt hinunter wirft er nochmals einen Blick auf den Toten und versucht zu erkennen, wer dieser sein könnte. Doch es geht zu schnell, und das Gesicht ist leicht zur Seite gedreht – unmöglich für Hans herauszufinden, wer hier hängt.

In der Mitte der Strecke kann er in der aufwärtsfahrenden Kabine zwei uniformierte Polizisten, zwei ihrer Kollegen in Zivil und mehrere Bergretter erkennen.

Wie Hans später von ihnen erfährt, gestaltete sich die Bergung schwierig und war nur dank der Klettererfahrungen der Bergretter möglich. Zwei von ihnen ließen sich zum Toten abseilen, sicherten diesen mit Seilen, die ihre Kollegen in der Kabine befestigt hatten. Dann schnitten sie das Seil, an dem sich der Mann erhängt hatte, durch, sodass dieser in die Kabine gezogen werden konnte. Die Polizei war für einmal nur Zuschauer.

Die Polizei verlangt von der Bahnbetreiberin, dass sie ihnen einen Raum zur Verfügung stellt, wo sie an der Leiche eine erste Untersuchung durchführen können.

Die beiden Kriminalbeamten, Werner Steiner und Walter Nef, sehen dort das erste Mal den Toten aus nächster Nähe.

»Stimmt, Sigmund Menet, der Säntisbahnkonzessionär, die Retter aus der Kolonne hatten recht«, stellt Werner Steiner nüchtern fest.

»Ein lebensfroher Mensch, rundum beliebt, glücklich verheiratet, geschäftlich sehr erfolgreich«, fügt Walter Nef an, »was trieb ihn in den Freitod, warum hat er sich umgebracht?«

»Und warum hier oben und auf diese Weise?«

»Lass uns die Leiche untersuchen«, schlägt Walter vor, »vielleicht finden wir ja irgendwelche Hinweise, die uns weiterbringen.«

Die beiden Beamten begutachten den Toten zuerst von oben nach unten, und Werner notiert ihre Beobachtungen in seinem Notizbuch. Dann durchsuchen sie die Jacken- und Hosentaschen von Sigmund Menet, finden jedoch nichts außer persönlichen Affekten und etwas Geld.

»Lass uns seine Hände, vor allem die Fingernägel, noch etwas genauer untersuchen«, fordert Walter seinen Kollegen auf, »unsere Kollegen in St. Gallen können jetzt ja dank dieser neuen Mikroskope auch kleinste Spuren wie Faser- oder Staubspuren analysieren und zuordnen. Zum Beispiel, ob diese alle von ihm selber und der Umgebung, wo wir ihn gefunden haben, stammen, oder von jemand anderem oder einem anderen Ort.«

»So weit sind wir ja noch nicht«, bedauert Werner, »da haben wir noch einiges aufzuholen. Glaubst du denn, dass es *kein* Selbstmord war?«

»Offensichtlich und auf den ersten Blick gibt es keinen Grund, warum er sich hätte umbringen sollen. Und dann noch auf diese spektakuläre Art und Weise! Wir beide kennen Sigmund und wissen, dass er eine solche Selbstdarstellung nicht nötig hatte.«

»Erst recht nicht, wenn es um seinen Tod geht«, stimmt Werner zu.

»Falls es wirklich kein Selbstmord war, müssten wir nach dem Locard'schen Prinzip aber auch Spuren eines eventuellen Täters finden. Es ist ja noch immer die Grundlage unserer Kriminaltechnik, auch wenn es schon 25 Jahre alt ist.«

Bereits 1910 hatte der damalige Direktor des französischen Polizeilabors in Lyon, Edmond Locard, festgehalten, dass kein Täter eine Tat begehen oder einen Tatort verlassen könne, ohne eine Vielzahl von Spuren zu hinterlassen. Das nach ihm benannte Prinzip beinhaltet, dass kein Kontakt zwischen zwei Objekten vollzogen werden kann, ohne dass wechselseitige Spuren zurückbleiben. Diese Spuren waren für Locard stumme Zeugen, die niemals vergessen und nicht unkonzentriert sind wie menschliche. Sachliche und physikalische Beweismittel, die nicht falsch sein, sich selbst nicht verstellen und auch nicht vollständig verschwinden können.

»Die Bedeutung von Spuren in unseren Ermittlungen ist unbestritten«, bestätigt Werner, »oder wie es Locard schon sagte, kann nur menschliches Versagen, diese zu finden, zu studieren und zu verstehen ihren Wert zunichtemachen.«

Tatsächlich finden sie Spuren von Schmutz unter den Fingernägeln des Toten, welche sie sicherstellen und nach St. Gallen in die noch junge wissenschaftliche Kriminaltechnik, die Forensik, schicken. Dazu kommen noch einige Wollfasern, die sich klar von denjenigen des Pullovers und der Jacke des Toten unterscheiden, aber darauf gefunden wurden.

Einige Tage später erhalten sie von ihren Kollegen die Resultate. Bezüglich der Faserspuren wird ihnen bestätigt, dass diese von einem anderen Kleidungsstück stammen, als der Tote getragen hat. Doch ist die einzige Folgerung, die Werner und Walter ziehen können, dass Sigmund Menet mit einer anderen Person, beziehungsweise deren Kleidungsstück, in Kontakt war. Verletzungen oder Spuren eines Kampfes, welche auf eine gewaltsame Auseinandersetzung hinweisen, sind nicht zu finden.

Und die Identifikation der Schmutzspuren unter den Fingernägeln wirft mehr Fragen auf, als sie Antworten gibt.

»Getreidespuren!« Walter kann den Bescheid der Experten nicht einordnen. »Sigmund hatte ja schon lange nichts mehr mit der Landwirtschaft zu tun, war die letzten Jahre nur noch Geschäftsmann und Bahnbetreiber.«

»Und dann noch Malz«, stimmt Werner ein, »diese Sorte ist bei uns ja nicht wirklich heimisch!«

»Gibt es etwas aus unseren Befragungen der Mitarbeiter, woraus wir auf einen Verdächtigen schließen können?«, versucht sich Walter zu erinnern und sucht bei seinem Kollegen Hilfe und Antworten. »Vielleicht können wir so eine Verbindung zu den Resultaten der Spurenuntersuchung herstellen.«

Werner überlegt eine Weile. »Da war nur der Hinweis von Hans, wenn auch nicht sehr konkret, dass es im Vorfeld des Baus der Bahn zu einem Streit um die Konzession gekommen sei. Aber keiner mit Gewalt, eher einer am Schreibtisch.«

»Stimmt, jetzt erinnere ich mich. Es ging um diesen Getränkehändler in Urnäsch, Konrad Rohner.«

»Da bleibt uns nur ein Besuch bei Rohner, um dies herauszufinden! Er ist die einzige Spur, die wir haben, zu verlieren haben wir nichts.«

So treffen die beiden Kriminalpolizisten den Getränkehändler in Urnäsch, konfrontieren diesen mit den alten Geschichten über den Streit um die Konzession für die Säntisbahn.

»Dieses Kapitel habe ich abgeschlossen«, nimmt Konrad klar und deutlich Stellung, »es war kein faires Bewerbungsverfahren, aber ich will mich nicht weiter damit befassen. Sigmund hat die Konzession erhalten, die Bahn ist für alle gut – wer sie betreibt, ist heute nebensächlich.«

»Ja, die Bahn ist gut gestartet – wie läuft denn Ihr Geschäft?«, versucht Werner sein Gegenüber zu überraschen.

Konrad zögert kurz. »Soweit gut, ich bin zufrieden.«

»Soweit gut, ich verstehe«, hakt Walter ein, »der Markt ist ja limitiert in Urnäsch und Umgebung. Und wenn dann noch die Berggasthäuser des Alpsteins – der neue Säntis eingeschlossen – auf Innerrhoder Lieferanten setzen, ist dies für Sie wohl nicht unbedingt von Vorteil.«

»Das sind politische Entscheide, die nehme ich nicht persönlich«, weicht Konrad aus.

Walter spürt, dass irgendetwas nicht stimmt. Aber auch, dass er auf diesem Weg nicht mehr erfahren wird. »Könnten Sie uns mal Ihren Betrieb zeigen?«

Konrad stutzt. »Wozu?«

»Persönliches Interesse«, lügt Walter geschickt, »ich möchte nur mal verstehen, wie so ein Getränkehandel funktioniert.«

»Ganz einfach«, beginnt Konrad, der sich nun in seinem Berufsstolz abgeholt fühlt, die Führung. Er zeigt den beiden Beamten seine Lagerräume und den Verkaufsladen, beschreibt die Herausforderungen, immer die richtige Menge Getränke auf Lager zu haben, schnell ausliefern und mit der Entwicklung des Getränkeangebotes Schritt halten zu können.

Werner hört interessiert zu, während Walter, der die Führung eigentlich initiiert hat, nicht nur mit seinen Gedanken in den Räumen herumschweift. Was ihn irritiert, ist dieser Rauchgeruch, den er in den großen Hallen wahrnimmt.

Konrad merkt, dass sein Gast misstrauisch ist.

»Wir räuchern die Hallen ab und zu aus hygienischen Gründen aus, daher dieser Geruch. Hat aber nichts mit dem ›Räuchlen‹ zu tun, wie es in Ihrem Halbkanton praktiziert wird, um Haus und Hof zu segnen.«

»Was verkaufen Sie denn am besten?«, versucht Walter, das Gespräch wieder in die ursprünglichen Bahnen zu bringen.

»Bier und Wasser sind immer gefragt, aber der Rest unterliegt dem Wandel der Zeit – mal ist dies mehr gefragt, dann das, mal setzt sich ein neues Getränk durch, mal nicht.«

»Und was ist denn aktuell der Renner?«, will Werner wissen.

»Nun, ›Renner‹ ist wohl etwas übertrieben … aber die Nachfrage nach Whisky steigt, vor allem nach Single Malt, der ist aktuell sehr im Trend. Doch die Lieferungen aus Irland und Schottland brauchen sehr lange, da wird es schwierig, die Nachfrage abzudecken.«

»Deshalb haben Sie selber begonnen, Whisky zu brennen«, konfrontiert Walter Konrad überraschend mit seinem Verdacht.

Konrad erschrickt, wird unsicher, stottert. »Das ist … das ist doch verboten. Nein, habe ich natürlich nicht.«

»Dann macht es Ihnen ja sicher nichts aus, uns auch den Dachboden der Lagerhalle zu zeigen.«

Konrad fühlt sich in die Enge getrieben, weiß nicht, mit welcher Ausrede er die Beamten von ihrem Vorhaben abbringen könnte.

So bröckelt sein Widerstand mit jeder weiteren Frage und Aufforderung der beiden Kriminalpolizisten. Bis er zugibt, unter dem Dach Malz zu trocknen und zu räuchern. Um damit später Whisky zu brennen.

»Und das hat auch Sigmund Menet bei seinem Besuch hier entdeckt, als er Sie überzeugen wollte, Ihren Antrag auf eine Konzession für die Säntisbahn zurückzuziehen.«

»Ich hätte den fairen Wettkampf mit ihm aufgenommen – der Bessere soll gewinnen, damit hätte ich kein Problem gehabt. Doch er setzte mich unter Druck, erpresste mich, weil ich verbotenerweise aus Grundnahrungsmittel Schnaps brenne. Also musste ich klein beigeben und meinen Antrag zurückziehen, denn das Brennen ist mehr als ein Geschäft für mich, das ist meine Leidenschaft«, ereifert sich Konrad.

»Und deshalb haben Sie Sigmund umgebracht.«

»Als ich gesehen habe, wie er sich in seinem Erfolg, den er sich mit unlauteren Mittel erschlichen hat, suhlt, habe ich es nicht mehr ausgehalten. Ich wollte ihn nochmals stellen, ihn auffordern, mich Anteil haben zu lassen an seinem Erfolg. Ich wollte nicht viel, wäre schon zufrieden gewesen, wenn ich hätte liefern können. Doch er ging nicht darauf ein, nannte mich einen Verlierer, lachte mich aus und drehte sich ab, um zu gehen. Da hab ich ihn von hinten gepackt und gewürgt, bis er ruhig war, keinen Ton mehr von sich gab und sich nicht mehr wehrte.«

Werner und Walter schauen sich wortlos an. Walter zeigt mit einer Kopfbewegung in Richtung Konrad, nickt und fordert ihn so auf, diesen unter Arrest zu nehmen.

Doch bevor Werner den Geständigen abführt, will Walter noch wissen, wie er denn den Toten hinauf zum Mast gebracht habe und wie er ihn dort aufhängen konnte.

»Herr Nef, Sie können mir glauben, lieber als mit dieser Tat hätte ich mit dem Bau der Seilbahn bewiesen, dass ich zu mehr fähig bin, als man mir zutraut. Aber mir blieb keine Wahl.«

DER TODESSTURZ

Berggasthaus Tierwis, Mai 2017

Als er den Schrei und das Rumpeln, ein dumpfes Grollen, hört, ahnt er, was passiert ist.

Doch deswegen das Tempo zu erhöhen bringt nichts, das weiß er aus Erfahrung. Denn was geschehen ist, ist geschehen und kann nicht mehr rückgängig gemacht werden. Und meist kommt eh jede Hilfe zu spät.

Es passiert immer wieder. Und wird auch mit allen Vorsichtsmaßnahmen nie ganz zu verhindern sein. So tragisch und traurig es auch ist.

Roger ist im Alpstein unterwegs. Einmal mehr.

Auf dem Whiskytrek, denn noch fehlen ihm einige der 27 Flaschen – so auch die von der »Tierwis«. Doch der steile Weg von der Schwägalp hinauf auf den Säntisgipfel, wo auf halbem Weg das Berggasthaus »Tierwis« steht, ist keiner, den man immer wieder geht. Dafür ist der Pfad nicht nur zu steil und zu anstrengend, sondern auch gefährlich – vor allem, wenn wie jetzt noch einige Überreste der späten Schneefälle liegen.

Und trotzdem hat sich Roger entschlossen, heute den Anstieg in Angriff zu nehmen, um seine Sammelbox mit den Eindeziliterfläschchen endlich zu komplettieren. Ein Abstieg vom Säntisgipfel oder von der Mittelstation, der wesentlich einfacher und weniger anstrengend wäre, kam für ihn nie infrage. Denn gerne stellt er sich der sportlichen Herausforderung, die Fläschchen mit einer richtigen Bergtour zu erwandern.

Das hatte er sich schon damals geschworen, als der Trek lanciert wurde. Beinahe auf den Tag genau zwei Jahre ist es heute her, dass die Brauerei Locher zusammen mit dem Bergwirteverein den Whiskytrek eröffnet hat.

Schon länger läuft die Whiskyproduktion in der Bierbrauerei auf Hochtouren – und der Verkauf ebenso. Der »Säntis Malt« ist eine gefragte Marke, und auch die nach markanten Orten im Alpstein benannten Sondereditionen »Säntis«, »Dreifaltigkeit« und »Sigel«, welche in speziellen Fässern ausgebaut wurden, erfreuen sich großer Beliebtheit. Als dann der Wirt des Berggasthauses »Meglisalp« 2012 von der Brauerei Locher seinen »eigenen« Whisky, ein in einem speziellen Fass ausgebautes Destillat, erhielt, begann mit dem Erfolg dieser Edition der Siegeszug des Whiskys im Alpstein.

Dieser führte dazu, dass sich die Verantwortlichen der Brauerei mit den Vertretern des Bergwirtevereins zusammensetzten und überlegten, wie dieses Angebot auf den ganzen Alpstein ausgedehnt werden könnte. Getreu der Philosophie der Bergwirte, dass ein gemeinsamer Erfolg auch jedem einzelnen Vorteile bringt.

Damit war der »Appenzeller Whiskytrek« geboren.

Seit dem Herbst 2014 lagert nun in jedem Berggasthaus ein eigener, spezieller Whisky im Eichenfass. Da nach einigen Jahren im Bierfass für den Endausbau des Destillates verschiedene Fässer – wie alte Wein-, Bourbon- oder Sherryfässer – verwendet wurden, hat jedes Berggasthaus ein Unikat anzubieten. Und ebenso einmalig sind die verschiedenen Orte und Arten der Lagerung und der Präsentation der Fässer, welche den Trek allein schon zu einem unvergesslichen Erlebnis machen.

Die 27 Sorten Whisky des Treks werden ausschließlich in den entsprechenden Berggasthäusern ausgeschenkt oder können vom »Cask Keeper«, dem Bergwirt, in gravierten und unterschriebenen 10cl-Fläschchen erworben werden. Dies ist über zwei Sammler-Touren – die 9er-Tour, bei welcher der Whisky aus neun frei wählbaren Berggasthäusern eingeholt wird, oder die komplette Tour mit allen 27 Stationen und Whiskys sowie einer Sammler-Box zur Aufbewahrung der Fläschchen – möglich.

Doch jetzt erfordert etwas anderes als ein weiteres Whiskyfläschchen Rogers ganze Aufmerksamkeit.

Denn jemand scheint abgestürzt zu sein. Um seine Vermutung, wo dies passiert sein könnte, zu überprüfen, steigt er nochmals ein Stück hinunter.

Schnell hat er eruiert, wo dies passiert ist. Zwischen dem Ellbogen und der Tierwis, an der Stelle, bevor der Weg über Stufen und Tritte wieder steil aufwärts führt, findet er Spuren im Schnee. Spuren von Bergschuhen, die zuerst in schmale Rutschspuren, dann in eine breitere und tiefere übergehen.

Roger blickt von dieser Stelle hinunter in Richtung Schwägalp. Und weiß sofort, dass hier nichts mehr zu machen ist. Denn die Spur führt in direkter Linie über Felsen talwärts.

Wer hier mit Schnee und Geröll hinunter rutscht, hat keine Chance zu überleben.

Viele Wanderer sind heute nicht unterwegs, Roger hat im Anstieg niemanden überholt. Gekreuzt hat er knapp unterhalb der Tierwis nur ein älteres Paar, welches von dort her kam.

Sie hatten sich noch kurz unterhalten, über Belangloses, das Wetter, den Alpstein, den Weg hinauf zum und den Abstieg vom Säntis. Geredet hatte vor allem der Mann, die Frau hatte kaum ein Wort gesagt. Die Stimmung zwischen den beiden schien ihm nicht die beste gewesen zu sein.

Ob es wohl jemanden der beiden getroffen hat?

Roger steigt hinauf zum Berggasthaus »Tierwis«. Das Gasthaus, dessen Name vom Grasland kommt, auf dem wilde Tiere wie Gämsen und Steinböcke weiden, liegt auf dem Sattel zwischen Grau- und Grenzkopf auf 2.085 Metern über Meer. Genau auf der Grenze zwischen dem Appenzellerland und dem Toggenburg stehend, bietet es seinen Gästen dank der speziellen Lage eine atemberaubende Aussicht über die Hügel des Appenzellerlandes bis weit in den süddeutschen Raum hinein.

In der kleinen, aber sehr gemütlichen Gaststube trifft er Susanne Bodenmann, die zusammen mit ihrem Mann Hansjörg die »Tierwis« seit 2009, nachdem sie das Berggasthaus der Firma Säntisbau AG abkaufen konnten, führt.

Die Tierwis hat Tradition: Bereits 1871 hatten die Mitglieder der SAC-Sektionen Toggenburg und Säntis beschlossen, einen Weg von der Schwägalp zum Säntisgipfel zu erstellen. Als den Wegbauern, die in Zelten übernachteten, dort wo heute die erste Stütze der Bahn steht, ihre ganze Habe gestohlen wurde, beschlossen die beiden Sektionen, eine einfache SAC-Clubhütte mit soliden Steinmauern und einem Schindeldach zu errichten, die 1873 fertiggestellt wurde. Die Feuerstelle, Tische, Bänke und das Heulager für acht Personen wurden so rege genutzt, dass bereits 1879 ein erster Hüttenwart eingestellt wurde.

Das heutige Berggasthaus wurde in den Jahren 1902/1903 gebaut und bietet von Mai bis Oktober in der Gaststube rund 60, auf der Terrasse weiteren 40 Personen Platz, übernachten können bis zu 52 Gäste. Das Material für den Bau musste mit einer von Hand betriebenen Transportbahn von der Schwägalp zur Tierwis befördert werden. Um sie einmal hochzuziehen, brauchten vier Männer zwei volle Stunden.

Das alles hat er von der Wirtin in zahlreichen Gesprächen erfahren – Susanne ist stolz auf die Geschichte ihres Berggasthauses und freut sich besonders über die Gäste, die sich dafür interessieren.

Doch jetzt erzählt Roger Susanne, was er gehört und gesehen hat. Er kennt die Wirtsleute – wie fast alle im Alpstein – schon seit Längerem persönlich von seinen ausgiebigen Wanderungen in dieser Region. Und ist mit allen per Du.

»Ich hatte vor Kurzem zwei Gäste hier, die auf dem Abstieg waren. Ein Paar im mittleren Alter, so um die 45 oder 50. Ob sie das wohl waren?«, fragt sich Susanne, zu Roger gewandt.

»Es sah nicht danach aus, dass zwei Menschen abgestürzt sind. Auch hab ich nur einen Schrei gehört, nur eine Stimme«, verneint Roger. »Aber ich habe die beiden auch gesehen, wir haben uns gekreuzt, kurz miteinander gesprochen.«

»Es war ein spezielles Paar«, erinnert sich Susanne, »sie waren wohl zusammen unterwegs, hatten sich aber nicht viel zu sagen. Sie hockten fast wortlos am Tisch, tranken etwas, schauten sich kaum an. Als die Frau mal was sagen wollte, blockte er gleich ab, sie solle ihn in Ruhe lassen. Er hat dann noch seinen Whiskytrekbon eingelöst und das Fläschchen mitgenommen.«

»Dann müssen sie schon länger verheiratet gewesen sein«, schmunzelt Roger, »diesen Eindruck hatte ich auch. Geredet mit mir hat nur der Mann.«

»Roger!«

»Entschuldige, Susanne, du hast recht, wenn ein Unfall passiert ist, soll man sich nicht über die Beziehung lustig machen.«

»Ich rufe die Polizei und die Rettungskolonne, damit sie sich um die Verunglückte oder den Verunglückten kümmern«, lenkt sie ab. »Willst du was trinken?«

»Gerne einen Saft ohne«, bestellt Roger das Getränk, das er bei seinen Wanderungen am liebsten trinkt, wenn der Tag noch jung ist: Apfelmost ohne Alkohol.

»Trotz dem, was eben geschehen ist«, nimmt Roger das Gespräch wieder auf, als Susanne ihm den Saft an den Tisch bringt, »muss ich noch auf das zu sprechen kommen, weswegen ich hier bin.«

»Nicht so geheimnisvoll, Roger«, lacht Susanne, »was hattest du denn vor? Du bist doch sicher nicht wegen mir hier!«

»Natürlich auch, Susanne, das weißt du, ich schätze eure Gastfreundschaft sehr! Doch heute habe ich noch einen wichtigen Grund: den Whiskytrek, oder genauer eure Edition ›Tierwis‹. Die fehlt mir noch in meiner Sammlung.«

»Du bist auch ein Whiskytrekker?«, ist Susanne erstaunt, »ich habe gar nicht gewusst, dass du ein Whiskyliebhaber bist.«

»Single Malt trinke ich sehr gerne, aber auch sehr selten«, klärt Roger, »auf dem Trek geht es mir aber in erster Linie ums Sammeln, nicht ums Trinken. Dafür müsste ich wohl einen zweiten Rahmen kaufen, den ersten will ich möglichst lange komplett belassen.«

»Da bist du nicht der Einzige, ich kenne Leute, die bereits im ersten Jahr zwei Rahmen gefüllt haben!«

»Darf ich dir ein Gläschen unserer Edition zum Probieren offerieren?«

Roger nimmt an – für diese Offerte wirft er gerne seinen Grundsatz, auf Touren Hochprozentiges zu meiden, über den Haufen.

»Spezielle Farbe«, zeigt sich Roger erstaunt, als Susanne ihm das Glas bringt, »sieht ja beinahe aus wie Weißwein.«

»Ja stimmt, er ist weißgoldig, nicht so dunkel wie die meisten anderen. Nur gerade die Editionen vom ›Kaubad‹ und ›Eggli‹ sind auch so hell, die vom ›Kaubad‹ wurde auch in einem Bourbonfass ausgebaut. Aber du wirst staunen, was unsere Edition vom Geschmack hergibt!«

Roger schwenkt den Whisky ein wenig, nimmt die aufsteigenden Gerüche mit seiner Nase auf, kann den Geschmack von grünen oder gelben Zitrus-Früchten erkennen, aber auch etwas Vanille und Karamell. Dabei profitiert er von seinen Weinkenntnissen und den zahlreichen Degustationen, an denen er teilgenommen und bei denen er gelernt hat, verschiedene Gerüche und Geschmäcker zu unterscheiden.

»Sehr gut«, lobt Susanne seine Beschreibung, »im Gaumen kommen dann noch intensive Würznoten wie Nelke und Ingwer dazu.«

»Und im Abgang auch etwas Schokolade oder Nuss«, ergänzt Roger, »ungewöhnliche Kombinationen, aber sehr harmonisch.«

»Hier ist noch dein Whisky für den Sammelrahmen.« Susanne stellt das gravierte Fläschchen vor Roger auf den Tisch. »Unsere ›Edition Tierwies‹. Mit einem Detail, das die wenigsten Sammler erkennen. Findest du es?«

»In eurer ganzen Werbung verwendet ihr die Schreibweise ›Tierwis‹, so wie auch das Berggasthaus angeschrieben ist. Auf dem Fläschchen steht aber ›Tierwies‹, das ist mir sofort aufgefallen«, demonstriert Roger stolz seine Beobachtungsgabe. »Susanne, wo habt ihr übrigens das Fass?«

»Irgendwo da unten«, zeigt Susanne in südwestliche Richtung hinter das Berggasthaus, »wir wollten es nicht hier ausstellen.«

»Dann werde ich es mir mal anschauen, ich komm dann nochmals zurück«, beschließt Roger und steht auf.

Das Fass hat er schnell gefunden, schaut es sich an und schießt ein Foto wie von allen anderen auch, die er bisher besucht hat.

Er hat sich bereits abgedreht, um wieder zurück zum Berggasthaus zu gehen, als er einen ihm bekannten Geruch wahrnimmt.

Whisky!

Ob wohl das Fass undicht geworden ist, fragt sich Roger und dreht sich wieder um, beugt sich hinunter, riecht an diesem. Schnell merkt er, dass der Geruch nicht vom Fass selbst, sondern aus der Richtung einer kleinen Bodenerhebung dahinter kommt.

Er nähert sich dieser – und blickt auf einen Mann, der schlafend hinter der Erhebung am Boden liegt, das leere Fläschchen auf seiner Brust. Es scheint, als wäre er während seines Whiskykonsums eingeschlafen, einen Teil des flüssigen Goldes hat er über sein Hemd geleert.

Roger geht langsam auf den Mann zu und weckt ihn mit einigen kräftigen Stößen gegen die Schulter.

»Was ist … was ist los, was wollen Sie«, lallt ihn dieser an.

»Ich wollte nur fragen, ob bei Ihnen alles in Ordnung ist«, entschuldigt sich Roger, »nicht, dass sie noch den Hang runterrollen oder sich erkälten, ist ja noch nicht so warm hier oben.«

»Lassen Sie mich in Ruhe«, fährt ihn der Mann an, der sich unterdessen erhoben hat und sich vergewissert, dass außer Roger niemand in der Nähe ist.

»Suchen Sie jemanden?«, will Roger wissen.

»Gehen Sie, lassen Sie mich in Ruhe«, versucht ihn der Mann wegzuweisen.

Langsam dreht sich Roger ab, geht einige Schritte in Richtung »Tierwis«, ist irritiert von der Schroffheit des Mannes, überlegt, was er falsch gemacht hat.

Es ist diese Intuition, die er in den letzten Jahren entwickelt hat, die ihm ermöglicht, Wahrnehmungen sehr schnell mit seinen persönlichen Gedächtnisinhalten zu assoziieren, bevor der Verstand dies vollziehen kann und die ihn spüren lässt, dass etwas nicht stimmt.

Es ist wie ein Instinkt, welcher die folgende Reaktion aufgrund eines Schlüsselreizes automatisch ablaufen lässt, die ihn handeln lässt, ohne zu überlegen. Das Abweisen seiner gut gemeinten Hilfe zeigt Roger, dass der Mann etwas zu verbergen hat.

»Sie sind der Mann, den ich im Aufstieg zusammen mit ihrer Frau getroffen habe und der vor Kurzem mit seiner Frau im Berggasthaus ›Tierwis‹ war«, wendet sich Roger wieder ihm zu, »Susanne, die Wirtin, hat mir von Ihnen erzählt.«

»Ja und?«

»Wo ist Ihre Frau?«, fragt Roger nach, obwohl er die Antwort längst kennt.

»Sie ist bereits zur Schwägalp abgestiegen«, erwidert der Mann emotionslos – und Roger weiß nicht nur, dass dies nicht stimmt, sondern spürt auch, dass der Mann etwas zu verheimlichen versucht.

»Wir haben uns doch getroffen, als sie bereits im Abstieg waren … Und auch Susanne hat mir gesagt, dass Sie zusammen mit Ihrer Frau abgestiegen sind«, versucht ihn Roger aus der Reserve zu locken, »warum sind Sie denn jetzt hier? Warum sind Sie wieder hier oben?«

»Weil ich noch das Fass anschauen wollte. Wie Sie scheinbar auch«, bringt der Mann nur mühsam und mit schwerer Zunge über die Lippen.

»Und das kam Ihnen erst in den Sinn, als Sie bereits auf dem Abstieg waren?«

»Weil Sie mich daran erinnert haben, als Sie uns erzählt haben, dass Sie auf dem Whiskytrek unterwegs sind!«

»Und warum haben Sie Ihre Frau nicht mitgenommen?«

»Weil es sie nicht interessiert. Wie schon seit Längerem nichts mehr aus meinem Leben für sie von Interesse ist.«

»Aber Sie haben nach wie vor Interesse an ihrem Leben«, kontert Roger.

Der Mann antwortet nicht sofort, dann schaut er ihn eindringlich an: »Nicht wirklich. Aber wissen Sie, wie das ist, wenn man über 20 Jahre zusammen ist, sich das ganze Leben den ganzen Tag um die gleichen kleinen Dinge dreht? Und kein Interesse an tiefgründigen Diskussionen vorhanden ist.«

»Da kann ich nicht mitreden, dazu bin ich schon zu lange alleine. Und so lange war ich noch nie mit einer Frau zusammen.«

»Dann haben Sie den richtigen Weg gewählt. So etwas ist ja kaum auszuhalten.«

»Und deshalb haben Sie die ganze Flasche Whisky in sich rein geschüttet?«

»Das kann man so sehen«, antwortet der Mann wirsch.

»Und wie noch? Vielleicht auch so, dass Sie damit Ihre Tat vergessen wollen, Mühe haben, damit umzugehen, was Sie gemacht haben.«

»Was soll ich denn Ihrer Meinung nach gemacht haben?«

»Könnte es ein, dass Sie Ihre Frau beim Abstieg hinunter gestoßen haben?«, konfrontiert ihn Roger mit seiner Vermutung.

»Selbst wenn es so gewesen wäre, könnten Sie oder die Polizei mir das nie nachweisen. Und für das, was ich Ihnen eben erzählt habe, können sie mich nicht zur Rechenschaft ziehen – dazu habe ich zugegebenermaßen etwas zu viel Alkohol intus«, gibt sich der Mann selbstsicher.

Der Ausdruck in den Augen des Mannes, der ihn eindringlich anschaut, verrät jedoch Roger, dass er mit seiner Vermutung richtig liegt.

DER GEGNER

Berggasthaus Eggli, April 2014

Er weiß, dass er es verhindern muss.

Mit allen Mitteln.

Aber noch weiß er nicht, wie er das anstellen soll.

Noch gut ein Jahr bleibt ihm Zeit, doch allzu lange kann er nicht mehr warten. Denn die Vorbereitungen laufen auf Hochtouren, auf allen Ebenen. Nicht nur unten in Appenzell, sondern auch bei all seinen Kollegen in den Berggasthäusern.

Denn im Herbst sollen die Fässer ausgeliefert werden.

Und dann ist sie nicht mehr zu verhindern – die Lancierung des Whiskytreks.

Ernst vom Berggasthaus »Eggli« ist erklärter Gegner dieser Idee. Überall muss es immer mehr sein – diese Entwicklung macht auch vor der Gastronomie nicht halt. Er würde lieber reduzieren, das Angebot erneuern und innovativer gestalten, statt es einfach zu erweitern.

So wie es das Strategiepapier von »Appenzellerland Tourismus AI« – dazu gehört auch der Bergwirteverein als Leistungspartner – 2011 vorgesehen hat. Appenzell mit dem Image einer (fast) heilen Welt, klein, überschaubar, eigenwillig, unabhängig und authentisch. Mit seinen Spezialitäten wie Käse, Alpenbitter, Biber, Bier, Mineral oder seinen Fleischspezialitäten, mit einem guten Angebot an Hotel- und Ferieninfrastruktur, einem malerischen Hauptort, lieblichen Dörfern, einem dichten Wanderwegnetz, Tal und Berg, Sommer und Winter.

Damals wurde beschlossen, dass ein Wildwuchs bei Spezialitäten zu vermeiden ist, denn nicht alles kann »Appenzell« sein. »Appenzell« steht für Echtheit, Zuverlässigkeit, und Glaubwürdigkeit, diese drei Pfeiler sichern die Authentizität von Innerrhoden.

»Wo Appenzell drauf steht, muss auch Appenzell drin sein – und Qualität!«, hieß die Devise für den Fünfjahresplan. Statt auf Anglizismen und unnötige Fremdwörter in der Kommunikation soll auf Glaubwürdigkeit gesetzt werden: »Hier werden Traditionen noch gelebt. So sind wir! Und wir sind stolz darauf.«

Innovative und nachhaltige Angebote sollten entwickelt werden, Angebote von höchster Qualität, in welche emotionale Faktoren konsequent integriert werden können.

Doch nun dies: »Whiskytrek«, nicht nur ein Anglizismus, sondern ebenso ein Widerspruch zur Authentizität von Appenzell Innerrhoden. Denn auch wenn auf dem Angebot »Appenzeller Whiskytrek« steht, ist nicht Appenzell drin – das Rezept stammt aus Schottland, die Gerste aus Graubünden. »Appenzell« sind nur das Wasser und der Herstellungsort.

So sieht es Ernst. Aber er steht mit dieser Überzeugung ziemlich alleine da im Bergwirteverein – dem Zusammenschluss der 27 Berggasthäuser – und im Kreis seiner Kolleginnen und Kollegen.

Auf Verbündete kann er damit nicht zählen, er muss das Ding alleine durchziehen.

Doch wie soll er es anstellen? Wie schaffe ich es, dass die Öffentlichkeit sich gegen den Whiskytrek auflehnt, bevor dieser lanciert wird? Wie kann ich verhindern, dass eine Nachfrage entsteht, überlegt sich Ernst.

Noch ohne Idee fährt er am Nachmittag mit seinem schwarzen »Hummer« nach Appenzell. Die Brauerei Locher, genauer deren Mediensprecher Jürg Schneider, hat ihn zu einem Gespräch eingeladen, will ihn doch noch überzeugen, am Whiskytrek mitzumachen.

»Willkomm, Ernst«, begrüßt ihn dieser, »schön, dass du kommen konntest. Ich würde dich gerne aufdatieren, wo wir mit dem Whiskytrek stehen.«

»Mmmh«, brummelt Ernst, »aber du weißt, dass ich kein Interesse habe mitzumachen.«

Jürg ignoriert die Bemerkung und beginnt mit der Beschreibung des aktuellen Standes: »Wir haben das Datum für die Pressekonferenz fixiert, an welchem der Whiskytrek vorgestellt wird: Dienstag, 5. Mai 2015, hier im ›Brauquöll‹. Momentan arbeiten wir am Konzept der Broschüre, in welcher alle Berggasthäuser mit ihrem Whisky vorgestellt werden. Die Texte wird ein bekannter einheimischer Fernsehmoderator verfassen. Wenn im Herbst die Fässer ausgeliefert werden, wird ein Fotograf die Transporte begleiten – das könnte einige spektakuläre Bilder geben. Die verschiedenen Whiskys sind auf einem guten Niveau, der Endausbau in der Höhe wird ihnen noch die nötige Raffinesse verleihen. Einige Berggasthäuser haben schon kreative Ideen entwickelt, um das Fass zu präsentieren, und scheuen keine Kosten, dafür auch kleinere Umbauten oder Umnutzungen durchzuführen.«

»Ziemlich viel Aufwand für etwas, was nicht funktionieren wird«, unterbricht Ernst mürrisch, »dafür würde ich keinen Franken in die Hand nehmen.«

»Gut, das Meiste investieren wir, den Whisky, die Fässer, den einheitlichen Beschlag der Fässer, die ganze Werbung, das geht alles auf uns. Den Bergwirten bleiben nur die Organisation des Transportes und die Präsentation des Fasses vor Ort.«

»Reicht ja auch.« Ernst bleibt stur.

»Aber ich habe da einen Vorschlag, eine Offerte von unserer Seite.«

»Lass hören«, fordert Ernst sein Gegenüber auf, ohne auch nur einen Hauch von Begeisterung zu zeigen.

»Wir würden dir gerne drei Flaschen Whisky schenken, die du deinen Gästen ausschenken kannst. So könntest du herausfinden, ob die Nachfrage besteht, von der wir ausgehen. Natürlich wäre es Whisky deiner Edition, denn auch trotz deines Widerstandes haben wir zwei 200-Liter-Fässer für dich in bester russischer Eiche ausgebaut. Und dazu gibt es natürlich auch noch die passenden Gläser. Denn wir haben die Hoffnung noch nicht aufgegeben.«

»Aber ich …«, will Ernst antworten, als er plötzlich eine Idee hat. »Okay, lass es mich versuchen.«

Jürg ist erstaunt und überrascht über diese schnelle Zusage, die er so nicht erwartet hat.

Auf der Rückfahrt hinauf ins »Eggli« entwickelt Ernst in Gedanken weiter, was ihm während des Gespräches eingefallen ist. Er sieht die Schlagzeilen, welche über das berichten werden, was in nächster Zeit passieren wird, und welche die Lancierung des Whiskytreks hoffentlich verhindern werden, bereits vor seinem geistigen Auge.

Doch dafür braucht er noch etwas. Etwas, das auf legalem Weg eigentlich nicht zu erwerben ist. Doch Ernst weiß, dass es dafür einschlägige Internetseiten gibt, über welche er diese Substanz beziehen kann.

GHB, besser bekannt unter dem Namen K.o.-Tropfen oder »Liquid Ecstasy«.

Da GHB für die Herstellung von zahlreichen Produkten, wie zum Beispiel Bauchemikalien oder Farben, verwendet wird und seit 2002 dem Betäubungsmittelgesetz unterstellt ist und der nicht-industrielle Handel und Konsum verboten sind, beschließt Ernst, auf GBL auszuweichen. Ersteres fällt unter das Betäubungsmittelgesetz, GBL – eigentlich ein Lösungsmittel, das auch in Nagellackentfernern enthalten ist – nicht. Und GBL wird im Körper innert fünf Minuten zu GHB umgewandelt und wirkt sogar noch stärker als dieses, ist aber leichter erhältlich. Ausserhalb der Schweiz ist der Gebrauch von GBL legal und kann übers Internet in Flaschen bis zu zehn Litern bestellt werden.

Diese Substanz eignet sich bestens für Ernsts Vorhaben, da sie farblos, mit salzigem oder leicht seifigem Geschmack und praktisch ohne Geruch ist. Sie ist zudem gut mit Wasser mischbar und kann unbemerkt einem Drink beigemixt werden.

Zum Beispiel dem Whisky »Edition Eggli«. Dazu hat er sie in ein kleines Fläschchen abgefüllt, welches er in seiner privaten Schublade im Buffet versteckt.

Und die Wirkung der Tropfen passt zu dem, was Ernst erreichen will. Es wird zu Verunsicherung führen, die Leute werden darüber reden und diskutieren, die Substanz kann nicht nachgewiesen werden, und bei geringen Mengen sollte auch das Risiko, dass heftige Reaktionen eintreten oder bei den Opfern Schäden zurückbleiben, gering sein.

Die Euphorie, die sich bereits 15 Minuten nach Einnahme der Droge einstellt, weicht bald einer Müdigkeit. In seltenen Fällen und vor allem bei einer Überdosis kann es zu Übelkeit, Benommenheit, tiefer Bewusstlosigkeit und Atemnot kommen. Mit anderen Drogen kombiniert verstärkt sich die Wirkung, vor allem mit Alkohol, und wird von Experten als äußerst gefährlich taxiert, da sie nicht selten zu Koma, dauerhaften Behinderungen oder Tod führt.

Ernst ist überzeugt, dass viele seiner Gäste sich überreden lassen werden, den Whisky zu probieren. Deshalb kann er auch allen Gläsern einige Tropfen zumischen – oder besser: muss er, um keinen Verdacht auf sich zu lenken. Und um klar zu machen, dass mit dem Whisky, der in Appenzell gebrannt wird, etwas nicht stimmt.

Ernst ist alleine am Arbeiten, viele Leute erwartet er nicht. Wie jeden Abend kommen auch heute vereinzelte Besucher aus Appenzell und Steinegg zu ihm hoch, Einheimische, die meisten sind Stammgäste. Ernst überlässt das Geschehen seinem üblichen Lauf, unterhält sich mit dem einen oder anderen, setzt sich auch mal an einen Tisch, um zu reden oder ein Glas Rotwein zu trinken.

Wie zufällig wirft er dann am späteren Abend auch das Thema Whiskytrek in die Runde. Ein Thema, das von seinen Gästen gerne aufgenommen und diskutiert wird, da die meisten wissen, wie es um Ernsts Ablehnung gegenüber diesem neuen Angebot steht.

»Kämpfst du noch immer gegen Windmühlen?«, will einer lachend wissen, »du wirst den Trek eh nicht verhindern können. Und wenn du dich raushältst, ist es nur zu deinem Nachteil.«

»Nun … ich habe … ich hab mich zu einem kleinen Test überreden lassen«, rückt Ernst zögerlich mit der Neuigkeit heraus.

»Was für ein Test?«, will der Gast wissen.

»Ich habe eine kleine Menge des Whiskys, der für mich vorgesehen war, für eine Testphase hier. Ich soll – ich will über einen limitierten Ausschank herausfinden, wie der Whisky bei euch ankommt.«

»Dann mal her damit!« Die anderen am Tisch stimmen ebenfalls und ohne Zögern zu. »Ja, bring mir auch einen!«

»Okay, ihr habt es so gewollt«, lacht Ernst und verschwindet hinter dem Buffet. Dort schenkt er eine erste Runde ein, wagt es aber noch nicht, bereits die Tropfen zuzumischen. Dafür schenkt er auch für sich ein Glas ein, bringt die Bestellung an den Tisch und prostet den anderen zu: »Prost und danke, dass ihr für mich den Whisky testet.«

Die Gäste wagen sich vorsichtig an das neue Getränk, nippen zuerst, nehmen einen größeren Schluck, lassen diesen eine Weile im Mund, bevor sie ihn hinunterschlucken. »Fein im Geschmack, aber doch eine würzige Note«, bemerkt einer.

»Braucht aber noch etwas mehr davon, um eine endgültige Beurteilung abgeben zu können«, ergänzt einen anderer schmunzelnd.

»Noch eine Runde?«, vergewissert sich Ernst und erhält uneingeschränkte Zustimmung.

Der zweiten Runde mischt Ernst nun einige Tropfen GBL bei, weist die Einladung zu einem weiteren Glas mit der Bemerkung ab, dass er sich langsam an den Whisky gewöhnen wolle, und beobachtet genau die Reaktionen.

Nichts geschieht.

Ob es wohl zu wenig war, überlegt sich Ernst, die Menge, die wirkt, wird ja sicher auch vom Körpergewicht der Konsumenten abhängen.

Der nächsten Bestellung mischt er die doppelte Anzahl Tropfen bei, beobachtet wiederum die vier Männer am Tisch.

Nicht nur dank des Whiskys, sondern auch durch den bereits zuvor konsumierten Alkohol, ist die Stimmung schon sehr gut. Und der Alkoholkonsum wird immer unkontrollierter. So kommt es, dass einer der Männer sein drittes Glas Whisky in einem Schluck leert und mit einem lauten Prusten die anderen auf seine Tat aufmerksam zu machen versucht.

Was ihm auch gelingt, die anderen drei ziehen nach und leeren ihr Glas ebenfalls ohne abzusetzen.

Und noch während Ernst daran ist, die vierte Bestellung, welche die Runde euphorisch in Auftrag gegeben hat, zu rüsten, melden die Whiskytrinker erste Beschwerden an. »Das war jetzt wohl nicht so gut«, bemerkt einer und hält sich den Kopf, »der fährt ja brutal ein.«

»Ich spür es auch«, ein weiterer, »mir wird schlecht«, ein anderer.

»Dann lassen wir wohl besser die nächste Runde«, ruft Ernst den Männern zu.

»So schnell geben wir nicht auf, bring sie nur«, hallt es zurück, »wir dürfen einfach die Gläser nicht mehr mit einem Schluck leeren.«

Ernst verzichtet auf die Beimischung der Tropfen und

stellt vier weitere Whisky auf den Tisch, dreht sich ab und will sich seinen anderen Gästen zuwenden.

Da plötzlich hört er einen dumpfen Knall.

Er schaut zu den vier Männern hinüber und sieht, dass einer von seinem Stuhl zu Boden gefallen ist, die anderen drei haben diesen Vorfall scheinbar teilnahmslos mitverfolgt. Auch jetzt macht keiner Anstalten, ihrem Kollegen zu helfen. Ihre Augen fallen langsam zu, einer nach dem anderen sinkt über dem Tisch zusammen.

»Bitte helfen Sie mir«, ruft Ernst seinen Gästen zu, »da scheint etwas nicht zu stimmen.«

Er beugt sich zu dem auf dem Boden liegenden Mann hinunter und hört, dass dieser röchelt, schwer atmet und nicht richtig Luft zu bekommen scheint. Ernst dreht ihn auf die Seite – was er sonst noch machen könnte, weiß er im Moment auch nicht.

Er versucht, die anderen drei zu wecken, doch sind diese in einen so tiefen Schlaf gefallen, dass ihm das nicht gelingt. Mit Hilfe der anderen Gäste legt er sie auch auf den Boden, um zu verhindern, dass auch diese noch in ihrem Tiefschlaf hinunter fallen.

Dann lässt er sich schnell von den Gästen überzeugen, die Rettung zu rufen. Nicht jedoch ohne noch rasch die Abwaschmaschine laufen zu lassen, um alle gebrauchten Gläser zu waschen.

Als die Samariter eintreffen, steht es nicht mehr gut um den einen Gast, der zu Boden gestürzt ist. Die Retter versorgen ihn mit Sauerstoff, da er immer schlechter atmet, und stecken eine Infusion, um die vermeintlich hohe Alkoholkonzentration im Blut zu verdünnen.

Seine drei Kollegen sind noch immer in einem tiefen ohnmachtsähnlichen Schlaf, zeigen aber normale Herz-Kreislaufwerte.

Tags darauf tauchen Bruno Fässler und Max Dörig von der Kriminalpolizei Appenzell Innerrhoden bei ihm auf und teilen Ernst mit, dass der eine der vier Männer in der Nacht im Krankenhaus nach einem kurzen Koma verstorben ist.

»Und die anderen können sich an nichts mehr erinnern«, ergänzen sie.

»Da musst du uns wohl weiterhelfen, Ernst«, fordert Bruno den Wirt auf, »was ist geschehen?«

Ernst schildert, wie der Abend abgelaufen ist, erzählt vom hohen Alkoholkonsum der Männer und wie viele Whiskys sie getrunken haben. Und wie schnell.

»Ich habe ja immer gesagt, dass Whisky nicht hierher gehört, vor allem keiner, der hier produziert wird. Die Brauerei soll beim Bierbrauen bleiben, das machen sie gut, sehr gut sogar. Aber es auch noch mit Whisky zu versuchen, bringt nichts – ist sogar gefährlich, wie wir jetzt sehen.«

Bruno und Max schauen sich schweigend an, dann wendet sich Bruno Ernst zu: »Wir werden die angebrochene Flasche untersuchen lassen, und natürlich auch den Rest der Produktion. Doch glaube ich nicht, dass dabei etwas herauskommen wird.«

»Was willst du damit sagen?«, fragt Ernst etwas verunsichert zurück.

»Nichts, was du nicht selber weißt, Ernst«, antwortet Bruno mit ernster Stimme. Gleichzeitig ist er sich aber auch bewusst, dass er das, was er vermutet, dem Wirt nie wird nachweisen können.

Als die beiden das »Eggli« verlassen haben, bleibt bei Ernst ein schaler Geschmack zurück. Nicht nur wegen des Besuches der beiden Kriminalpolizisten, sondern auch wegen dem, was er gemacht hat.

Das habe ich wirklich nicht in Betracht gezogen«, murmelt er vor sich hin. »Ich wollte niemanden umbringen, sondern nur aufzeigen, dass der Whisky nicht hierher gehört. Doch dass eine Überdosis K.o.-Tropfen zusammen ab einer gewissen Menge Alkohol tödlich sein kann, konnte ich nicht voraussehen.«

»Für einmal hat der Zweck die Mittel nicht geheiligt«, stellt Bruno nüchtern fest.

DIE MUTPROBE

Berggasthaus Lehmen, Januar 2016

»Bringt ihn sofort in den Operationssaal«, ruft Kuno Ebneter, Chirurg am Spital Appenzell, den Rettungssanitätern zu, welche den Verletzten einliefern.

Zuvor hat er die Mitteilung erhalten, was passiert ist und mit welchen Verletzungen er rechnen muss. Er ist sich bereits vor der Einlieferung sicher, dass es ein längerer und herausfordernder Operationsmarathon werden könnte, bis der Mann einigermaßen wiederhergestellt ist.

Kein Vergleich zu dem, was er eben hinter sich gebracht hatte. Ein Routineeingriff an einem sportlichen Mittvierziger, der sich beim Fussballspielen das Knie verdreht und den Innenmeniskus gerissen hat.

Doch was jetzt kommt, ist eine andere Dimension – nicht nur mehrere zum Teil offene Knochenbrüche in den unteren Extremitäten, sondern auch eine noch unbestimmte Schulterverletzung und Verdacht auf eine schwere Gehirnerschütterung.

Kein Wunder bei dem, was der junge Mann gewagt hat, geht es Kuno durch den Kopf, ein typischer Nachahmerunfall. Oder eben nicht, denn er wollte noch toppen, was sein Vorgänger geschafft hat.

Und auch dieser blieb nicht ohne Verletzungen.

Der St. Galler Felix Lämmler hatte im Januar 2007 mit dem Kajak den Leuenfall in der Nähe des Berggasthauses »Lehmen« im Kanton Appenzell Innerrhoden befahren. Der Leuenfall ist ein frei fallender Wasserfall, kein Kaskadenfall, der über mehrere Stufen nach unten fällt, und weist eine vermessene Höhe von 34 Metern auf. Womit Lämmler mit seiner Befahrung den Weltrekord im »free falling waterfall« um vier Meter brach. Wenig später wurde sein Weltrekord zum Europarekord degradiert, da ein Amerikaner mit einem 57-Meter-Sturz über die Palouse Falls im US Bundesstaat Washington den Rekord pulverisierte.

Trotz seiner Erfahrungen im Klippenspringen und Kajakfahren gelang Lämmler die Befahrung nur bedingt, und mit sehr viel Glück überstand er den Aufprall mit einigen, aber nicht schwerwiegenden Verletzungen.

Und weil Felix Lämmler seinen ersten Weltrekordversuch alleine und ohne Zeugen unternommen hatte, wurde dieser zunächst angezweifelt, und zwang ihn, zehn Tage später den Leuenfall erneut und vor laufenden Kameras und Zeugen zu befahren.

Und jetzt das! Kuno schüttelt den Kopf, als er den Verletzten vor sich sieht. Die Kleider hängen teilweise nur noch in Fetzen am geschundenen Körper, sind blutdurchtränkt und nass. Das Gesicht des jungen Mannes ist blutverkrustet, die Nase scheint gebrochen, die Lippen sind aufgeschlagen, einige Zähne fehlen.

Und trotzdem lächelt ihn das vor ihm liegende Gesicht gequält und schmerzverzerrt an.

Seine Schmerzen ist der Verunglückte dann für einige Stunden los. Unter Vollnarkose werden die Brüche eingerichtet oder zumindest provisorisch fixiert. Die Operation dauert wie erwartet einige Stunden und wird, das weiß Kuno, nicht die einzige sein.

Bei der Einlieferung konnte er nur kurz mit den Sanitätern reden und sich schildern lassen, was passiert war. Diese hatten ihm auch erzählt, dass der Verletzte von zwei Personen begleitet wird – Zeit, mit diesen zu reden, hatte er jedoch noch keine. Doch jetzt, nachdem der Mann stabilisiert ist, lässt er sich genauer erklären, was vorgefallen ist.

Im Warteraum des Spitals trifft er auf Ruth und Kilian Meier, die Wirtsleute des Berggasthauses »Lehmen«, die er als regelmäßiger Berggänger sehr gut kennt.

»Was macht ihr denn hier, warum habt ihr den jungen Mann begleitet?«, eröffnet er das Gespräch. »Dass der Leuenfall in der Nähe eures Berggasthauses ist, dürfte ja nicht der einzige Grund sein.«

»Da hast du recht, Kuno«, bestätigt Kilian, »das hätte nicht ausgereicht. Aber die Gründe für unser Auftauchen sind etwas komplizierter und benötigen einige Erklärungen.«

»Auch die Vorgeschichte«, ergänzt seine Frau.

»Dann schießt mal los!«

»Kannst du uns zuerst kurz sagen, wie es Ferdinand geht?«, bittet ihn Ruth.

»Ja sicher – entschuldigt, das bin ich euch natürlich schuldig.« Kuno schildert kurz, mit welchen Verletzungen der Mann eingeliefert wurde, was er und sein Team in einem ersten Schritt gemacht haben, was es noch weiter zu tun gibt und dass der Verunfallte soweit stabil und außer Lebensgefahr sei.

»Da sind wir mal froh«, seufzt Kilian erleichtert, bevor er mit der Erzählung über das, was in den letzten Monaten, Wochen und Tagen rund um den »Lehmen« geschehen ist, beginnt:

»Begonnen hatte die Geschichte eigentlich schon im letzten Herbst. Ferdinand – der junge Mann, den du eben versorgt hast – war regelmäßig bei uns, er ist einer unserer Stammgäste. Wir wussten, dass er sportlich sehr aktiv ist und sich oft in den Bergen aufhält, nicht nur im Alpstein. Und dass er sportliche Herausforderungen liebt, auch gerne mal das Extreme sucht. Aber sonst ist er eher ein ruhiger Typ, unauffällig, anständig, ein gern gesehener Gast.«

»Und was hat dann im Herbst begonnen?«, fragt Kuno ungeduldig.

»Ferdinand begann, immer mehr zu trinken«, erklärt Ruth, »waren es früher zwei, drei Flaschen Bier im Verlauf eines Abends, stieg er immer öfter und auch immer früher auf Hochprozentiges um. Wobei es dann meist nicht bei einem Drink blieb.«

»Ja, er schien mit unserer ›Edition Lehmen‹ *sein* Getränk gefunden zu haben«, bestätigt Kilian.

»Er ist quasi dem Whisky, unserem Whisky, verfallen. Und deshalb machen wir uns auch Vorwürfe, ob wir nicht mitschuldig sind an dem, was nun passiert ist.«

»Nur weil ihr Whisky ausschenkt, müsst ihr euch nicht schuldig fühlen – Alkohol hätte er in jedem anderen Gasthaus in jeglicher Form erhalten können. Und ich weiß, dass ihr mit dem Ausschank verantwortungsvoll umgeht, dafür kenne ich euch gut genug«, winkt Kuno ab.

»Ja schon, aber beunruhigend ist, dass er immer zu uns kam für seinen Whiskykonsum. Ich habe bei meinen Kollegen herumgefragt, in anderen Berggasthäusern hat er kaum welchen getrunken.«

»Das kann ich bis zu einem gewissen Grad verstehen, ist ja auch eine sehr spezielle Edition. Vor allem für Whiskyliebhaber, die eine würzige und pfeffrig prickelnde Note einem rauchigen Geschmack vorziehen. Trinkt sich ja wie ein Dessert im Glas!«

»Nun, das mit dem Trinken war ja nur die eine Seite«, fährt Kilian fort, »aber mit der Zeit entstand unter den jungen Männern, mit denen Ferdinand jeweils am Abend zusammen war, alles Einheimische, eine immer stärkere Gruppendynamik. Sie trieben sich gegenseitig zu Mutproben an, denen sie sich nach ausgiebigem Whiskykonsum stellten. Meist waren es Mutproben mit einem physischen Schwerpunkt, sportliche Mutproben wie die Bewältigung eines Kletter-Parcours, ein Balanceakt über ein Brückengeländer oder über ein Dach.«

»Aber die letzte war etwas heftiger«, vermutet Kuno.

»Definitiv«, bestätigt Ruth, die sich auch wieder ins Gespräch einmischt. »Irgendwann kamen sie in ihren Diskussionen um eine ›wirkliche‹ Mutprobe auf die Befahrung des Leuenfalls mit dem Kajak durch den St. Galler Sportler vor neun Jahren. Und dann erzählte einer, dass im August ein Canyoning-Experte im Tessin einen knapp 60 Meter hohen Wasserfall runtergesprungen ist – ohne sich zu verletzen.«

»Und da meinte doch einer wirklich, dass sie das Gleiche auch am Leuenfall machen könnten«, unterbricht Kilian seine Frau. »Ich habe ihnen dann aber schnell und unmissverständlich klar gemacht, dass dies nicht möglich ist. Denn erstens hätte für einen Sprung eine Absprungplattform eingerichtet werden müssen, und zweitens wäre die Eintauchtiefe zu gering. Und zudem wollen wir nicht, dass der Leuenfall zu einem Mekka der Risikosportler und Spinner wird!«

»Da meinte einer, dass man die Befahrung ja auch mit etwas anderem als mit einem Kajak machen könnte«, ergänzt Ruth. »Unterdessen wissen wir, was er damit gemeint hat.«

»Womit denn?«, fragt Kuno gespannt nach.

»Du wirst es nicht glauben – mit einem Whiskyfass! Oder genauer: *in* einem Whiskyfass!«

»In einem Whiskyfass? Da kam er ja noch glimpflich davon!«

»Das Fass wollten sie natürlich polstern, um den Aufprall zu mindern. Sie hatten ähnliche Vorhaben recherchiert und herausgefunden, dass bereits 1901 eine 63-jährige Frau die Horseshoe Falls, einen der Niagarafälle, in einem Holzfass erfolgreich befahren hatte.« »Und 2003 stürzte einer sogar ohne Hilfsmittel den Hufeisenfall hinunter und überlebte mit Rippenbrüchen, Prellungen und Schürfwunden«, ergänzt Kilian. »Sie haben dann von der Brauerei Locher ein Fass erhalten, das sie so vorbereiten konnten. Gefüllt mit Sandsäcken, deren Gewicht dem eines erwachsenen Mannes entsprach, haben sie einen Testlauf gemacht, der gut ablief. Das Fass hielt der Belastung stand, wies keine sichtbaren Schäden auf.«

»Und Ferdinand hat sich dann dieser Mutprobe gestellt«, will Kuno wissen.

»Nein, eben nicht!«, ist Kilians überraschende Antwort, »er hatte sich von Anfang an von dieser Mutprobe distanziert, immer wieder gesagt, dass dies zu gefährlich sei und er es nie machen würde.«

»Aber woher stammen dann seine Verletzungen?« Kuno ist irritiert.

»Von seinem Sturz im Whiskyfass den Leuenfall hinunter!« Auch Kilians Erklärung löst die Irritation nicht auf, sondern verstärkt diese nur noch.

»Wie kam er denn trotzdem ins Fass?«, will Kuno wissen.

»Das war auch meine Frage an seine Kollegen, als sie uns zum Wasserfall hinunter gerufen haben«, führt Kilian aus, »die waren so hilflos, wussten nicht, was sie machen sollten. Sie beteuerten immer wieder, dass Ferdinand dies unbedingt gewollt habe. Was mir aber seltsam erschien nach dem, was ich von ihm selber gehört habe ... Ich habe dann die Rettung gerufen und den Männern gesagt, dass sie verschwinden sollen, sie waren ja alle auch nass bis auf die Haut.«

»Ich denke, wir überlassen das besser der Polizei«, schlägt Kuno vor, »bei einem solchen Unfall muss ich sie ja eh informieren.«

So trifft wenig später das Ermittlerduo Bruno Fässler und Max Dörig im Spital Appenzell ein. Sie lassen sich vom Arzt und dem Wirtspaar informieren, was geschehen ist und auf welche Unstimmigkeiten sie gestoßen sind. Da sie den Verletzten, der noch immer in der Aufwachphase ist, nicht befragen können, beschließen sie, sich die Kollegen des Verletzten »zur Brust zu nehmen«, wie es Bruno formuliert.

»Die werden heute Abend sicher wieder bei uns auftauchen«, ist Ruth überzeugt, »ihr könnt sie ja bei uns oben erwarten.«

Bruno und Max stimmen zu. Es dauert dann auch nicht allzu lange, bis die jungen Männer ins Berggasthaus »Lehmen« kommen. In der modernen Gaststube befragen die beiden die sichtlich verunsicherten Kollegen von Ferdinand.

Immer wieder beteuern diese, dass sich Ferdinand unbedingt der Mutprobe stellen wollte. Und immer wieder weisen die beiden Ermittler darauf hin, dass es Zeugenaussagen gibt, wonach Ferdinand sich ausdrücklich davon distanziert hatte.

»Warum wollte denn keiner von euch die Befahrung wagen?«, fragt Bruno überraschend in die Runde.

Ratlos schauen sich die Befragten an.

»Wir hätten es schon gewagt«, beginnt einer, »aber da Ferdinand es ausdrücklich wollte …«

»Stopp«, unterbricht Max, »*wer* wollte? Nicht *wir*, sondern wer von euch hat sich ausdrücklich zur Mutprobe bekannt, wollte diese ausführen?«

Schweigen. Keiner meldet sich.

Max und Bruno warten.

»Also meine Herren, nochmals: Wer von euch hat sich ausdrücklich zur Mutprobe bekannt und wollte diese ausführen?«

Das Schweigen hält an.

»Dann schießt mal los, was wirklich passiert ist! Bevor ich euch alle wegen Falschaussagen und Gefährdung des Lebens zur Rechenschaft ziehe. Für Letzteres sieht das Gesetz übrigens eine Freiheitsstrafe bis zu fünf Jahren vor«, setzt Bruno die Gruppe unter Druck.

Die Männer schauen sich gegenseitig an.

»Es bringt eh nichts, irgendwann kommt es raus«,

beginnt einer das Geständnis, »vermutlich spätestens, wenn Ferdinand wieder auf den Beinen ist.«

»Was soll rauskommen«, entgegnet ein anderer, »dass er es wollte und nun stolz ist auf das, was er geschafft hat? Das wird ihm so schnell keiner nachmachen! Glaubt ihr wirklich, dass er seine Mutprobe damit schmälern wird, indem er sagt, dass er es nicht freiwillig gemacht hat? Dass er dazu gezwungen wurde?«

Die Männer schauen sich erneut gegenseitig an, fokussieren aber dann schnell ihre Blicke auf den, der zu reden begonnen hatte.

Dieser überlegt eine Weile, bevor er an seine eigene Aussage anknüpft: »Irgendwann wird es herauskommen, dass keiner von uns den Mut hatte, die Befahrung im Fass zu wagen.«

»Aber ihr alle habt in Kauf genommen, dass er verunglückt, tödlich verunglückt. Das ist eine noch grössere Feigheit, als den ›free fall‹ nicht selber zu wagen«, entgegnet Bruno wütend.

Die Männer senken ihre Köpfe und schweigen.

DIE WASSERLEICHE

Berggasthaus Ahorn, Mai 2016

»Meine erste Wasserleiche!«

»Ist ja auch eher selten in den Bergen.«

»Vor allem in einem Bergbach. Vielmehr würde man eine Wasserleiche in einem unserer Bergseen vermuten – dass jemand im Seealp-, Fälen- oder Sämtisersee ertrinkt, wäre ja nicht so abwegig.«

»Zumal der Wissbach ja nicht gerade *der* reißende und gefährliche Fluss ist.«

»Außer bei sintflutartigen Regenfällen. Wie vor zwei Wochen.«

»Stimmt, Max, das könnte passen. Die Rechtsmedizin wird uns dann bestätigen, ob du mit deiner Vermutung richtig liegst beziehungsweise die Leiche bereits seit zwei Wochen im Wasser liegt.«

»Und wenn wir sie umdrehen, werden wir auch sehen, ob er es wirklich ist. Dass er seit zwei Wochen als vermisst gilt, würde ja auch passen«, ergänzt Max.

»Die Frage, die offen bleibt, ist, was er hier unten im Böhlwald zu suchen hatte«, sinniert Bruno Fässler, »und was ihn weg vom ›Ahorn‹ getrieben hat.«

»Wo er bei einem Unwetter in jedem Fall sicherer gewesen wäre als hier.« Auch Max Dörig, engster Mitarbeiter des Chefs der Innerrhoder Kriminalpolizei, hat keine logische Erklärung.

»Dort kommen Heinz und Corinna«, zeigt Bruno in Richtung der Blacken-Brücke, von wo der Chef der St. Galler Rechtsmedizin mit seiner Assistentin zu ihnen hinuntersteigt.

»Eine Wasserleiche!« Auch Heinz Brunner ist erstaunt, als er sieht, weswegen er zur Unterstützung seiner Innerrhoder Kollegen angefordert worden ist. Da diese nicht über eine eigene Rechtsmedizin verfügen, fordern sie in solchen Fällen jeweils die Expertise aus dem Kompetenzzentrum Kriminaltechnik ostpol.ch an.

»Typische Lage«, stellt Corinna Weber mit dem Blick auf die teilweise entkleidete Leiche fest. »Meist treiben sie mit dem Gesicht nach unten und mit herabhängenden Armen und Beinen im Wasser. In Fließgewässern wie diesem hier kommt es durch die Lage des Körpers meist zu Kratz- und Schleifspuren an Stirn, Nase, Handrücken, Knien und Fußrücken. Werden wir gleich sehen. Auch die teilweise Entkleidung, wie wir es hier sehen, oder dass ihr die Schuhe fehlen, ist in Fließgewässern nicht selten.«

»Dann lasst uns den Mann endlich umdrehen«, wird Bruno ungeduldig, »denn wir haben bereits eine Vermutung, wer es sein könnte.«

»Na dann los«, fordert Heinz Brunner seine Kollegen auf, »dann kann ich auch in etwa abschätzen, wie lange er schon im Wasser liegt.«

»Zwei Wochen«, ist Max überzeugt, »darauf würde ich eine Wette abschließen.«

»Ohne sein Gesicht und seine Hände gesehen zu haben? Okay, da bin ich dabei. Ein ›Quöllfrisch‹, wenn du mehr als zwei Tage daneben liegst, zahlst du mir eines, ansonsten bin ich dir eines schuldig.«

»Einverstanden.«

Zusammen drehen sie die Leiche um.

»Er ist es! Sch…!«

»Wer?«, will Heinz Brunner wissen.

»Alois Mettler, Bergwirt im ›Ahorn‹. Er wird seit zwei Wochen vermisst.«

»Ah, deshalb deine Vermutung, dass die Leiche seit zwei Wochen im Wasser liegt«, folgert Heinz.

»Nicht nur«, antwortet Max, »vor zwei Wochen hatten wir hier ein schweres Unwetter mit einer großen Niederschlagsmenge. Ohne diese hätte es der Wissbach wohl kaum geschafft, die Leiche hier runterzuspülen. Die Kratzspuren im Gesicht und die teilweise Entkleidung lassen doch vermuten, dass Alois nicht hier ins Wasser gefallen ist.«

»Gut kombiniert«, lobt ihn der Rechtsmediziner, »dann lass mich mal die Verweildauer bestimmen.«

Nachdem sie die Leiche aus dem Wasser geborgen und auf eine flache Uferpartie gelegt haben, beugt er sich über sie und diktiert seiner Assistentin Corinna seine Beobachtungen: »Totenflecken am Gesicht, an Händen und Unterarmen.« Er streift ein Hosenbein hoch. »An dieser Wade und an den Füßen ebenfalls. Verletzungen, die vermutlich durch das Abtreiben entstanden sind, lassen sich auf der Stirn finden, auf den Handrücken, an den Knien und an den Fußspitzen.«

Heinz schaut sich eine Hand des Toten genauer an. »Waschhaut, diese durchweichte und runzlige Haut, die durch Quellung der Hornschicht entsteht, ist nicht nur auf der Handfläche, sondern auch bereits auf dem Handrücken deutlich zu erkennen. Das weist schon mal auf fünf bis sechs Tage hin.«

»Jetzt kommt der ultimative Test«, warnt Corinna die beiden Kriminalbeamten vor, »nichts für schwache Nerven!«

»Ich versuche nun, die Haut abzulösen, zuerst an der Hohlhand, also an der Innenseite, dann am Handrücken«, erklärt Heinz Brunner sein Vorgehen. »Hier an Fingern und Handfläche lässt sich dies gut bewerkstelligen, damit sind wir schon bei einer Woche, welche die Leiche im Wasser liegt.«

Da streckt er plötzlich seine mit einem weißen Gummihandschuh geschützte Hand in die Höhe und präsentiert einen Fingernagel, den er zwischen Daumen und Zeigefinger hält: »Die Haut lässt sich auch vom Handrücken lösen, einschließlich der Fingernägel. Algenbildung und Fettwachs, diese graue, wachsartige und seifenähnliche Substanz, welche durch chemische Prozesse aus Körperfett entsteht, ist noch nicht zu erkennen. Damit dürften zwei Wochen zutreffen, du lagst mit deiner Vermutung richtig, Max. Gratuliere, Wette gewonnen.«

Max lacht: »Okay, die Wette lösen wir aber ein anderes Mal ein, Bruno und ich müssen jetzt zuerst hinauf ins ›Ahorn‹ und Alois' Frau die traurige Nachricht überbringen.«

»Und herausfinden, warum er in jener Nacht raus gegangen ist«, ergänzt Bruno.

Die beiden steigen zurück zur Blacken-Brücke und von dort auf dem Kreuzweg Blacken-Ahorn mit seinen 15 Stationen, welcher im Jahre 1991 zur Erinnerung an

700 Jahre Eidgenossenschaft von den katholischen Pfarreien der beiden Appenzell errichtet wurde, hinauf zur Wallfahrtskapelle Maria im Ahorn.

Bereits 1895 war ein erstes Kapellchen mit einer Segnung kirchlich eingeweiht worden. Die heutige, 1937 erbaute neue Ahornkapelle steht auf einem Fundament aus Findlingen des Säntisgletschers und hat einen markanten steilen Dachstuhl mit einem sechseckigen Dachreiter, in welchem eine Glocke hängt. Vom Vorraum mit den vier kräftigen Lärchenholz-Säulen aus erkennt man durch ein eisenbeschlagenes Holzgitter das Innere mit dem frei im Raum stehenden Altar. Auf der hohen Säule des Altares thront das Gnadenbild der sagenumwobenen Madonna vom Ahorn.

Bruno und Max treffen Milena in der Küche an. Als die beiden bei ihr auftauchen und sie ihre ernsten Gesichter sieht, weiß sie sofort, welche Nachricht sie ihr überbringen wollen.

»Ihr habt ihn gefunden. Er ist tot.«

Die beiden Ermittler nicken stumm.

»Wo? Wie?«

»Unten im Wissbach, er ist ertrunken«, beantwortet Bruno die beiden Fragen ebenso kurz.

Milena sinkt auf einen Stuhl, begräbt ihr Gesicht in ihre auf dem Tisch aufgestützten Hände, seufzt tief.

Dann hebt sie ihren Kopf wieder und wendet ihren Blick den beiden Männern zu: »Unfall oder …?«

»Das können wir noch nicht sagen«, erwidert Max, »da müssen wir erst die genauen Ergebnisse aus der Rechtsmedizin abwarten. Wir schätzen aber, dass er rund zwei Wochen im Wasser gelegen hat.«

»Also seit seinem Verschwinden in jener Nacht«, folgert Milena.

»Richtig. Was ist damals genau geschehen, kannst du uns das im Detail nochmals schildern?«

»Es war am Pfingstmontag. Nach der großen Wallfahrtsprozession vom Sonntag war nochmals eine Gruppe hinauf zur Kapelle gepilgert. Und wie die Pilger am Sonntag kehrten die meisten wieder nach Hause zurück, ohne bei uns einzukehren. Diese Leute bringen uns nichts, die kommen nur wegen der Madonnenstatue und der Kapelle, nehmen Essen und Getränke selber mit, rasten auf dem Gelände um die Kapelle und lassen teilweise ihre Abfälle zurück. Wir haben dann aufzuräumen, ebenso wie wir die Kapelle unter der Woche reinigen, wenn es nötig ist. Nur Aufwand, kein Ertrag!«

»Und wie hat Alois reagiert?«, will Bruno wissen.

»Er war schon seit längerer Zeit unzufrieden, ja oft auch wütend. Als wir im letzten Jahr das Berggasthaus übernommen haben, wussten wir, dass es nicht einfach werden würde. Unsere Vorgänger hatten 22 Jahre im ›Ahorn‹ gewirtet, hatten ihre Stammkundschaft und sich mit ihren Rösti, Gerstensuppe oder Käseschnitten bei Wanderern und Ausflüglern beliebt gemacht. Es war für uns mit einem gewissen Risiko verbunden – vor allem für Alois als Nicht-Innerrhoder – Neues einzuführen, eine Speisekarte nach unserem Gutdünken zu erstellen, Traditionen nicht weiterzuführen und mal etwas anderes zu versuchen.«

»Hatte Alois nicht auch Pläne mit der Kapelle?«, fragt Max nach.

»Ja, hatte er. Er wollte sie modernisieren, wäre auch

bereit gewesen, dafür Geld in die Hand zu nehmen. Unser Berggasthaus ist oft zu klein für größere Gruppen wie Hochzeitsgesellschaften, die Räume sind alt. Alois wollte die Kapelle ans Stromnetz anschließen, damit sie auch als Eventhalle genutzt werden kann.«

»Und das Whiskyfass hinein stellen, wurde gemunkelt. Eine verrückte Idee!«

»Ja, das stimmt. Da, wo es jetzt ist, in der unterirdischen Röhre bei der Parkplatzausfahrt, wird es nicht wahrgenommen. Und im Gasthaus haben wir einfach keinen Platz dafür. Mit dem Fass in der Kapelle hätten wir auf unser Berggasthaus aufmerksam machen und Gäste zu uns hinüber locken können. Aber auch Whisky-Events in der Kapelle wären so möglich gewesen.«

»Aber da gab es eine zu große Opposition gegen dieses Vorhaben?«

»Wir hatten keine Chance. Als die Ideen publik wurden, kamen immer weniger Gäste zu uns, die Einheimischen blieben fast ganz aus. Wir wurden als Spinner bezeichnet, als ›fremde Fötzel‹ abgetan, als Ungläubige verflucht. Obwohl Alois und ich sehr gläubig sind. Und auch katholisch.«

»Lass uns auf besagten Tag und Abend zurückkommen. Was ist dann geschehen, was hat Alois gemacht?«

»Als die Gruppe wieder abziehen wollte, ist er zu ihnen rüber, hat versucht, mit ihnen zu reden. Aber ohne Erfolg, sie wollten nicht in unser Berggasthaus kommen. Da ist er durchgedreht, hat sie beschimpft, angeflucht, ihnen alle Schande gesagt. Dann sind wir wieder zurück hierher, er hat sich in die Küche verkrochen und einige Whiskys getrunken.«

»Und dann ist er raus?«

»Noch nicht, wir saßen am Abend noch zusammen in der Gaststube und haben geredet. Er war schon ziemlich betrunken, aber immer noch klar in seinen Gedanken. Er hat davon geredet, dass wir eben das Glück auf unsere Seite *zwingen* müssen, wenn es nicht anders gehe.«

»Was meinte er damit?«

»Ich weiß ja nicht, was ihr über die Madonna vom Ahorn wisst ...«, beginnt Milena zögernd.

Bruno und Max schauen sie fragend an.

»Nun, der Madonna werden besondere Kräfte zugesprochen. Es gibt zahlreiche Überlieferungen, welche dies belegen. Da wurden durch Wallfahren Entzündungen geheilt, ein junger Mann genas von der Kinderlähmung, Verbrennungen verheilten ohne Probleme.«

»Und diese Kräfte wollte Alois für sich, für euch nutzen?«

»Ja, er meinte, dass die Madonna ja sicher auch bei unseren Schwierigkeiten helfen könne, so wie sie es bei gesundheitlichen Problemen macht. Wir müssten nur fest daran glauben. Was bei uns beiden ja eh der Fall ist – wir waren beide überzeugt, dass es solche unerklärliche Wunder gibt, dass göttliche Kraft solche bewirken kann.«

»Was hat er gemacht?«

»Plötzlich schoss er auf und rief laut heraus, dass er die Madonna zu uns herüber holen werde. Damit ihre Kraft hier wirke. Ich wollte ihn daran hindern, doch er ließ sich nicht davon abbringen.«

»Bist du ihm gefolgt?«

»Ja, bis in die Kapelle. Er ist auf den Altar gestiegen, um die Madonna vom Sockel zu nehmen. Im selben Moment hat in der Nähe der erste Blitz des Gewitters, das sich schon länger angekündigt hatte, eingeschlagen. Alois erschrak und ließ die Statue fallen. Ich habe sie sofort wieder aufgehoben, hatte Angst, dass durch das Hinunterfallen etwas kaputt gegangen ist. Aber …« Milena stockt.

»Aber *was*«, hakt Bruno ungeduldig nach.

»Nichts, kein Kratzer, nicht mal einer der feinen goldenen Strahlen ist abgebrochen. Ich übergab Alois die Statue wieder und sagte ihm, dass ich sofort zurück ins Haus müsse, da dort noch Fenster offen waren. Denn unterdessen hatte ein starker Gewitterregen eingesetzt.«

»Und Alois folgte dir?«

»Nein, das war das letzte Mal, dass ich ihn gesehen hatte. Ich weiß nicht, warum er hinunter zum Wissbach und nicht zurück ins Haus gekommen ist. Als ich später nochmals im strömenden Regen zurück in die Kapelle ging, war er nicht mehr dort. Und die Madonnenstatue stand wieder auf der Säule …«

Max und Bruno schauen sich eine Weile schweigend an.

»Das ist die andere Geschichte der Madonna, die man sich erzählt«, wendet sich Max Bruno und Milena zu. »Ein reformierter Senn von Außerrhoden hatte einst die Alp ›Ahorn‹ bewirtschaftet. In seinem Haus stand auch die Madonna, die aber im Weg war. So warf er sie dreimal ins Feuer, aber die hölzerne Figur wurde nicht von den Flammen verzehrt und stand immer wieder am gleichen Platz. Er versuchte auch, die Madonna mit der Axt zu zerstören, ebenfalls ohne Erfolg. Die Brand- und Kratzspuren sind aber heute noch auf der Rückseite der Figur zu erkennen. Anhaltende Regenfälle und ein drohender Erdrutsch haben dann den Senn mitsamt der Madonna von der Alp getrieben, der Senn wurde aber nie gefunden. Man vermutet, dass er vom Wissbach mitgerissen wurde …«

»Und die Madonna wurde dann weiter unten, wo der Wissbach bereits als Sitter weiter fließt, von einigen Männern beim Flößen von Holz unversehrt gefunden«, fügt Bruno an.

Milena schaut die beiden ungläubig und mit großen Augen an. »Ihr glaubt doch nicht …«

Bruno und Max zucken wortlos mit den Schultern.

DIE HOCHZEITSFEIER

Berggasthaus Hoher Hirschberg, Dezember 2015

Als der Brautführer das Brautpaar im Restaurant des Berggasthauses »Hoher Hirschberg« zum Hochzeitswalzer bittet, liegt bereits eine Leiche im Keller.

Was von den Gästen der Feier niemand weiß. Außer dem Menschen, der dafür verantwortlich ist.

Niemand wird vermisst, denn dafür ist die Gesellschaft zu groß, die Stimmung zu ausgelassen.

Und das kulinarische Angebot zu gut, als dass jemand auf die Idee gekommen wäre, sich darum zu kümmern, wer im Moment wo ist und warum.

Begonnen hatte die Feier bereits am frühen Abend mit dem Apéro bei einer großzügigen Appenzeller Platte mit Mostbröckli, Buurespeck, Pantli und Käse. Und da dies nach dem vielfältigen und anstrengenden Tagesprogramm und einer längeren Zeit ohne Essen und Getränke die erste Möglichkeit war, neue Energie zu tanken, stürzten sich die meisten Gäste mit Heißhunger auf die Appenzeller Spezialitäten.

Was von den Gast- und Geldgebern des heutigen Anlasses – den Eltern der beiden Brautleute – mit Freude zur Kenntnis genommen wurde.

Was dann folgte, übertraf die Erwartungen aller. Zuerst standen noch einige von Brautführerin und

Brautführer bereits im Vorfeld erbetenen und koordinierten Einlagen der Eingeladenen auf dem Programm, die sich meist auf mit den Brautleuten gemachte Erlebnisse bezogen.

Da musste man durch, das wussten die Anwesenden. Vor allem die Hochzeitsfeier-Erfahrenen.

Umso größer war dann die Erleichterung, als der Bräutigam nach zwei servierten Gängen – einer »Chemisoppe vom Holzhed«, der Kümmelsuppe vom Holzherd, und »iiglätem Chöl mit Salodgarnitur«, eingelegtem Kohl mit Salatgarnitur – das Buffet für eröffnet erklärte.

Denn auf diesem warteten »Schwisbroote usem Oferohr« (Schweinsbraten aus dem Ofenrohr), »Appezöllesteak mit Chäs öbebache« (Appenzellersteak mit Käse überbacken), »Südwöscht« (Siedwürste), »Hedepfelgratää« (Kartoffelgratin), »Groggette« (Kroketten), »Chäsmageroone« (Käsemageronen), »Suuchrudchnöpfli« (Sauerkrautspätzli), »Gmüesplatte« (Gemüseplatte) und »Epfelmues« (Apfelmus) auf die hungrige Gesellschaft.

Dafür, für große Feiern wie auch für das gute Essen, ist das auf 1.168 Meter über dem Meer liegende Berggasthaus »Hoher Hirschberg« bekannt – und wird entsprechend oft gebucht – für spezielle Festanlässe wie eine Firmenfeier, ein Familienfest, ein Vereinstreffen, ein Arbeitsessen oder eben eine Hochzeitsfeier.

Für solche Anlässe stehen im Berggasthaus mit der auch im Winter befahrbaren Zufahrtsstraße das »Stöbli« für 27 Personen, das »Sääli« für 30 Personen oder das Restaurant für bis zu 100 Personen zur Verfügung.

Und das war mit ein Grund, warum das Brautpaar den »Hohen Hirschberg« für seine Feier ausgewählt hatte.

Aber nicht nur.

Denn mit dem »Hirschberg« verbindet die beiden noch mehr. Vor allem die Braut.

Hier oben hatte Aline Knecht bereits in ihrer Jugend viel Zeit verbracht, war im Sommer oft mit dem Bike oder zu Fuß, im Winter auf Langlaufskiern unterwegs. Und immer wieder auch im Bergrestaurant.

Doch auch Willy Mösli hat einige Erinnerungen an den »Hirschberg«. Zum einen waren da mehrere feuchtfröhliche Abende im Kreis seiner Freunde aus dem außerrhodischen Gais, andererseits aber auch sein erstes Treffen mit Aline.

Mit Aline aus Eggerstanden, dem kleinen idyllischen Ort am Fuße des Hirschbergs. Mit Aline aus Appenzell Innerrhoden.

Und damit hatten die Probleme begonnen.

Denn was für ihn als aufgeschlossenen jungen Mann einfach eine Tatsache war, war für seine Eltern ein Dorn im Auge. Das, was sie über Generationen gelebt hatten, sollte nun plötzlich nicht mehr eingehalten werden: sich innerhalb des Halbkantons zu verheiraten, verhindern, dass plötzlich auch fremdes, außerrhodisches Blut in den Adern ihrer Enkel fließt.

Es brauchte viel Überzeugungsarbeit von Willy. Aber erst durch die Bekanntschaft mit den Eltern von Aline kamen seine eigenen zur Einsicht, dass auch Außerrhoder nette und liebenswerte Menschen sein können.

Als es dann um die Hochzeit ging, entschieden sich beide Elternpaare für einen typisch schweizerischen Kompromiss: Geheiratet wird in Appenzell, das Fest findet auf dem außerrhodischen Hirschberg statt.

Doch Aline verbindet noch mehr mit dem »Hirschberg«. Mehr, als dass sie dort Willy kennengelernt hat. Denn schon zuvor hatte sie dort eine Begegnung, die ihr Leben maßgeblich beeinflusst hat. Eine Erinnerung, von der sie sich bis heute noch nicht ganz lösen konnte.

Er heißt Koni. Und er ist wie Aline aus Appenzell Innerrhoden.

Sie hatte ihn geliebt. Über alles. Eine Liebe, die noch immer anhält. Eine Beziehung, die sie nicht vergessen kann – und nicht will. Auch wenn sich beide für eine Trennung entschieden hatten und seither ihre eigenen Wege gehen.

Doch jedes Mal, wenn sie sich treffen, springen die Funken wieder. Bisher konnten sie beide akzeptieren, dass sie nicht mehr zusammen sind, und haben es jeweils bei einer freundschaftlichen Begegnung belassen.

Als es um die Einladungsliste für die Hochzeit ging, war es für Aline klar, dass Koni darauf nicht fehlen darf. Willy weiß von ihrer »alten Geschichte« – ebenso, wie sie von seinen weiß. Darüber hatten sie sich ausgesprochen. Und auch darüber, dass wegen einer neuen Beziehung alte Freundschaften nicht aufgegeben werden müssen.

Solange es Freundschaften bleiben.

Natürlich hatte Aline ihrem künftigen Mann nie erzählt, was sie für Koni noch immer empfindet. Vielleicht auch, weil sie selber nicht weiß, was sie wirklich für ihn verspürt. Und was der Unterschied dieser Gefühle zu denen für Willy ist.

Nach dem umfangreichen Programm im Anschluss an die kirchliche Trauung hatten sie kaum Zeit, sich miteinander zu unterhalten. Aline fühlte sich verpflichtet, sich allen Gästen zu widmen und sich mit jedem kurz zu unterhalten. Was bei der großen Anzahl nicht einfach war.

Erst beim Apéro im »Hohen Hirschberg« trafen sie erstmals aufeinander, als sich die Gelegenheit bot, miteinander anzustoßen.

»Schön, dass du gekommen bist«, freute sich Aline über das Wiedersehen.

»Danke, dass du … dass ihr mich eingeladen habt«, bedankte sich Koni.

»Wie geht es dir, wir haben uns jetzt doch schon eine Weile nicht mehr gesehen? Was macht die Liebe?«

»So weit, so gut. Bin noch immer alleine, aber ist okay so. Hab im Moment keine Lust auf eine feste Beziehung. Bei dir muss man ja nicht fragen. Du scheinst dein Glück gefunden zu haben …«

»Ja, es stimmt für mich so. Aber es ist ja nicht nur wichtig, in der Gegenwart glücklich zu sein, sondern auch auf schöne Erinnerungen zurückblicken zu können«, zwinkert Aline Koni zu.

Koni lächelte gequält: »Die aber etwas an Glanz verlieren, wenn die letzte Hoffnung begraben wird. Wie heute.«

»Du meinst Hoffnung auf Wiederholung oder Fortsetzung?«

»Ja, oder wenigstens auf ein letztes Mal.«

»Ein letztes Mal? Was?«

»Du weißt, dass ich dich noch immer liebe, du fehlst mir, ich vermisse deine Gesellschaft, die Gespräche mit dir, das Beisammensein. Aber ich vermisse auch, dich zu spüren, mit dir zu schlafen. Das meinte ich mit ›ein letztes Mal‹.«

Aline schmunzelte. »Ja, das geht mir auch noch oft so … Auch wenn es mit uns damals nicht geklappt hat – daran lag es definitiv nicht.«

Koni ging einen Schritt auf die Braut zu, fasste sie mit der rechten Hand um die Hüfte, zog sie zu sich hin.

»Halt, halt, Koni, damit habe ich nicht gesagt, dass ich für ein letztes Mal zu haben bin! Ich möchte nicht mit einer Lüge in die Ehe starten.«

Noch bevor sich Aline von Koni lösen konnte, stand Willy neben den beiden. Eher zufällig hatte er seine Frau und ihren ehemaligen Freund entdeckt und sie aus sicherer Distanz beobachtet. Als er sah, wie Koni seine frisch vermählte Frau zu sich hinzog, sah er den Moment gekommen, zu intervenieren.

Er riss Koni an der Schulter zurück und wies diesen, sichtlich erregt, zurecht: »So, Koni, lass das mal bleiben. Du hattest deine Zeit mit Aline, jetzt aber gehört sie zu mir. Respektiere das und unterlasse solche Annäherungsversuche, sonst … Du bist unser Gast und kannst dies auch bleiben, missbrauche aber unsere Gastfreundschaft nicht. Und halte Distanz zu ihr, sonst schmeiß ich dich raus.«

»Schon gut, ich hab ja nichts gemacht«, erwiderte Koni mürrisch, »ich darf doch wohl noch mit Aline reden.« Er wandte sich ab und mischte sich wieder unter die anderen Gäste.

Aline warf sich ihrem Mann an den Hals und küsste ihn auf den Mund. »Ruhig, Schatz, beruhige dich wieder, es ist ja nichts geschehen. Und du kannst mir vertrauen, es gibt keinen Grund, eifersüchtig zu sein. Lass uns nun wieder zu unseren Gästen gehen.«

Hanspeter, der Brautführer und beste Freund von Willy, weiß, dass es am schwierigsten ist, die Stimmung hochzuhalten, wenn alle Gäste satt und zufrieden sind. Deshalb hat er einen ersten Höhepunkt, den Brauttanz, auf diese Phase eingeplant. Das sollte die Gäste nochmals wecken und auch zum Tanz animieren, bevor dann die Hochzeitstorte angeschnitten würde.

»Darf ich kurz um Ruhe bitten«, versucht er, mit lauter Stimme die Aufmerksamkeit auf sich zu ziehen. Es braucht mehr als einen Anlauf und die Unterstützung einiger seiner Freunde, bis die Gäste langsam verstummen.

»Das Brautpaar wird nun den Tanz mit dem Brautwalzer eröffnen. Dazu werden wir die Lichter hier im Raum löschen und nur mit den Kerzen, die bereits vor euch auf dem Tisch liegen, erhellen. Ich bitte euch, die Kerzen anzuzünden und einen großen Kreis um die Tanzfläche zu bilden, danke.«

Die Gäste werden aktiv und tun das, was ihnen Hanspeter aufgetragen hat.

Dann wird das Licht gelöscht, und Aline und Willy betreten den durch die Kerzen hell erleuchteten Kreis. Die Musik setzt ein, und das Brautpaar schwebt im Dreivierteltakt über die Tanzfläche.

Es sind noch keine zwei Minuten vergangen, als ein gellender Schrei die romantische Atmosphäre durchschneidet und den Brauttanz unterbricht.

Schnell wird das Licht wieder eingeschaltet. Eine junge Frau, die ebenfalls zu den Gästen gehört, stürzt auf Hanspeter zu: »Hampi, schnell, es ist etwas passiert, im Untergeschoss liegt … liegt jemand!«

»Bitte bleibt hier, Willy und ich schauen nach, was passiert ist«, wendet sich Hanspeter an die Gäste, packt Willy am Arm und stürmt mit ihm ins Untergeschoss.

Bereits von den untersten Tritten der Holztreppe aus sehen sie den reglosen auf dem Rücken liegenden Körper vor dem Whiskyfass. Dieses steht unter der Treppe, wo es von den Gästen, welche die Toiletten aufsuchen, nicht übersehen werden kann.

»Das ist Koni«, ruft Willy überrascht, »du kennst ihn ja auch, ein ehemaliger Freund von Aline.«

Hanspeter geht nicht auf Willys Bemerkung ein. »Scheint mit dem Kopf aufgeschlagen zu sein«, weist er auf die dunkle Blutlache unter dem Kopf des Toten, »Platzwunde am Hinterkopf, würde ich vermuten.«

»Vermutlich hier«, zeigt Willy auf den alten Holzsattel, der auf dem Whiskyfass liegt, »hier vorne hat es eine harte Kante, an der er sich verletzt haben könnte.«

»Das muss die Polizei untersuchen, was und wie es geschehen ist, wir rufen sofort an.«

Es dauert eine knappe halbe Stunde, bis die Kriminalpolizei aus dem rund 20 Kilometer entfernten Kantonshauptort Herisau im »Hohen Hirschberg« eintrifft. Eine Zeitspanne, während der die Gäste schweigend oder leise flüsternd im Restaurant sitzen bleiben und warten, nachdem der Gastgeber und Bräutigam sie informiert hat, um wen es sich bei dem Toten handelt.

Und Willy nutzt die Gelegenheit, Hanspeter zu erzählen, was er zwischen Koni und Aline beobachtet hat und wie er eingeschritten ist. »Wenn ich das erzähle, mach ich mich gleich verdächtig!«

»Das musst du trotzdem sagen. Denn wenn sie es später herausfinden, machst du nur alles schlimmer«, rät ihm sein Freund. »Es waren sicher beinahe alle Gäste einmal auf der Toilette, viele von ihnen zwischen Buffet und Brauttanz, da kommen viele als Täter infrage. Falls es wirklich eine Tat und nicht einfach ein Unfall war.«

Die junge Frau und die beiden Männer, welche die Leiche gefunden beziehungsweise gesehen haben, sowie die Braut sind denn auch die Ersten, welche von der Polizei vernommen werden. Auch die beiden Ermittler, welche die Befragung durchführen, Roman Welti und Kurt Kummer, vermuten nach einem ersten kurzen Augenschein, dass sich der Tote durch den Aufprall auf das Whiskyfass – oder genauer auf die Kante des Holzsattels – die tödliche Verletzung zugezogen hat.

»Im Volksmund spricht man von Genickbruch«, erklärt Roman Welti, »tatsächlich ist es aber eine Fraktur des Dens Axis, einem Bruch des Zahns des zweiten Halswirbels und einem zusätzlichen Riss des haltenden Bandapparates. Dadurch werden das verlängerte Mark und das Rückenmark durchtrennt oder abgequetscht, wodurch es zu einer Zerstörung des Atem- und des Kreislaufzentrums kommt. Was den sofortigen Tod zur Folge hat.«

»Doch wie konnte er auf diese Kante stürzen?«, will Willy wissen.

»Vermutlich ist er nicht gestürzt, sondern wurde gestoßen«, erklärt Kurt Kummer. Er bittet Willy aufzustehen, stellt sich vor ihn hin und täuscht einen kräftigen Stoß mit beiden Händen gegen die Brust seines Gegenübers an. »So etwa. Vielleicht ist der Tote noch gestolpert oder gerutscht – oder er wurde einfach überrascht und konnte sich nicht mehr auffangen.«

»Sie haben die Leiche gefunden, richtig?«, wendet sich Roman der jungen Frau zu. »Ist Ihnen jemand entgegengekommen, als Sie runter zur Toilette gingen?«

»Nein, niemand, es waren ja alle oben im Restaurant, um den Brauttanz anzuschauen. Aber ich hielt es nicht mehr aus, musste dringend …«

»Das heißt, dass es jemand gewesen sein muss, der unten war, bevor Sie hinunter gingen. Oder jemand, der noch in der Toilette war, als auch Sie unten waren.«

»Der aber hätte in der kurzen Zeit zwischen Überbringung der Nachricht und dem Auftauchen der beiden Männer«, zeigt Kurt auf Willy und Hanspeter, »verschwinden müssen. Also eher unwahrscheinlich.«

»Dann erzählen Sie uns doch mal, wann *Sie* vor dem Brauttanz auf der Toilette waren«, fordert Roman das Brautpaar und den Brautführer auf.

»Wenige Minuten vor dem Tanz, ich wusste ja von Hampi, dass wir gleich dran sind«, beginnt Willy, »nachher wäre ich wohl kaum mehr dazu gekommen.«

»Und ich beinahe gleichzeitig, meine Brautführerin hat mich begleitet, ich hab also sogar eine Zeugin«, fügt Aline an und blickt ihren Mann fragend an.

»Haben Sie einen Zeugen?«, fragt Roman nochmals bei Willy nach.

»Ich weiß nicht, ob mich jemand gesehen hat. Im Gegensatz zu den Frauen gehen wir Männer ja meist alleine auf die Toilette.«

Roman schaut Kurt kurz an und wendet sich erneut dem Bräutigam zu: »Wie war denn Ihr Verhältnis zu dem Toten?«

»So, wie das Verhältnis zu einem ehemaligen Freund

seiner Frau eben ist. Man sucht ja den Kontakt nicht unbedingt und wird auch nicht gerne an alte Geschichten der Frau, die man liebt, erinnert.«

»Wie war es für Sie, als Ihnen Ihre Frau sagte, dass sie ihren ehemaligen Freund einladen will? Ich vermute mal, dass dies nicht Ihre Idee war.«

»Begeistert war ich nicht, das gebe ich zu. Aber ich habe zugestimmt, weil ich spürte, dass es ihr wichtig war.«

»Wie würden Sie denn das aktuelle Verhältnis Ihrer Frau zu Koni beschreiben?«

»Freundschaftlich, von Alines Seite sicher nur noch freundschaftlich.«

»Und von seiner Seite?« Roman lässt nicht locker, sucht eine Bestätigung für das, was er vermutet.

»Vielleicht etwas mehr«, vermutet Willy.

»Wie kommen Sie darauf?«

Willy wirft Hanspeter einen Blick zu, welcher zustimmend nickt.

Zögernd und stockend berichtet der Bräutigam von seiner Beobachtung und seinem Eingreifen. »Aber ich habe ihn nicht umgebracht!«

»Warum haben Sie uns das nicht vorher gesagt?«, greift nun auch Kurt ins Gespräch ein.

»Weil ich Angst hatte, mich dadurch verdächtig zu machen! Ich war es nicht.«

»Das haben Sie sich auch durch Ihr Schweigen gemacht«, fügt Roman emotionslos an.

Inzwischen hat sich Kurt Hanspeter zugewandt: »Und wann waren Sie auf der Toilette?«

»Muss auch etwa zur gleichen Zeit gewesen sein, als Willy unten war«, antwortet dieser.

»Vor oder nach oder zusammen mit dem Bräutigam?«, hakt Kurt nach.

»Nach.«

»Zeugen?«

»Nein, habe ich nicht … Aber Willy war es wirklich nicht.«

»Sondern? Warum wissen Sie das?«

Erst nach einer kurzen Pause antwortet Hanspeter: »Ich wollte ihm doch nur klar machen, dass auch ich gesehen habe, wie er Aline bedrängt hat, und dass dies so nicht gehe. Er wurde frech, ich hab ihm einen Schubs gegeben, er ist ausgerutscht …«

»Hampi!«, schreit Aline laut.

»Ich wollte das nicht, es war keine Absicht. Ich wollte euch bloß helfen, ihr seid doch meine besten Freunde. Es tut mir leid.«

DIE KRAFT DES WASSERS

Berggasthaus Scheidegg, August 1925

Alle freuen sich auf die Einweihung der neuen Kapelle St. Jakob auf dem Kronberg, oberhalb der Scheidegg.

Nur einer kann dies nicht mehr. Auch wenn er es kaum erwarten konnte, bis es so weit ist. Bis die neue Kapelle eingeweiht und das Berggasthaus »Scheidegg« eröffnet wird.

Nachdem 1898 der damals 38-jährige Carl Alder mit seiner 25-jährigen Frau Maria die Liegenschaft Scheidegg vom Landbesitzer aus Appenzell erworben hatte, wurde zehn Jahre später die erste einfache Bretterhütte als Gastraum erbaut.

Und jetzt, zusammen mit der neuen Kapelle, soll auch das neue Berggasthaus, das Carl Alder mit 65 Jahren fast im Alleingang mit der Feldsäge gebaut hatte, ebenfalls eingeweiht werden.

Die Geschichte der Kapelle geht bis ins Jahr 1456 zurück, als erstmals eine Bewilligung zum Messlesen auf einem Tragaltar erteilt wurde. Acht Jahre später wurden Kapelle und Eremitenhäuschen bei der heilkräftigen Jakobsquelle am Nordabhang des Kronbergs erstmals schriftlich erwähnt.

Als dann 1492 die bischöfliche Erlaubnis für das Feiern der Messe im Freien erteilt wurde, entwickelte sich der Ort oberhalb der »Scheidegg« zu einem eigentlichen Wallfahrtsort. Doch erst 1620 wurden auch die beiden Patrone Jacobus der Ältere und Bartholomäus erwähnt, zu deren Ehre an den Sonntagen des Jacobus, dem 25. Juli, und des Bartholomäus, dem 24. August, Kapellfeste gefeiert wurden.

1859 wurde die Jakobskapelle am Kronberg neu erbaut, 1882 nach der Brandstiftung durch eine geistesgestörte Person zum zweiten Mal. Mit diesem Wiederaufbau wurde auch eine Glocke, die bereits 1744 gegossen worden war und die aus dem abgebrochenen Beinhaus in Appenzell stammte, verwendet. Feuchtigkeitsschäden und beengende Platzverhältnisse führten jedoch 1925 zu einem Neubau auf dem östlichen Rücken des Kronbergs.

Bruder Benedikt war einer der beiden Mönche, welche die alte Kapelle während der letzten Jahre betreut und gepflegt hatten.

Zusammen mit Bruder Fridolin. Mit dem er sich gut verstanden hatte. Sehr gut.

Die beiden Mönche hatten gemeinsam die Pilger betreut, die zu ihrer Wallfahrtskapelle kamen.

Diese kamen in erster Linie wegen der zwei armdicken Wasserströme, welche bei der Kapelle aus dem Boden traten. Dieser Jakobsbrunnen galt als Gesundbrunnen, der bei Störungen fast aller inneren Organe, aber auch bei Unfruchtbarkeit, Schmalbrüstigkeit und Anzeichen von Pest aufgesucht wurde. Und dessen Heilkraft bis weit über den Bodensee hinaus bekannt und gefragt war.

Der Legende nach hatte der heilige Jakobus von Santiago zwei Pilgerstäbe weit von sich geworfen, die schließlich auf dem Kronberg landeten, worauf dort eine Heilquelle zu sprudeln begann. Und diese seinen Namen erhielt.

Diese besondere Quelle, die Legende und die Lage am Pilgerweg, der aus dem österreichischen Vorarlberg über Appenzell nach Einsiedeln und bis nach Santiago di Compostela führt, ließen diesen Ort zu einem speziellen werden – nicht nur für Strenggläubige.

Doch ebenso, wie Bruder Benedikt und Bruder Fridolin das Zusammensein mit den Pilgern genossen hatten, fühlten sie sich auch ohne Gäste wohl an diesem Ort.

Es war mehr als eine Freundschaft, die sich zwischen den beiden Männern entwickelte.

Je länger sie zusammen waren, desto mehr fühlten sie sich zueinander hingezogen – auch körperlich.

So entwickelte sich aus Freundschaft Liebe. Eine Liebe zwischen zwei Männern. Zwischen zwei Mönchen.

Die sie nie in Gesellschaft ausleben konnten. Auch nicht, wenn weltliche Anlässe auf den luftigen Höhen der Scheidegg stattfanden. Denn schon früh gab es dort oben eine »Stobede«, an der es so lustig zuging, dass Mädchen und junge Frauen in Appenzell wegen ihres Verhaltens sogar vor dem Rat belangt wurden.

Doch das beschäftigt Bruder Benedikt nun nicht mehr.

Weil er bereits tot ist.

Erschlagen mit einem dicken hölzernen Knüppel.

Die Polizei findet ihn am Tag vor der Eröffnung auf der Nordostseite des Berggasthauses. Da weder Carl noch Maria etwas gehört haben, ziehen die Beamten den Schluss, dass Bruder Benedikt schon durch den ersten Schlag bewusstlos wurde.

»Sonst hätte er sicher geschrien vor Schmerz«, ist sich Kaspar sicher.

»Ich denke, dass du mit deiner Vermutung richtig liegst«, bestätigt ihn Ruedi, sein Dienstkollege, »aber wie es aussieht, hat der Täter mehrmals zugeschlagen.«

»Ja, bis er tot war.«

»Da müssen starke Emotionen im Spiel gewesen sein, wenn jemand so brutal ist und mehrmals auf einen Bewusstlosen einschlägt.«

»Hass, Gier, Geiz, Neid, Angst – das alles könnten Gründe sein für eine solch emotionale Handlung.«

»Aber auch Eifersucht. Oder Liebe.«

Nachdem die beiden Polizisten die Leiche mit einer Decke aus dem Berggasthaus zugedeckt haben, wollen sie sich zuerst ein Bild über den Toten und sein Leben machen. Deshalb setzen sie sich mit Carl und Maria im neuen, aber noch nicht offiziell eröffneten, Berggasthaus zusammen. Anschließend soll dann der andere Mönch, Bruder Fridolin, verhört werden.

»Könnt ihr uns etwas aus dem Leben von Bruder Benedikt erzählen? Wie hat er gelebt, was hat er gemacht, gab es etwas Auffälliges, ist in letzter Zeit etwas Besonderes vorgefallen?«, beginnt Kaspar das Gespräch.

»Nun, die beiden Mönche haben die Betreuung der Jakobsquelle und der alten Kapelle vor rund zehn Jahren übernommen, nachdem ihr Vorgänger auf dem Jakobsweg weitergezogen ist. Sie haben ihre Arbeit wirklich gut gemacht, waren gute Gastgeber für die Pilger, haben diese unterstützt, wo sie nur konnten«, schildert Carl.

»Und auch auf die Kapelle haben sie gut geschaut, bis zum Schluss. Dass sie nicht mehr zu retten war, ist nicht ihre Schuld, das Wasser hat ihr zu stark zugesetzt«, ergänzt Maria.

»Die Lage am Nordhang war auch nicht ideal, dort ist es zu lange feucht. Da steht die neue Kapelle an einem günstigeren Ort – und von hier aus sind es ja nur 15 Minuten über den Wiesen-Nordhang bis zur Quelle. Und zu klein war die alte Kapelle auch«, fügt Carl an.

»Beim Neubau haben sie tatkräftig zugelangt – die Kapelle ist zum größten Teil ihr Werk«, lobt Maria die beiden weiter.

»Wir hatten ja mit unserem Neubau genug zu tun, da fehlte schlichtweg die Zeit, ihnen auch noch zu helfen«, erklärt Carl.

»Wie war denn das Verhältnis der beiden untereinander?«, will Ruedi wissen.

Carl und Maria schauen sich stumm an.

»Etwas Besonderes, das es zu erwähnen gibt?«, hakt der Beamte nach.

»Nun«, beginnt Carl zögerlich, »sie hatten ein gutes … ein sehr gutes Verhältnis zueinander. Das war für uns, da wir sie immer wieder gesehen haben, offensichtlich. Aber es war sicher besser, dass sonst niemand von ihrer besonderen Beziehung wusste.«

»Was meinst du damit?«, fragt Kaspar leicht irritiert.

»Dass sie mehr als nur befreundet waren. Dass zwischen den beiden etwas war, was man zwischen Männern nicht gerne sieht. Liebe, die beiden waren ein Paar, haben sich geliebt«, spricht Maria aus, worum sich ihr Mann gedrückt hat.

»Was vor allem in unserem katholischen Halbkanton nicht nur nicht gerne gesehen wird, sondern überhaupt nicht akzeptiert wird. Und dann noch zwischen zwei Vertretern der katholischen Kirche! Wäre das publik geworden, hätte es das Ende der beiden Mönche auf der Scheidegg bedeutet!«

»Dann haben wir ja schon mal einen Tatverdächtigen«, ist sich Ruedi sicher, »und ein mögliches Motiv auch.«

»Du meinst, Bruder Fridolin war der Täter? Und dass die beiden Streit hatten, Beziehungsprobleme als Motiv?«, folgert Kaspar fragend.

»Oder Eifersucht«, ergänzt Ruedi.

»Das wäre uns aber aufgefallen«, interveniert Maria, »wenn einer von beiden etwas mit einem anderen Mann gehabt oder sich so etwas angebahnt hätte.«

»Oder mit einer Frau, wäre das auch möglich gewesen?«, spekuliert Kaspar.

»Das glaube ich nicht! Beide waren klar auf das eigene Geschlecht fokussiert und hatten wohl dem weiblichen Geschlecht schon abgeschworen, als sie ihrem Orden beigetreten sind«, verneint Maria.

»Wo steckt eigentlich Bruder Fridolin?«, will Ruedi wissen, »der müsste doch schon längst bemerkt haben, dass Benedikt verschwunden ist und dass etwas nicht stimmt.«

»Dass sie ein Paar waren, heißt ja nicht, dass sie immer zusammen sein mussten«, relativiert Maria, »vor allem mit dem Bau der neuen Kapelle war der eine mal da, der andere bei der Quelle. Und oft haben sie dann gleich dort geschlafen, wo sie zu tun hatten.«

Kaum hat sie dies ausgesprochen, wird die Tür geöffnet, und Bruder Fridolin betritt die Gaststube. Noch bevor jemand etwas sagen kann, ruft er fragend in den Raum:

»Maria, Carl, habt ihr Bruder Benedikt gesehen?« Seine an das Sonnenlicht gewöhnten Augen haben noch nicht wahrgenommen, dass im Halbdunkel der Gaststube noch weitere Personen sitzen.

»Fridolin, setz dich zu uns, wir haben noch zwei Besucher hier«, winkt Carl den Mönch zu sich.

Als sich die beiden Kriminalbeamten Bruder Fridolin vorstellen, wird dieser unsicher: »Was ist passiert? Ist etwas mit Benedikt passiert? Wo ist er?«

»Wann haben Sie ihn das letzte Mal gesehen?«, will Ruedi zuerst wissen.

Fridolin überlegt kurz. »Gestern Abend, er hatte noch irgendetwas in der neuen Kapelle zu erledigen und wollte dann gleich vorne bleiben, sagte er mir. Was ist geschehen? Wo ist er?«

»Ist Ihnen etwas Spezielles aufgefallen, war er nervös, unruhig, wirkte er angespannt?«

»Nein, nichts dergleichen. So sagen Sie mir doch endlich, was los ist.«

»Bruder Benedikt ist tot«, beantwortet Kaspar endlich die Frage.

»Tot! Tot? Was ist geschehen? Ist er verunfallt, abgestürzt?«

»Wo waren Sie letzte Nacht?«, setzt Ruedi sein Verhör fort, ohne auf diese Fragen einzugehen.

»Ich war bei der Quelle, habe dort geschlafen. Warum fragen Sie mich?«

»Bruder Benedikt fiel einem Verbrechen zum Opfer.«

»Einem Verbrechen? Und Sie denken, dass ich etwas damit zu tun habe? Warum sollte ich das tun? Ich und Bruder Benedikt waren … waren doch gute Freunde!«

Ruedi und Kaspar blicken sich kurz an. »Das wissen wir«, bestätigt Ruedi mit einem Seitenblick zum Wirtspaar.

»Ah daher weht der Wind«, entrüstet sich Fridolin, »und nun glauben Sie, dass ich ihn umgebracht habe. Weil wir Probleme miteinander hatten oder aus Eifersucht, richtig?«

Ruedi und Kaspar blicken sich erneut und fragend an.

»War dem so?«, findet Ruedi zuerst wieder den Faden, »hatten Sie Streit miteinander?«

»Nein, hatten wir nicht. Jedenfalls nicht wegen uns beiden.«

»Sondern?«

Bruder Fridolin schweigt.

»Sondern?«, wiederholt der Beamte.

»Nun, es war kein richtiger Streit, eher eine kleine Meinungsverschiedenheit.«

»Worüber? Nun reden Sie doch endlich«, drängt Ruedi.

Bruder Fridolin blickt verunsichert und fragend zum Wirtsehepaar hinüber. Dieses zeigt jedoch keine Regung und schweigt.

Fridolin beginnt zu erzählen.

»Sie haben sicher schon von der Kraft des Wassers aus der Jakobsquelle gehört. Benedikt hatte da eine Idee, wie wir das Wasser noch besser nutzen und damit etwas Geld verdienen könnten. Doch ich wollte nicht, ich war dagegen. Das hätte unserem Gelübde widersprochen, mit dem wir uns zu einem Leben für Gott und in Bescheidenheit verpflichtet haben.«

»Worum ging es denn bei dieser Idee?«, unterbricht Kaspar.

»Benedikt wollte beginnen, Whisky zu brennen! Gutes Wasser hätten wir ja genug gehabt, die alte Kapelle wollte er für die Lagerung der Fässer nutzen. Wir hätten nur noch Gerste einkaufen und diese bearbeiten müssen. Über das Wissen, wie Whisky hergestellt wird, verfügte Benedikt auch, er hatte es während seiner Zeit im Kloster gelernt.«

Ruedi pfeift durch die Zähne. »Whisky! Darauf wäre ich nie gekommen. Aber warum haben Sie ihn …«

»Ich habe ihn nicht umgebracht«, wehrt sich der Mönch, »ich sagte Ihnen bereits, dass es nur eine Meinungsverschiedenheit war.«

»Wie hat denn Bruder Benedikt reagiert, als Sie sich weigerten?«, lässt Ruedi nicht locker.

»Er beharrte darauf, wollte es alleine durchziehen. Oder genauer: ohne mich. Dafür mit ihnen zusammen«, weist er auf Maria und Carl Alder.

»Mit euch?«, wendet sich Kaspar fragend dem Wirtsehepaar zu. »Hattet ihr denn Interesse an dieser Idee?«

»Ich habe mich schon länger damit befasst, noch bevor Bruder Benedikt auf uns zukam. Es gab ja schon im letzten Jahrhundert erste Versuche, Whisky in einem Berggasthaus auszuschenken, im ›Aescher‹, vielleicht hast du davon gehört.«

»Und warum hast du nicht schon längst damit begonnen?«, fragt Kaspar, »Gäste, denen du Whisky ausschenken könntest, hast du ja schon seit einigen Jahren genug hier oben.«

»Weil sie nicht wollte«, zeigt Carl kleinlaut auf Maria, »sie hat sich mit Händen und Füßen dagegen gewehrt, mir sogar gedroht, mich zu verlassen, falls ich mit dem Brennen beginnen sollte.«

»Und dann kam noch Bruder Benedikt mit der gleichen Idee«, spricht Kaspar nun direkt Maria an, »das war dann zu viel für dich. Denn ihm konntest du nicht drohen, ihn zu verlassen, hattest kein Mittel, ihn von seiner Idee abzubringen.«

»Was willst du mir unterstellen?«, wehrt sich Maria, »Wenn es so gewesen wäre, hätte ich ihn ja mit seiner Beziehung zu Fridolin erpressen können.«

»Theoretisch ja, praktisch nicht«, folgert Kaspar als erfahrener Kriminologe. »Denn ihr lebt ja auch von den vielen Pilgern, die zur Jakobsquelle und -kapelle kommen – dieses Geschäft wolltest du nicht zerstören.«

»Und deshalb musste Benedikt sterben?«, sieht Carl seine Frau fragend und traurig an.

DIE TODESFAHRT

Berggasthaus Kronberg, Juli 2020

Die Fahrt auf der Bobbahn hinunter vom Kronberg ist etwas vom Grössten, was sich Reto vorstellen kann. Ein einmaliges Erlebnis.

Besonders sollte dieses werden.

Und auch einzigartig.

Monatelang hatte sich Reto seit dem Aus- beziehungsweise Neubau dieser Attraktion, deren erste Version bereits im Sommer 1999 in Betrieb genommen worden war, auf die erste rasante Fahrt hinunter nach Jakobsbad gefreut.

Die Fahrt auf der längsten Bobbahn Europas. Denn mit über sechs Kilometern wurde die bisher längste – der Alpine Coaster im österreichischen Imst mit seinen dreieinhalb Kilometer – deutlich übertroffen. Und die Streckenführung über den Grat, auf dem einst die mit 1000 Metern längste Bank der Welt stand, an der Jakobsquelle vorbei hinunter zur Scheidegg und über das »Tüflöchli« nach Jakobsbad macht mit ihren Kurven, Wellen und Jumps die Fahrt zum atemberaubenden Erlebnis für die ganze Familie.

Reto erinnert sich, dass der Neubau sehr umstritten war, da die Bahn das ursprüngliche Bild des Kronbergs doch wesentlich veränderte. Worüber nicht alle erfreut waren. Auch wenn es den meisten klar war, dass etwas gemacht werden musste, um die Attraktivität des Kronbergs aufrechterhalten zu können.

Bereits 1878 war auf dem Kronberg erstmals eine Bergwirtschaft eröffnet worden, jedoch nicht auf dem Grat, sondern auf der Jakobsalp, über die der Weg vom Kronberg ins Tal führte. Später wurde auf dem »Groß Chenner« zwischen Kronberggipfel und Scheidegg gewirtet. Im Sommer 1906 blieb jedoch die auf dieser Alp stehende Wirtschaft »Ruheplatz« geschlossen – vermutlich wegen der Eröffnung der Wirtschaft »Kronberg« auf der Jakobsalp im Juli 1906. Bis zum Brand im Jahre 1918 wurden dort jeweils am Samstag und Sonntag Gäste bewirtet.

Denn bereits in den 1930er-Jahren war der Kronberg eines der beliebtesten Skigebiete der Ostschweiz gewesen. Die Mitglieder des neugegründeten Ski-Klubs Gonten hatten Abfahrtspisten und Skirouten markiert und unterhalten und auswärtige Teilnehmer zu Wintersportveranstaltungen in das Skigebiet am Kronberg eingeladen, welches bald einmal »Parsenn der Ostschweiz« genannt wurde.

Doch in den folgenden Jahren erlebte der Kronberg bereits sein erstes Desaster, als das Berggasthaus auf dem Gipfel durch die nachklingende Weltwirtschaftskrise und den Zweiten Weltkrieg bereits in Schwierigkeiten geriet. Denn gleichzeitig kamen auch die ersten Skilifte im Toggenburg und erste Bergbahnen auf, wodurch der Kronberg schon bald in Vergessenheit geriet.

Und bereits damals war es ein Schritt vorwärts, als auf Initiative des in Schwierigkeiten geratenen Bergwirtes, welcher den Kronberg bei den Gästen wieder in Erinnerung rief – der Gipfel durch eine Luftseilbahn besser erschlossen wurde.

Wie auch jetzt die neue Bobbahn nach einem Vorstoß von Kronberggastgeber Hansjakob Ammann realisiert worden ist, der zusehends immer weniger Gäste in seinem Berggasthaus empfangen hatte.

Da nützte auch der traditionelle Sonntagsbrunch – der lange Zeit ein Renner gewesen war – nichts mehr. Ebenso wenig der bereits mehrfach verlängerte Whiskytrek, welcher die Sammler und Liebhaber auf 1.663 Meter über Meer lockte, wo sie ihr Eindeziliterfläschchen mit der im Portweinfass ausgebauten »Edition Kronberg« abholen oder ein Gläschen davon trinken konnten.

Doch nun soll es mit der neuen Kronberg-Bobbahn von April bis November »freie Fahrt« für einen rasanten Spaß heißen. Wie schnell es nach der gemütlichen Fahrt nach oben dann in zahlreichen Kurven wieder Richtung Tal geht, entscheiden die Passagiere selber über einen Bremshebel. Auf zwei Schienen wird der Rodel zwangsgeführt und kann damit nicht aus der Schiene springen. Die Mitfahrerinnen und Mitfahrer – maximal zwei pro Bob – sind angeschnallt, um so ein Herausfallen aus dem Bob auszuschließen.

Und das bietet Reto die Chance, seinen großen Wunsch zu verwirklichen. Einmal auf der Bobbahn die 794 Höhenmeter vom Kronberg nach Jakobsbad hinunter zu schießen – Spaß und Nervenkitzel pur.

Reto will dies wohl für sich machen, aber nicht alleine. Es soll ein Gruppenerlebnis werden, geteilte Freude unter Freunden, die sich im Nachhinein auch gegenseitig ihre Leistungen anerkennen können. Und sich vorher miteinander bei einem feucht-fröhlichen Abend im Berggasthaus »Kronberg« auf die Talfahrt einstimmen wollen.

So treffen sich Reto und seine drei Freunde Armin, Lorenz und Beat am Freitagabend bei der Talstation der Kronbergbahn in Jakobsbad. Gemütlich fahren sie mit der Gondel auf den Gipfel, der Fußweg wäre zu anstrengend für die vier, die nichts außer Party und Bobbahn im Kopf haben.

Nach dem Zimmerbezug treffen sie sich in der großen Gaststube zu einem ersten Bier – natürlich einem »Quöllfrisch«. Dem folgen weitere, und mit jedem neuen steigt nicht nur die Stimmung, sondern auch die Lautstärke der angeregten Unterhaltung.

»Nur runterfahren reicht natürlich nicht aus«, fordert Reto seine Freunde heraus.

»Wie meinst du das, was mehr als runterfahren können wir denn?«, fragt Beat etwas verwirrt.

»Schnell hinunterfahren«, kontert Reto.

»Schnell ist es ja eh, da müssen wir nichts dazu beitragen«, glaubt Armin.

»Doch, natürlich! Nicht bremsen. Denn alle, welche die Bahn benutzen, hab ich mir bei der Talstation sagen lassen, sind die meiste Zeit am Bremsen. Doch wir werden neue Maßstäbe setzen!«

»Wie wollen die wissen, ob und wie viel die Fahrerinnen und Fahrer bremsen?«, fragt Lorenz ungläubig.

»Weil die neue Bahn mit der entsprechenden Software ausgerüstet ist. Jede Fahrt wird ausgemessen und aufgezeichnet. So lässt sich jede Phase der Fahrt überprüfen und auswerten – Geschwindigkeit, Einsatz der Bremsen, Beschleunigung. Und aufgrund des Ladegewichts der Bobs auch die maximal mögliche Geschwindigkeit in den einzelnen Abschnitten sowie die maximale Durchschnittsgeschwindigkeit.«

»Und diese wurde bis heute noch nicht erreicht?«, will sich Armin vergewissern.

»Richtig«, schmunzelt Reto.

»Ich dachte, das Ziel unseres gemeinsamen Ausflugs sei Spaß, Geselligkeit und eine rasante Abfahrt. Aber das kann es ja nicht sein, dass wir uns einem Risiko aussetzen – nur um uns Denkmäler der schnellsten Fahrer zu setzen«, mahnt Beat seine Freunde, »denn wenn etwas passiert, bleibt uns ein Denkmal, das wir uns nicht wünschen würden.«

»Die Bahn hat eine Sicherheitsmarge. Auch wenn zwei 100 Kilogramm schwere Männer die Bahn ungebremst herunterfahren würden, könnte nichts passieren«, stellt Reto klar. »Doch bisher hatten alle Benutzer der Bahn einfach zu viel Angst. Oder Zweifeln an der Sicherheit der Bahn.«

In der Folge entbrennt eine heftige Auseinandersetzung über Sinn und Unsinn eines Rekordversuchs, die vor allem in einer Auseinandersetzung zwischen Reto und Beat ausartet.

Armin und Lorenz können sich nicht für eine Seite entscheiden und suchen den so typisch schweizerischen Kompromiss. »Wir könnten ja einfach schauen, wer von uns vier am schnellsten ist«, schlägt Armin vor.

»Oder versuchen, möglichst nahe an eine im Vornherein festgelegte Richtzeit heranzufahren«, bietet Lorenz eine weitere Alternative.

»Oder am Schluss nach der höchsten von einem von uns erzielten Geschwindigkeit fragen«, ergänzt Armin.

»Oder uns Stilnoten geben lassen! Alles Kinderkram«, interveniert Reto, »mein Ziel steht fest. Ich werde die Fahrt absolvieren, ohne zu bremsen. Aber wenn niemand von euch mitmachen will, fahre ich alleine.«

Die anderen drei schauen sich konsterniert an, realisieren, dass sie Reto nicht von seinen Plänen abbringen werden.

»Ich denke nicht, dass dies möglich ist«, versucht Armin kleinlaut, das Gespräch wieder in Gang zu bringen.

»Du glaubst nicht, dass ich es schaffe«, gibt Reto lautstark und sichtlich beleidigt zurück. »Ihr alle glaubt es nicht!«

»Reagier doch nicht gleich so mimosenhaft«, versucht Beat zu schlichten, »dann ziehst du dein Ding eben durch, und wir fahren so runter, wie wir wollen. Mich bringst du jedenfalls nicht in deinen Schlitten.«

»Mich auch nicht«, tönt es beinahe einstimmig aus Armins und Lorenz' Mund.

»Dann lasst es bleiben«, erwidert Reto mürrisch und wendet sich der Serviertochter zu. »Priska, bring mir bitte noch einen ›Appenzeller‹, ich brauche etwas für meinen Magen!« Lachend dreht er sich wieder seinen Freunden zu: »Und ihr?«

Die anderen stimmen in sein Lachen ein. Damit ist der Knopf wieder gelöst, und der Abend nimmt in entspannter Stimmung seinen Verlauf. Nach dem Essen, bei dem sich die vier Freunde mit typisch einheimischen Gerichten wie »Appenzeller Buureschöblig« und »Mostbröckli« oder »Appenzeller Siedwurst mit Chäshörnli« verwöhnen lassen, sitzen sie weiterhin in einer feuchtfröhlichen Runde beisammen.

Und je länger der Abend dauert, umso höher steigt der Alkoholgehalt der konsumierten Getränke. Kurz nach zehn Uhr bestellt Reto dann die erste Runde Whisky »Edition Kronberg«. Diesen trotz seines zweijährigen Ausbaus im Portweinfass ursprünglich gebliebenen Whisky, der geprägt wird von dem fürs Brennen verwendeten rauchigen Malz.

Aber das nehmen die vier nur beim ersten Schluck wahr, danach lassen sie sich vom angenehmen Nachbrennen des gebrannten Wassers im Rachen dazu verleiten, weitere Runden zu bestellen.

Beat ist der Erste, der die Segel streicht und sich ins Bett verabschiedet. Wenig später folgen ihm Lorenz und Armin. Reto winkt ab, als sie ihn auffordern, ihnen zu folgen. »Geht nur, ich bleib noch etwas, muss mich noch auf morgen einstimmen«, lacht er.

Und mit einer Kopfbewegung in Richtung Priska: »Und wer weiß, vielleicht geht's ja noch in eine Verlängerung.«

Die beiden schütteln den Kopf und verschwinden lautlos.

»Noch einen, Priska«, meldet sich erneut Reto lautstark bei der Serviertochter und zeigt auf sein leeres Whiskyglas.

So laut er am Abend war, so stumm bleibt Reto am nächsten Morgen beim Frühstück. Während seine Kollegen sich bereits wieder angeregt über das bevorstehende Abenteuer unterhalten, ist Reto noch mit seinem whiskygeschwängerten Kopf beschäftigt.

Und auch Priska ist nicht gerade gesprächig: Ihre Kommunikation beschränkt sich auf das, was sie sagen muss, zum Tisch kommt sie nur, wenn sie gerufen wird.

Dann geht es los!

Die vier Freunde gehen gemeinsam zum Start der Bobbahn auf dem höchsten Punkt des Kronbergs östlich des Berggasthauses und nur wenige Meter davon entfernt. Lorenz, Armin und Beat haben sich am Vorabend noch auf eine Doppelwette geeinigt. Einerseits, wer von ihnen der Schnellste sein würde, und zweitens, ob es Reto schaffen würde oder nicht.

Wodurch sich die Wette wieder auf eine einfache reduziert – denn keiner der drei glaubt an einen Erfolg von Reto. Umso mehr, als seine Ausdünstung, seine glasigen Augen und seine noch immer leicht lallende Stimme klar darauf hinweisen, dass sein Körper den Alkohol des gestrigen Abends noch nicht verarbeitet hat.

Reto hat mit seinen Freunden abgemacht, dass er zwischen dem letzten der drei Starter zehn Bobs auslassen würde, bevor er starte. Damit seine Freunde sicher unten bereit sind, um seine Fahrt und den Einlauf in Jakobsbad zu beobachten.

Und vor allem den Livestream seiner Fahrt verfolgen können. Mit der Kamera seines Smartphones will er die Fahrt aufnehmen und live auf die seiner Freunde übertragen. Damit sie auch in bewegten Bilder sehen können, dass er die Bremse nicht betätigt.

Die drei stehen nach ihren erfolg- und erlebnisreichen Fahrten bereits unten und warten gespannt auf den Start von Reto.

Dieser richtet die Kamera zuerst auf sein Gesicht, lacht und winkt seinen Freunden zu. Dann befestigt er sie auf seinem Schuh – sodass er mehr oder weniger mit seinem ganzen Körper im Bild ist.

Dann geht die Fahrt los.

Immer schneller geht es in Richtung »Gross Chenner«, wo die erste steile Abfahrt in Richtung Scheidegg ansteht. Reto reißt die Arme in die Höhe – aus Freude und um zu zeigen, dass er nicht bremst.

Er wird immer schneller, die Beschleunigung ist in Retos Gesichtszügen zu erkennen, die eingebauten Kurven vermögen den Bob nur wenig zu bremsen.

Da plötzlich verändert sich der Horizont des übertragenen Bildes, Reto verschwindet aus dem Bild, auf welchem kurz nur noch Himmel erscheint, dann Wiese aus nächster Nähe, Himmel, Wiese …

»Er ist aus dem Bob gefallen!«, schreit Lorenz auf.

»Eigentlich ist es gar nicht möglich«, reagiert Kripochef Daniel Mazenauer wenig später auf die Bemerkung seines engsten Mitarbeiters Max Dörig, dass es eher ungewöhnlich ist, dass so etwas passiere.

Nach dem Unfall hatten die Betreiber sofort Alarm ausgelöst und die Polizei und Rettung angefordert. Wobei es Letztere nicht mehr brauchte – Reto war bereits tot.

»Ich habe schon immer gesagt, dass es diese ›Attraktion‹ nicht braucht und dass die Bahn viel zu gefährlich ist«, nervt sich Max über diesen Wochenendeinsatz.

»Das ändert auch nichts daran, dass wir den Unfall – sofern es einer war – untersuchen müssen.« Daniel ist wenig begeistert.

Schnell erfahren sie, dass Reto nicht alleine hier war, und lassen seine Freunde zum Unfallort hinaufbringen. Die Einvernahmen klären sie schnell über den gestrigen Abend, Retos Rekordgelüste und die Haltung seiner Freunde dazu auf.

»Dann ist ja alles klar«, glaubt Max, »er hat sich überschätzt. Wohl auch wegen des hohen Alkoholkonsums, der übrigens von unseren Experten bestätigt wurde. Aus den Angaben des Bergwirts über den gestrigen Konsum des Toten haben sie errechnet, dass er noch eine beträchtliche Menge Restalkohol in seinem Blut haben muss. Unsere Ermittlungen müssen sich daher auf die Sicherheit der Bahn konzentrieren.«

»So einfach dürfen wir es uns nicht machen«, interveniert Daniel, »es wäre ja auch möglich, dass am Bob etwas manipuliert wurde.«

»Doch wer«, flüstert Max seinem Chef mit einer Augenbewegung in Richtung der drei Freunde des Toten seinem Chef zu, »hätte dafür ein Motiv gehabt?«

»Muss es denn einer der drei gewesen sein?«, fragt Daniel zurück.

Als Priska vom Unfall erfährt, kann sie eine gewisse Befriedigung nicht verdrängen. Auch wenn sie in ihrem Innersten die frischen Verletzungen ihrer Integrität sehr stark schmerzen.

DIE SCHOTTEN

Hotel Kaubad, September 2018

»Such Lupo, such«, weist der Hundeführer der Kantonspolizei Appenzell Innerrhoden seinen für die Personensuche ausgebildeten Deutschen Schäfer an.

Lupo hatte die Spur des Vermissten in dessen Zimmer im Hotel »Kaubad« aufgenommen, dort seine Kleider angerochen, an denen der Hund den unverwechselbaren Körpergeruch aufnimmt.

Der Mann wurde von seinen Freunden als vermisst gemeldet, da er am Morgen weder zum Frühstück noch später auf dem Wettkampfplatz zum Training erschienen ist. Und als sie in seinem Zimmer nachschauten, bemerkten sie, dass das Bett ungenutzt geblieben war, ihr Freund nicht in seinem Zimmer übernachtet hatte.

Das kam ihnen dann doch sehr merkwürdig vor. Und auch der große Whiskykonsum vom Vorabend war keine Begründung für das Verschwinden ihres Freundes. Denn daran war er gewöhnt, Whisky trank er tagtäglich.

Mehrmals.

Wie viele Schotten.

Ian MacGregor ist einer der Schotten, die seit einigen Tagen im Hotel »Kaubad« übernachten. Einer der Schotten, welche an den ersten »Abbacella Highland Games« teilnehmen.

Erstmals werden die bereits zum fünften Mal durchgeführten »Appowila Highland Games«, mit welchen eine Gruppe von Schweizer Schottlandanhänger die Besucherinnen und Besucher der Spiele an ihrer Begeisterung und Liebe zu deren Land und ihrer Sehnsucht danach teilhaben lässt, als Ableger auch im Kaubad durchgeführt. Was im sankt-gallischen Abtwil seit Jahren ein riesiger Erfolg ist, soll nun auf Initiative der Brauerei Locher auch auf den Wiesen rund um das Hotel »Kaubad« zahlreiche Besucher anlocken.

Und diesen natürlich auch die verschiedenen Whiskysorten der Brauerei näherbringen.

Alternierend zu »Appowila Highland Games«, die jeweils in den ungeraden Jahren stattfinden, messen sich nun in geraden Männer- und Frauenteams in urtypischen Sportdisziplinen wie Baumstammwerfen, Gewichthochwurf, Steinstoßen und Seilziehen. Daneben reichern ein internationaler Dudelsackwettkampf, Kinderhighland Games, verschiedene Essensstände, ein grosser Mittelaltermarkt und weitere Attraktionen das Programm und das Festgelände an.

Ein Wochenende lang wird so das Moorgebiet um das Hotel »Kaubad« zu Schottland im Appenzellerland.

Ursprünglich sollten in den Highland Games, die aus der Zeit der Keltischen Könige in Schottland stammen, die stärksten und schnellsten Männer des Landes erkoren werden. Diese wurden dann oft von den Königen als Leibwächter und Boten eingezogen.

An den Highland Games trafen sich aber auch die schottischen Clans, große Familiengemeinschaften von zumindest entfernt miteinander verwandten Personen, die in den

Highlands ein abgegrenztes Gebiet bewohnten, wo auch heute noch solche Spiele ausgetragen werden. Doch längst finden diese auf der ganzen Welt statt, wo sich Schotten angesiedelt haben. So auch in Abtwil und in Appenzell.

Und auch an den »Abbacella Highland Games« werden die Teams »Clans« genannt, wobei diese heute auch nicht miteinander verwandte Athletinnen und Athleten aufnehmen können.

Lupo versucht, die Spur vor dem Hotel aufzunehmen. Der Hundeführer lässt ihn an der langen Leine, Lupo schnüffelt links und rechts, läuft im Zickzack vor dem Hoteleingang hin und her. Plötzlich dreht er sich nach links, läuft in einer leichten Schlangenlinie über den Parkplatz zur Kaustrasse, überquert diese und steuert über ein kurzes Wiesenstück den kleinen Weiher auf der rechten Seite der Kaustrasse an.

Er läuft bis zum Ufer, bleibt stehen und beginnt zu bellen. »Brav, Lupo, gut gemacht«, lobt ihn der Hundeführer und belohnt ihn mit einem Hundebiskuit.

Kripochef Daniel Mazenauer und sein engster Mitarbeiter, Max Dörig, sind dem Hundeführer in einigem Abstand gefolgt.

»Was meinst du«, wendet sich Daniel dem Hundeführer zu, »müssen wir den Weiher absuchen?«

»Ich werde sicherheitshalber mit Lupo noch eine Runde um den Weiher machen, um sicherzustellen, dass die Spur nicht irgendwo weitergeht. Sollte sich dies bestätigen, werdet ihr wohl nicht drum herum kommen, im Weiher weiterzusuchen.«

Eine gute Stunde später sind die Polizeitaucher bereit für ihren Einsatz.

Nach einer halben Stunde unter Wasser bergen sie die Leiche von Ian MacGregor.

Der Tote Ian MacGregor ist Mitglied eines teilnehmenden Clans und wollte zusammen mit seinen drei Freunden in einer Fun-Kategorie starten. Rund ein halbes Dutzend solcher Wettkämpfe absolviert das Quartett jede Saison – und dies schon seit Jahren. Meist sind es Wettkämpfe ausserhalb ihrer Heimat, die sie mit Besuchen anderer Länder verbinden. Und dort immer wieder auf die gleichen Clans und Freunde aus aller Welt treffen.

»Die Runzelbildung an den Händen weist darauf hin, dass die Leiche noch nicht allzu lange im Wasser lag«, vermutet Rechtsmediziner Heinz Brunner, der unterdessen auch zum Ermittlungsteam gestoßen ist. Er hebt die Hand des Toten und dreht die Innenseite Daniel und Max zu: »Seht ihr die durchweichte und faltige Haut hier an den Fingerbeeren? Hier hat die Bildung der sogenannten Waschhaut, die durch die Quellung der Hornschicht entsteht, bereits begonnen.«

»Wie lange?«, will Max wissen.

»Ich denke maximal zwölf Stunden«, spekuliert Heinz Brunner. »Und auf den ersten Blick sind keine Anzeichen einer äußeren Verletzung erkennbar.«

»Dann nehmen wir uns doch mal seine Freunde vor«, schlägt Daniel vor. »Die sollen uns erzählen, was gestern Abend ablief. Vielleicht gibt das uns ja Hinweise, was hier geschehen ist und wie der Mann ins Wasser kam.«

»Let's talk about yesterday evening«, beginnt Max die Unterhaltung mit den drei Schotten und stellt sich selbstbewusst der Herausforderung, eine Einvernahme auf Englisch zu führen. »Wie ist der gestrige Abend abgelaufen?«

»We met our Swiss friends, wir haben unsere Schweizer Freunde getroffen«, beginnt Colin bedrückt und nach Fassung ringend. Die Nachricht über den Tod ihres Freundes hat ihn, Gregor und Don hart getroffen, auch wenn sie befürchtet hatten, dass etwas passiert ist.

»Wir haben uns über die vergangenen Wettkämpfe, über unser Training und über unsere Ziele für die ›Abbacella Highland Games‹ unterhalten, Bier getrunken, gelacht, das Wiedersehen genossen.«

»Unsere Freunde haben uns auch etwas über ihre Kultur und ihre Traditionen erzählt, es sind ja alles Leute aus der Region, Appenzeller«, ergänzt Don. »Und sie haben uns auf die Ähnlichkeiten zwischen Schotten und Appenzellern hingewiesen: auf unseren Stolz, auf die Pflege unserer Traditionen, unsere kämpferische, oft trotzige Art und unser Streben nach Freiheit und Unabhängigkeit. Auch deshalb verstehen wir uns so gut, denke ich.«

»Und als sie uns erzählten, dass auch sie Whisky herstellen, war natürlich klar, dass wir diesen versuchen müssen«, greift auch Gregor ins Gespräch ein. »Wir haben dann die ›Edition Kaubad‹ bestellt – und das ist ein so guter Single Malt, dass eine Runde der anderen folgte.«

»Gab es Streit, irgendwelche Probleme?«, unterbricht Max.

»Nicht mit unseren Schweizer Freunden«, antwortet Colin.

»Aber? Mit wem denn?«, hakt Max ungeduldig nach.

»Ian hat sich auf Diskussionen mit Landsleuten von uns eingelassen, die ihn angepöbelt haben.«

»Worum ging es?«

»Um eine alte Geschichte, ein Streit zwischen Familienclans, wie sie in der Vergangenheit in unserem Land, vor allem in den Highlands, oft stattgefunden haben.«

»Das müssen Sie uns erklären«, fordert Max Colin auf, »das kennen wir ja nur vom Hörensagen.«

»Eine komplizierte Geschichte«, beginnt Colin. »Ians Vorfahren sind die MacGregors, von denen gesagt wird, dass sie direkt von einer keltischen Königsfamilie abstammen. Woraus auch ihr Motto ›S rioghal mo dhream‹ oder ›Königlich ist meine Rasse‹ entstanden ist. Robert Roy MacGregor, auch bekannt unter dem Namen Rob Roy, stammt übrigens aus dem gleichen Clan. Er war ein schottischer Volksheld und Geächteter des frühen 18. Jahrhunderts und ging als Robin Hood in die Geschichte und die Filmgeschichte ein.«

»Ian war ein direkter Nachkomme von Robin Hood?«, zeigt sich Max erstaunt.

»Ob direkt oder nicht, kann ich nicht beurteilen, denn in den Clans fanden sich auch nicht in direkter Linie Verwandte zusammen. Doch lassen Sie mich weiter erzählen. Ein Wendepunkt in der Geschichte des Clans war zu Beginn des 16. Jahrhunderts, als er nach einem Machtkampf seine Ländereien an die Campbells verlor. Der Clan stahl daraufhin bei den Colquhouns Vieh. Dieser Vorfall führte zu einer Schlacht, in welcher 200 Colquhouns, aber nur zwei MacGregors fielen. Darauf wurde der Clan durch König James VI. für vogelfrei erklärt und damit faktisch aufgelöst.«

»Aber heute ist der Clan wieder anerkannt?«, will Daniel wissen.

»Ja schon, als das Tragen des Namens 1775 wieder offiziell erlaubt wurde, meldete sich noch die beachtliche Anzahl von 826 Angehörigen des Clans«, erklärt Colin. »Ian war immer sehr stolz auf seinen Namen und die Geschichte seines Clans.«

»Und wo lag gestern Abend das Problem?«

»Ein Nachkomme der Colquhouns, der mit seinem Clan – also mit seinem Sportclan – auch zu den ›Abbacella Highland Games‹ starten will, hat die alte Geschichte aufgerollt.«

»Wie aufgerollt?«, fragt Max nach.

»Nun, er hat die alten Geschichten erwähnt und Ian damit provoziert, dass es ihn beziehungsweise seinen Familiennamen eigentlich gar nicht mehr geben dürfte. Und dass alle Mitglieder seiner Familie noch immer Diebe seien.«

»Ziemlich massive Angriffe«, bemerkt Daniel.

»Ja, Ian hat sich auch dementsprechend genervt, war sehr erregt. Nur dank der Hilfe unserer Schweizer Freunde haben wir ihn davon abbringen können, handgreiflich zu werden. Und unser Gastgeber hier im Hotel hat die andere Gruppe und diesen Colquhoun aufgefordert, seine Gäste in Ruhe zu lassen – so hat sich die Situation etwas entschärft.«

»Wurde das Ganze im Verlaufe des Abends nochmals aktuell?« Max bleibt hartnäckig.

»Nein, so lange ich – so lange *wir* hier waren, nicht. Wir sind dann, wie unsere Schweizer Freunde, gegen Mitternacht ins Bett. Was nachher noch lief, wissen wir nicht.«

»Dann müssen wir wohl die weiteren Beteiligten dazu befragen«, folgert Daniel.

John Colquhoun ist schnell gefunden. Wegen des Vorfalls haben die Organisatoren der Highland Games das offizielle Training auf den Wettkampfanlagen abgesagt, die meisten Schotten bleiben deshalb in und um das Hotel.

Daniel konfrontiert John mit den Vorwürfen, dass er Ian am Vorabend provoziert habe und dass diese Provokation in direktem Zusammenhang mit dessen Tod stehen könnte.

»Das ist heute kein Grund mehr, einen Menschen umzubringen«, versucht John richtigzustellen, »früher wäre das noch anders gewesen.«

»Was war denn Ihr Problem mit Ian?«, versucht Max, von dieser Bemerkung abzulenken.

»Nun, das wird für Sie schwierig zu verstehen sein. Einerseits ist es die Schmach der verlorenen Schlacht von Glen Fruin im Jahr 1603, die auf unserer Familie lastet. Andererseits ist es aber auch, wie die Geschichte wiedergegeben wird und welches Image seither unser Clan hat.«

»Etwas genauer bitte«, fordert Max sein Gegenüber auf.

»Die Schuld für die Schlacht wird uns zugewiesen. Wir hätten zwei Clanmitgliedern von MacGregor die Zuflucht verweigert, sodass sie zwei Nächte auf unserem Land verbringen mussten. Die zwei fanden ein verlassenes Plumpsklo, wo sie bleiben konnten, und ein Schaf, das sie schlachteten und aßen. Als die beiden – aus unserer Sicht Viehdiebe – entdeckt wurden, wurden sie Sir Humphrey Colquhoun von Luss, Chef des Clans Colquhoun, vorgeführt und von diesem im Schnellverfahren zum Tode verurteilt. Alasdair MacGregor von Glenstrae, der Chef des Clans MacGregor, führte dann 300 bis 400 Mann in die Schlacht von Glen Fruin, um die beiden Toten zu rächen.«

»Und diesen alten Konflikt tragen Sie weiter und hier in unserem Land, das Sie als Gast besuchen, aus«, erwidert Daniel vorwurfsvoll, »und bringen deswegen einen Menschen um.«

»Ich habe niemanden umgebracht!«

»Es spricht alles gegen Sie, wie wollen Sie das widerlegen?« Daniel wird laut.

»Das Moto unseres Clans heisst ›Si je puis‹ oder ›Falls ich kann‹. Das bedeutet heute für uns, dass wir, falls immer es möglich ist, uns am Clan MacGregor rächen. Auf verschiedenste Art und Weise, aber ohne dessen Mitglieder umzubringen. Bloßstellen und Erniedrigen ist ein Weg. Das war der Weg, den ich angewendet habe.«

»Und wie erklären Sie sich, dass Ian tot ist?«

»Damit, dass Ihnen seine Freunde nicht alles gesagt haben.«

»Und das wäre?«

»Dass Ian Alkoholiker war. Er hat schon seit Monaten versucht, vom Alkohol, genauer gesagt vom Whisky, loszukommen. Länger als einige Tage oder Wochen hat er es aber nie geschafft. In seinen Entzugsphasen geriet er mehrmals in ein Delirium, hatte Bewusstseinstrübungen, war verwirrt. Wir hatten, nachdem seine Freunde ins Bett gegangen waren, noch eine Weile eine verbale Auseinandersetzung, Ian hat währenddessen immer wieder von diesem einheimischen Whisky bestellt. Plötzlich ist er aufgestanden und hat mir zugerufen, dass wir uns bei Glen Fruin sehen werden, ist aus der Gaststube gestürmt und in der Dunkelheit verschwunden.«

»Sie glauben, dass es ein Unfall war? Dass er den Weiher mit einem Schlachtfeld verwechselt hat?«

»Manchmal findet man sein Schicksal auf Wegen, auf denen man hoffte, es zu bewältigen.« John schmunzelt.

Als die beiden Kriminalpolizisten das Hotel »Kaubad« verlassen, schubst Max seinen Chef leicht an: »Glaubst du ihm, denkst du, dass er die Wahrheit sagt?«

Daniel bleibt kurz stehen, dreht sich zu Max und sagt mit ruhiger Stimme: »Zuerst kommt das, was man denkt, dann das, was man glaubt, dann kommt lange nichts – und erst dann kommt die Wahrheit.«

DER WHISKYTRAIL (EPILOG)

Im Alpstein, Sommer 2019

Roger ist überzeugt, dass er es schaffen kann.

Die Testläufe haben ihm gezeigt, dass es möglich ist. Und dass auch er innerhalb der gesetzten Limite das Ziel erreichen kann.

Auch noch mit seinen 59 Jahren.

Lange hatte er sich mit dem Gedanken herumgeschlagen, es einmal alleine zu versuchen. Doch immer wieder gab es Gründe und Entschuldigungen, das Vorhaben hinauszuschieben oder abzusagen.

Doch jetzt gilt es ernst. Er ist angemeldet, hat dies gegenüber seinen Freunden auch kommuniziert. Würde er nicht starten, würden diese davon erfahren und er wäre als Feigling bloßgestellt.

Es gibt kein Zurück mehr. Er muss starten. Zu seinem ersten Whiskytrail im Alpstein.

Vier Jahre nach der Lancierung des Whiskytreks haben sich die Bergwirte und die Brauerei Locher auf dieses neue und sportliche Format geeinigt. Trotz einiger Gegner, welche die Beschaulichkeit des Alpsteins nicht durch einen auf Tempo ausgerichteten Wettkampf gefährden wollten.

Doch schon bei der Lancierung des Whiskytreks hatte sich eine Sportlichkeit entwickelt. Nur wenige Wochen nach dem Start wurden bereits die ersten Meldungen in den Medien publiziert, wer den Trek als Erste oder als Erster absolviert hatte.

Was ja eigentlich nicht die ursprüngliche Idee des Treks war.

Jetzt sollte es aber nicht nur darum gehen, den Whiskytrek zu absolvieren, sondern innert kürzester Zeit alle 27 Berggasthäuser anzulaufen. Wobei der Whisky nicht mehr als einen »roten Faden« für dieses Rennen bildet. Whiskyfläschchen müssen keine eingesammelt werden, es reicht, die Berggasthäuser anzulaufen und sich den Stempel – wie bei einem Orientierungslauf – zu holen.

Die besondere Herausforderung dieser Whisky-Challenge, wie der Wettkampf auch genannt wird, ist, dass jede Teilnehmerin, jeder Teilnehmer seine Route selber festlegen kann. Ein strategisches Element, das Roger besonders gefällt, da dieses die körperliche Leistungsfähigkeit etwas relativiert.

Und was Rogers in seinem Alter nicht außer Acht lassen will.

Roger ist überzeugt, dass ihm seine Kenntnisse des Alpsteins behilflich sein werden, die Challenge bewältigen zu können. Auch wenn der Höhepunkt seiner körperlichen Leistungsfähigkeit schon lange überschritten ist.

Seine Route hat er sich zurechtgelegt, zweifelt aber immer noch, ob seine Wahl die richtige ist. Er will auf dem Hirschberg starten, dann über den Fähnerenspitz das Eggli anlaufen, dann hinunter nach Brülisau mit »Rössli« und »Krone«, von dort über das Plattenbödeli und den Ruhesitz hinauf auf den Hohen Kasten, über die Staubern zur Bollenwees, weiter über die Meglisalp zum Seealpsee mit dem gleichnamigen Berggasthaus und der »Forelle« und hinunter nach Wasserauen zur »Alpenrose«, wieder hinauf über den Aescher auf die Ebenalp, über den Schäfler und den Mesmer auf den Rotsteinpass und bis auf den »alten« und »neuen« Säntis, hinunter über die Tierwis auf die Schwägalp, dann zum Lehmen und Ahorn, nochmals hinauf über die Scheidegg auf den Kronberg und dann ins Kaubad und zurück ins »Brauquöll« in Appenzell.

Andere Möglichkeiten gäbe es viele, doch welche Route die beste wäre, wird sich erst nach dem Rennen herausstellen.

Aber darum geht es Roger eigentlich nicht. Viel wichtiger ist für ihn, dass er seinen persönlichen richtigen Weg findet. Und dass er nochmals die Gelegenheit erhält, sich bei allen Bergwirten – und dies an einem Tag – für ihre Gastfreundschaft zu bedanken.

Aber auch der Whiskytrek muss seinen Weg in die Zukunft finden. Sei es über eine Verlängerung des Angebots, sei es über begleitende Maßnahmen wie Bücher zu diesem Thema – oder eben über diesen neuen und sportlichen Wettkampf.

Hauptsache, dass er bestehen bleibt.

Oder wie es die Schotten ausdrücken: »Das Leben ist undestilliert oft nur schwer zu ertragen.«

DANKE

Mein Dank gilt dem Gmeiner-Team um Programmleiterin Claudia Senghaas sowie Iris Capatt und Karin Zindel für die sorgfältige und kritische Prüfung meines Manuskriptes und die konstruktiven Rückmeldungen.

Ein spezieller Dank gilt auch der Brauerei Locher für die spontane Unterstützung meiner Idee und ihrem Support mit Bild- und Informationsmaterial.

Besonders danken möchte ich auch dem Präsidenten des Bergwirtevereins, Ruedi Manser, und all seinen Kolleginnen und Kollegen für deren Unterstützung, die offenen Gespräche und ihre Gastfreundschaft.

Danke auch Dino Larese und Albert Grubenmann, den wohl bekanntesten Sammlern von Appenzeller Sagen, die auf verschiedenen Plattformen publiziert sind, für die Möglichkeit des Zugriffs auf diese Überlieferungen.